추사1

추사
秋史

1

한승원 장편소설

열림원

추사 1   차례

一 　 서
　 　 장

추사의 마지막 편지

서쪽 하늘에서 피처럼 타는 저녁노을을 가슴으로 받으면서, 추사 김정희 선생의 편지簡札를 들여다보았다.

거무스레하게 먹물이 번지고, 푸른빛이 도는 곰팡이가 보랏빛 제비꽃처럼 피어 있지만 원형이 훼손되지 않은, A4용지 크기의 검누르게 변색된 화선지에 쓰인 짧은 편지. 그 편지를 대하는 순간 가슴이 걷잡을 수 없도록 우둔거려, 피비린내 어린 노을을 숨 가쁘게 들이켰다. 그 편지를 가지고 온 사람은 추사 글씨에 미쳐 있는 친구 ㄱ형이었다. 서울에서 전라도 바닷가의 내 토굴까지 한달음에 달려왔다면서, 그는 진기한 보물을 펼쳐 보이듯 흥분된 목소리로 말했다.

"자네, 이걸 보지 않고서는 추사에 대해서 제대로 아는 체할 수 없을 것이네. 이것, 아무 데에도 수록되어 있지 않은 것이야."

자잘한 편지 글씨들의 점 획 삐침 파임들은, 추사의 여느 편지 글씨들과 달리, 촌철살인의 비수 끝 모양의 삐죽거림이 무뎌져 있고, 예스러우면서도 기굴하고 질박했다. 해서라고 딱 잘라 말할 수 없고, 예서나 전서나 행서라고도 말할 수 없는, 그러면서도 해서라고도 말할 수 있고, 전서 예서 행서라고도 할 수 있는 글씨였다.

초의에게

푸른 우듬지를 하늘로
쳐든 나무의 뜻을
천축국의 왕자는
'나무南無(아미타 세상에 귀의하고 싶습니다)'라고 읽었는데
나는 나 없음의 '나무我无'라고 바꾸어 읽어냅니다
나무, 그 이르고 싶은 곳은 어디인지 아십니까
태허太虛, 그 푸르른 내 고향입니다.
與 草衣
靑樹首向天之意 天竺王子讀南無

我飜譯解讀我无 樹至處靑靑太虛

마음 가는 대로 살되 법도에 어그러짐이 없다는 나이 칠십입니다. 내 속에 부처가 있고, 부처 속에 중생이 있고, 중생 속에 내가 들어 있습니다. 글씨가 시이고, 시가 그림이고, 그림이 삶이고, 삶이 죽음이고, 저승이 이승이고, 이승이 꿈이고, 꿈이 사랑이고, 사랑이 미움이고, 미움이 내 몸뚱이이고, 내 몸뚱이가 땅이고, 땅이 하늘이고, 하늘이 내 마음이고⋯⋯ 이렇듯 모든 경계가 허물어졌지만 터럭만큼도 불편하지 않습니다. 전서가 해서를 꾀하고, 해서가 예서를 꾀하고, 예서가 행서를 꾀하고, 행서가 초서를 꾀하고, 초서가 다시 행서 예서 해서 전서를 모두 꾀함으로써 새로이 만들어진, 어지러운 헝클어짐(혼돈) 속에서 찾아지는 정돈된 질서, 그러한 글씨를 진즉부터 쓰고 싶었는데, 결국 이렇게 써보았습니다. 태허인 하늘이 땅에서 생명체들을 솟아오르도록 꾀하고, 하늘과 땅이 나로 하여금 어디론가 흘러가는天理流行 구름 속에서 노닐도록 꾀하듯이. 칠십 과천 노인이 써놓고 하하하하呵呵呵呵 웃었소.

그 짧은 시詩와 줄글을 읽고 난 나는 "하아!" 하고 소리쳤다. '나무南無'라고 할 때는 없을 '無(무)'자를 썼으면서, 왜 '나 없음我无'이라고 할 때는 없을 '无(무)'자를 썼을까. 그 두 글자는 어떻게 같고 어떻게 다른가. 추사의 시가 머금고 있는 비밀스러운 뜻은 바로 여기에 들어 있다.

'하늘 천天'을 닮은 글자 '없을 무无'.

『추사집』『완당전집』, 추사에 대한 모든 연구논문과 자료를 다 읽어도 잡히지 않던, 늙바탕에 든 그분의 정신세계가, 초의에게 주는 이 시와 줄글로 말미암아 확실해졌으므로, 나는 비로소 이 소설을 편한 마음으로 써낼 수 있었다.

인연과 운명

추사 글씨에 미친 친구 ㄱ형은 그로부터 육 년쯤이 지난 뒤, 신화학과 문화인류학에 깊이 빠져 있다면서 다음의 이야기를 들려주었다.

두 장사가 있었다. 윗녘 장사는 환갑이 가까워 있었고, 아랫녘 장사는 바야흐로 팔팔한 열아홉의 소년 장사였다. 어느 날 윗녘 장사가 마을 사람들에게 아무 날 아무 시에 아랫녘 소년 장사가 찾아와 나를 찾을 터이니 내가 죽었다고 하시오, 하고 말했다. 그런 다음 윗녘 장사는 마을 앞의 두 아름드리 미루나무를 베어 사람의 형상을 만들더니, 그의 집 모퉁이에 눕히고 하얀 홑이불을 덮어 새끼로 칭칭 감아두고 어디론가 가버렸다. 과연, 아무 날 아무 시에 아랫녘 소년 장사가 나타나 윗녘 장사를 찾았고, 마을 사람들이 윗녘 장사가 시킨 대로 이미 죽어 그 집 모퉁이에 내놓았다고 말했다. 소년 장사는 그 집 모퉁이에 홑이불로 싸놓은 시신 앞으로 가서 여기저기를 만지며 "이 팔 때문에 힘을 좀 썼을까" 하고 고개를 갸웃하고 나서 "이 다리 때문에 그랬을까……" 하다가 돌아갔다. 몸을 피했던 윗녘 장사가 돌아와 미루나무 감싸놓은 홑이불을 벗겨보니, 소년 장사가 만져본 부위들은 모두 바삭바삭 바스러져 있었다.

선천적으로 남다른 완력을 지니고 태어난 장사들은 힘으로 세상을 주름잡으려 한다. 그들은 자기보다 먼저 태어나 세상을 힘으로 주름잡고 사는 장사를 찾아가 힘겨루기를 하여 상대를 굴복시키려 하므로, 모든 장사는 운명적으로 서로 혈투를 벌이곤 했다. 그런데 윗녘 장사는 소문으로 들은 아랫녘 소년 장사의 힘을 감당할 수 없다 싶었으므로 미리 피한 것이었고, 힘을 써보지 못하고 돌아간 소년 장사는 밤이면 근처의 산으로 올라가 바윗덩이를 굴려 내리거나 들어 메어쳐 깨부수곤 했다.

이 이야기를, 충청도 예산 땅에서 태어난 추사 김정희는 할머니의 손 잡고 따라다니던 절 화암사의 하허 스님에게 들었고, 전라도 무안의 삼향 땅에서 태어난 초의는 그에게 글공부를 시켜준 할아버지에게서 들었다.

둘은 서른 살 되는 해 만나자마자 마음을 나누면서도 서로를 견제하는 평생지기가 되었는데, 그들은 이 세상을 주름잡고 있는 최고의 지성(선지식)들을 찾아다니며 개기고 극복하려 들었고, 세상을 개혁하려고 들었다.

二

꿈

"초생아, 나 따라가자."

추사는 옆방에서 자고 있는 초생을 깨워 적갈색의 애마에 태웠다. 얼굴이 희고 보송보송한 초생은 흰 바지저고리에 패랭이를 쓰고 있었다. 바짓가랑이를 가뿐하게 감아 매고 머리를 땋아 늘인 초생에게서는 이른 봄 푸성귀의 향기가 풍겼다. 풋풋한 초생에게서 휘어진 늘씬한 허리에 그를 태우고 가는 애마가 느껴지고, 애마에게서 초생이 느껴졌다.

"아침 강 안개를 많이 먹어야 그윽한 시와 글씨를 쓰고 문기 넘치는 그림을 그릴 수 있는 법이다."

동이 트고 있었다. 마당에는 맑은 옥색의 이른 아침 빛이 밀물처럼 밀려들어와 있었다.

월성위궁을 빠져나갔다. 강변 모래밭으로 나갔다.

찬 공기를 가슴 깊이 들이켜면서 발뒤꿈치로 말의 옆구리를 차고 고삐를 흔들어 말을 몰았다. 말은 기세 좋게 달렸고, 그는 윗몸을 앞으로 숙여 바람의 저항을 줄여주었다. 뒤에 타고 있는 초생이 그의 허리를 끌어안고 등에 한쪽 볼을 대붙였다. 등줄기를 압박하는 초생의 볼록한 가슴과, 그의 사타구니와 엉덩이와 무릎과 발에 느껴지는 질주하는 살찐 암말 등허리의 탄력이 가슴에다 향기로운 술 같은 아릿한 환희를 풍겨주었다. 굼실거리는 암말의 엉덩이와 허리가 초생의 몸을 느끼게 했고 그는 가슴이 벅찼다. 심장의 피가 온몸을 거칠게 휘돌았다. 온몸의 혈관에 피 뛰어다니는 소리가 울울울 고막과 정수리를 울렸다.

말이 달림에 따라 초생의 땋아 늘인 머리채가 말의 꼬리 근처에서 출렁거렸다. 모래톱과 강물의 어름에는 키 큰 갈대들이 은색의 꽃들을 치켜들고 서 있었다. 역광으로 비쳐 보일 때 갈대의 은색 꽃들과 초생의 천도복숭아 같은 귀밑 솜털과 말의 갈기는 가슴에 무지갯빛 감회를 안겨준다.

하구에서 맑은 젖빛 물안개가 살아 있는 거대한 암컷 짐승처럼 기어올라왔다. 강 건너 마을에는 밥 짓는 푸른 연기가 명주 목도리처럼 흘러 감기고, 산 위에서는 바야흐로 황금색 노을이 퍼지고 있었다. 그 노을빛이 강의 물너울에 주황색의 공단을 깔아놓고 있었다. 그는 그 환상적인 시공 속에서 갓 피어난 백합꽃 같은 초생과 더불어 하는 어지러운 질주의 환회와 쾌감을 동시에 오래 즐기고 싶었다.

그런데 말의 질주로 말미암아 갈대밭이 끝나가고, 시간의 흐름에 따라 강의 물너울에 깔린 주황색 공단이 검붉어지고 있었다. 그 아름다운 시공이 눈 깜짝할 사이에 지나가버리는 것이 안타까워 말에게 소리쳤다.

"천천히 달려 이놈아!"

그러면서도 그는 윗몸을 낮춘 채 고삐를 흔들어 말을 빨리 달리게 함으로써 초생으로 하여금 아찔아찔한 기쁨을 느끼게 하는 모순을 범하고 있었다.

삶은 늘 모순 속에 흘러간다. 서재인 숭정금실 옆방에서 몸종처럼 기식하고 있는 초생을 위하여 그는 너무 많은 배려를 하고 있었다. 그가 초생을 지배하고 있는 것이 아니고, 초생의 백합꽃 같은 청초한 모습과 향기가 그의 영혼을 지배하고 있었다.

"아, 아름답고 행복한 시간은 빨리 흘러간다!"

말이 모래밭을 벗어나서 강굽이의 비좁은 산길로 들어섰을 때, 그는 고삐를 당기며 "워!" 하고 말을 세운 다음 머리를 오던 길로 돌려세우고 이제는 천천한 걸음으로 나아가게 했다. 거친 숨을 뿜는 말의 코에서 흰 김이 적갈색 갈기 위로 퍼져나갔다.

황금색이던 아침 노을빛은 스러졌고, 동쪽 산 위로 희번한 빛살이 피어올랐고, 강물은 회청색으로 변해갔다. 산허리 위로 금빛 해가 솟았고, 갈대꽃들이 묽은 치자색으로 변했다.

새 을乙 자처럼 휘도는 강굽이 끝에 떠 있는 거룻배도 치자색으로 물들었다. 회청색의 강물 한가운데에 전서로 써놓은 듯한 내 천川 자 모양의 모래 둔덕이 있었다. 추사는 그 모래 둔덕을 턱으로 가리키며 말했다.

"초생아, 저기를 봐라. 전서篆書의 아름다움은 유연한 곡선에 있다. 강굽이, 앳된 여인의 고운 몸매, 말의 늘씬한 허리와 엉덩이와 다리…… 글씨는 물 흐르듯 꽃 피듯 써야 한다."

추사는 문득 급히 말을 몰아 월성위궁으로 갔다. 하인에게 말고삐를 잡혀주고 숭정금실로 들어가자마자 초생에게 먹을 갈라고 명하고 종이를 펼쳤다.

'空山無人 水流花開 萬里靑天 雲起雨來(공산무인 수류화개 만리청천 운기우래)'를 전서로 썼다. 그 글씨를 내려다보면서 그는 눈살을 찌푸리고 고개를 저었다. 그의 의지와 달리 그 글씨들은 물 흐르듯 꽃 피듯 써진 것이 아니었다. 글씨들이 살만 퉁퉁 찌어 있었다. 텅 비운 깨끗한 마음이 쓴 것이 아니고, 뜨겁고 검붉은 혈기와 검은 탐욕 덕지덕지 쌓여 있는 마음이 쓴 것이었다.

또 하나의 꿈

힘들여 글씨를 쓰다가 그 글씨 쓰인 종이를 구겨 던져버리고 몸을 일으키는데, 하늘 닿게 높은 자주색의 절벽이 앞에 서 있었다. 그 절벽 가장자리에, 그의 〈세한도歲寒圖〉 속에서 옮겨놓은 듯싶은 자그마한 초옥이 한 채 있었다. 그 초옥 마당에 한 신선의 모습이 보였다.

그분의 삶이 유현한 시와 철학 그 자체인 한 신선이 거기에 산다는 소문이 나돌고 있었다. 노자나 장자 같고, 유마거사 같고, 늘그막에 든 소동파와 도연명 같은 신선.

흰 눈이 탐스럽게 쌓인 날 이른 아침, 세월의 풍화로 말미암아 일그러진 반쪽 얼굴의 흰 낮달 그림자처럼 살아간다는 그 신선의 집으로 갔다. 그 신선의 집에 신묘한 하늘 술이 있다 했다. 키 작은 참소나무의 앙증스러운 솔방울들과 산난초의 향기와 밤꽃의 향기와 산수유 씨알과 율무로 담근 누룩을 섞어 그 초옥 신선만의 비밀 작법으로 빚었다는 신묘한 하늘 술을 얻어 마시려고 찾아갔다.

〈소동파입극도〉에서 금방 걸어 나온 듯싶은 노인이 저승꽃들 다투어 피는 살갗에 산발한 설신雪神처럼 흰 은발을 늘어뜨린 채, 솜덩이처럼 소복소복 쌓인 눈을 천천히 쓸고 있었다.

신선의 모습을 바라보던 그는 문득 마당귀에 서 있는 몽당 빗자루를 들고 그 노인이 하듯 눈을 쓸었다. 그 눈 위에 새까만 글씨 두 자가 쓰여 있었다.

'板殿(판전)'

해서도, 예서도, 전서도, 행서도 아니었다. 그 글씨를 보는 순간 하늘에서 무슨 소리인가가 들려왔다. 수백 명의 편경 연주자들과 공후인을 가슴에 안은 비천녀들이 연주하는 하늘의 관광한 음악 같기도 하고, 아스라한 천둥소리 같기도 하고, 땅에서 올라오는 두리두둥 두리두우웅 하는 지령음 같기도 한 소리였다.

신필에서는 그러한 신묘한 소리가 난다던 말이 생각났다. 어둠 속에서 갑자기 등불을 켠 듯 정신이 환해졌다.

'그래 저게 바로 신필이다!' 그는 가슴이 벅차올랐다.

한데, 저 노인은 대관절 어떤 붓으로 이렇게 썼을까. 이것은 어떤 필법일까. 봉은사의 영기 스님이 써달라고 한 글씨를 저렇게 써주어야 한다고 생각하며 정신을 바짝 차렸다. 그 글씨의 모양새를 머리에 깊이 각인시켜놓으려고 눈을 부릅뜬 채, 점과 획과 파임들을 세세히 살폈다. 그 순간 노인이 다가와서 "진실이란 무엇이냐?" 하고 물었다.

그가 어리둥절한 채 대답할 말을 찾지 못하고 멀거니 건너다보기만 하자, 그 노인이 말했다.

"오래전에 저 하늘로 늙은이 하나가 새까만 천사나비같이 흰 구름 속으로 스적스적 날아갔는데, 지금 그 늙은이 하나가 하늘로 날아갔다는 이야기를 하고 있는 이 늙은이의 모습이 진실이야."

소스라쳐 잠에서 깨어났다.

'아, 수수께끼 같은 말!' 그 노인은 나에게 무엇을 가르쳐주려는 것이었을까.

의식이 하얗게 맑아졌다. 동시에 그가 머리에 깊이 각인시켜놓고 싶어 한 노인의 해서도 예서도 전서도 행서도 아니던 그 글씨는, 아침이 되면 사라져버린 별들처럼, 짙은 안개 속으로 흔적도 없이 사라져버렸다.

불똥으로 살갗 지지기煮火

해 저물 녘에 붓을 들려고 하다가 먹을 갈고 있는 행자를 향해 그의 왼쪽 팔뚝을 걷어 올리고, 오른손의 가리키는 손가락 끝으로 찔러 세우는 흉내를 내보였다. 자화(연비)를 하고 싶다는 것이었다. 자화는 스님들이 수행 과정에서 촛물 먹인 실오라기에 불을 붙여 팔뚝의 살갗을 지짐으로써 순간적인 아픔으로 깨달음을 얻으려는 의식이었다.

행자가 손에 든 먹을 조심스럽게 벼루 가장자리에 기대놓고 문을 열치고 고양이 발걸음으로 나갔다.

'板殿'

이 글씨는 하늘과 땅이 감응하도록 성스럽게 써야 한다. 봉은사 주지 영기가 찾아와서, 자기의 젊음을 다 바쳐 새긴 경전의 판각들을 저장할 전각을 새로 짓는다고 하면서 그에게 말했다.

"그 전각에 걸어놓을 현판을, 반드시, 조선 땅의 유마거사이신 추사 대감께서 써주셔야 합니다."

한데, 그 두 글자가 마음먹은 대로 쉽게 써지지 않았다. 썼다가 구겨버리고 썼다가 구겨버리기를 여남은 차례나 거듭했다. 제주도의 유배에서 돌아온 뒤, 하늘과 땅이 감응하는 글씨를 이루었다고 내심 자부하며 살아온 이래, 사람들에게서 주문받은 현판 글씨를 대번에 써내지 못하고 몇 번이든지 거듭 실패를 한 일은 처음 당하는 일이었다.

머리는 강정처럼 비어 있었다. 버석거리는 소리가 나는 듯싶은 이런 머리로 어떻게 그 성스러운 글씨를 쓸 수 있겠는가. 심호흡을 하고 기를 모으고 혼신의 힘을 다해 글씨를 쓰려고 하는데 현기증이 났고 눈앞에 우중충한 안개가 서린 듯 흐릿했다. 이러다가는 이 글씨를 쓰지도 못하고 죽게 될 듯싶다.

하루 내내 누워 생각을 굴리다가 에멜무지로 자화를 하자고 마음먹었다. 자화를 하면 정신이 환히 맑아질지 모른다.

창문에 그림자가 어른거렸고, 원주가 들어왔다. 추사는 눈을 감은 채 팔뚝을 드러냈다. 원주는 초 녹인 물을 먹인 실밥 가시랭이를 그의 팔뚝 안쪽 살갗에 세웠다. 유황불을 일으켜 가시랭이의 우듬지에 붙였다. 반딧불처럼 파르스름한 불방울이 입을 오물거렸다. 그 불방울이 가시랭이를 배추흰나비 애벌레처럼 시나브로 먹어 내려갔다.

팔뚝 안쪽 살갗 한 점을 태우는 숙연한 의식, 연비燃臂. 가시랭이를 모두 살라먹고 난 불방울이 녹두알만 해지는 순간의 고통으로 말미암아 환히 맑아지는 정신을 얻겠다는 것, 그것은 불제자가 되겠다고 맹세한 모든 행자가 행하곤 하는 신묘한 비밀작법이었다.

탐욕과 번뇌의 몸을 태워 없애고 새로운 깨끗한 몸과 마음으로 거듭나기를 염원하는 것이다. 늘 해보는 의식이지만 추사는 긴장으로 인하여 가슴이 우둔거렸다. 숨을 깊이 들이쉬면서 가슴이 가을 호수처럼 해맑게 가라앉기를 기다렸다. 마음의 고요, 해인(선정)을 얻겠다는 것이었다.

추사의 삶은 늘 긴장 속에 들어 있었다.

어머니의 몸 밖으로 나온 이래, 그는 눈에 보이지 않는 수많은 것들로부터 공격을 받았다. 그것들은 그를 향해 창과 칼과 이빨과 손톱을 겨누면서 맴돌았다.

생각하면 늘 소름 끼치곤 하는 것은, 그를 죽이려고 들었다가 뜻을 이루지 못하고 물러간 역신疫神이었다. 역신의 공격 흔적이 콧등과 볼에 마맛자국으로 남아 있었다. 얼굴에다 팥알로 꼭꼭 눌러 놓은 듯싶은 거무스레한 음화 같은 역신의 자취는 그의 운명 길에도 그러한 오목오목한 자상 같은 자국을 내놓았다.

낳아주신 어머니 아버지의 충청도 예산 집을 떠나 한양 교동의 큰아버지 큰어머니의 양자로 들어가 월성위의 종손 노릇을 하며 살아가기는, 낯선 세상의 굽이굽이에 몸을 숨기고 있는 알 수 없는 그림자들로부터 공격받기에 다름 아니었다.

차가운 한양 거리의 찬바람이 그를 공격하고, 더위가 공격했다. 높은 관직을 얻지 않으면 안 되는 업장이 강박하고, 과거 입격을 위해서 읽어야 하는 서책들과 그것에 어려 있는 곰팡이들이 공격하고, 써야 할 글씨와 지어야 할 시와 그려야 할 그림들이 공격하고, 드높은 곳에 있는 신들이 공격하고, 음습한 어둠 속의 악마들이 딴죽을 걸려고 들고, 넘어야 하는 드높은 운명의 고갯길, 건너야 하는 깊은 강이 또한 공격했다.

늘 긴장하지 않으면 안 되었다. 철이 들면서 그가 주력한 것은 오로지 삶의 긴장감을 풀어 눅이는 일이었다. 긴장감으로 인해 딱딱해지는 몸과 마음을 풀어 눅이지 않으면 견딜 수 없었다. 그 방편이 책 읽고 시 짓고 글씨 쓰고 그림 그리고 난초 치는 일이었다.

죽음을 앞두고 있는 늘그막의 막판에도 그 긴장감 눅이는 일을 하지 않을 수 없었다. 그의 일생에서 가장 성스러운 글씨가 될지도 모르는 '板殿'을 쓰려 하고 있는 그의 영혼은, 바야흐로 혼돈 같으면서도 혼돈 아닌 질서, 질서 같으면서도 질서 아닌 혼돈 속에 빠져 있었다.

그 어지러움을 평정시키지 않으면 안 되었다. 몸과 마음에 얽히어 있는 탐욕과 오만과 조급성을 모두 털어버리고, 가을 호수처럼 맑은 선정에 들어야만 그 글씨를 쓸 수 있을 터였다.

가시랭이를 다 살라먹고 난 새빨간 불이 녹두알만 해진 채 살갗을 지졌다. 뜨겁게 달구어진 바늘 끝으로 깊이 찌르는 듯싶은 통증이 가슴과 정수리와 눈과 귀와 코와 아랫배와 양물과 항문 사이의 신축근을 물어뜯었다. 콧등과 볼에 있는 곰보 자국들을 쪼아댔다. 곰보 자국의 오목한 부분들이 아리고 시리고 저렸다. 영혼이 뜨거운 회오리바람에 휘감기고 있었다. 박하 이파리를 삼킨 듯한 환희가 일어났다.

그 순간 지난밤의 꿈에 보았던 '板殿'이라는 글씨가 보였다. 해서인 듯도 하고, 전서인 듯도 하고, 예서인 듯도 하고, 행서인 듯도 하고, 그 모든 것을 아우른 듯도 한 글씨. 그 글씨의 획과 파임에 수백 마리의 반딧불이 붙어 수런거렸다. 수백 명의 천사들이 연주하는 하늘 음악 소리와 천둥소리와 두리두둥 두리둥둥 하는 지령음 소리가 아스라하게 들리는 듯싶었다.

'그래 바로 이렇게 써야 한다.'

가슴이 수런거리고, 숨이 가빠졌다. 붓을 화선지 위로 가져갔다.

그런데 그 글씨의 형체는 곧 짙은 안개 속으로 사라졌고 몸에는 무력증이 일어났다. 붓을 놓고 드러누워버렸다. 현기증이 일어났다.

'이래서는 안 되는데, 板殿을 쓰고 난 다음에도 써야 할 글씨들이 산적해 있는데…… 이 글씨를 쓴 다음, 부자들에게서 주문받은 글씨들을 써주어야 하는데, 벼슬살이하지 못한 채 살아가는 아들 상무와 상우의 살림살이를 도와주어야 하는데…….' 가슴이 답답해졌다. 조울증이 숨을 가쁘게 했다. 마음을 비워야 한다고 생각하며 눈을 감고 심호흡을 했다.

신을 잃어버렸다

알 수 없는 꿈속으로 빠져들어갔다.

추사는 청나라 연경 유리창琉璃廠의 거리를 버선발로 종종걸음 치고 있었다. 옹방강 완원 조강 등 여러 분들이 벌여준 송별연이 끝나고 밖으로 나왔는데 그의 신이 보이지 않았다. 집 안팎을 다 뒤져도 그의 신은 없었다.

'아아, 내 갖신. 노들강변 마을 늙은 갖바치가 지어준 갖신인데, 그 신을 누가 신어 갔을까. 발에 딱 맞을 뿐만 아니라 발을 아주 편하게 감싸주는 신인데……' 가슴이 쓰라렸다. 잃어버린 신이 눈에 선했다. 바닥은 검은 가죽이고 위쪽은 흰 가죽으로 된 그 신을 대관절 누가 훔쳐간 것일까.

훔쳐간 자는 그가 대신 신을 만한 헌 신 한 짝도 남겨놓지 않았다. 주위 사람들에게 신이 없어졌노라고 말을 할 수도 없었다. 당황한 채 신을 찾아 두리번거리다가 보니 함께 자리했던 사람들의 모습이 보이지 않았다. 마땅히 붙잡고 신을 살 수 있는 가게로 안내해달라고 청할 만한 사람도 없었다.

버선발로 황급하게 걸었다. 유리창 쪽으로 한없이 가다보면 신을 파는 가게가 나타날지도 모른다. 아, 이 무슨 창피인가. 뾰족거리는 자잘한 돌멩이가 발바닥을 아프게 자극했다. 발부리가 돌부리에 채면서 눈에 번득 불이 일어났다. 지나는 낯선 이국 사람들이 버선발로 걷는 그를 흘긋거렸다. 빨리 신을 파는 가게로 가서 아무 신이든지 한 켤레 사 신어야 한다. 내일 고국으로 돌아가야 하는데, 맨발로 걸어갈 수는 없다.

걸음을 재촉하는데 맞은편에서 수레들이 덜커덩거리며 줄줄이 달려왔다. 말이 끌기도 하고 소가 끌기도 하고 사람이 끌기도 하는 수레들. 수레바퀴 굴러가는 소리가 우당탕 퉁탕 지축을 울렸다. 수레 끄는 말들은 꼬리를 저어댔다. 수레를 모는 사람은 채찍으로 말의 등을 쳤다. 말방울들이 찰랑찰랑 청아한 소리들을 냈다. 수레에 탄 사람들은 저희들끼리 무슨 말인가를 주고받으며 웃어댔다.

그는 우두커니 선 채 그 수레들이 지나가기를 기다렸다. 그때 길 건너편 사람들이 버선발로 서 있는 그를 손가락질했다. 그의 아버지를 탄핵한 김우명, 신위를 탄핵한 윤상도, 그를 탄핵한 김회명, 순조의 비인 순원왕후, 그녀의 아버지인 김조순, 김조순의 아들 김좌근, 김좌근의 첩 나합…… 그들이 하하하하 호호호호 하고 웃어댔다. 가슴이 우둔거리고 얼굴이 화끈화끈 달아올랐다. 조급함을 주체하지 못하고 우왕좌왕하다가 발을 헛디디고 넘어졌고, 소스라쳐 꿈에서 깨어났다.

'이 무슨 괴이한 꿈일까. 신을 잃어버린 것은 무엇이고, 일행을 따라가지 못하고 혼자서 신을 사기 위해 낯선 거리를 방황한 것은 무엇인가.'

그는 고개를 갸웃거렸다. 신은 발을 감싸주는 집이다. 신을 신고 걸어가는 발은 신의 안내를 받는다. 신靴은 신神이다. 신靴을 잃어버렸다는 것은 신神을 잃어버렸다는 것이다. 아니 정작 내가 잃은 것은 신身일지도 모르고 신信일지도 모르고 신愼(삼가기)일지도 모른다.

신을 잃고 길을 잃은 것은 내가 나의 행로를 잃고 있음을 말해주는 것이다. 내가 잃어버린 나의 행로란 무엇인가. 그것은 나의 도道이고 운명이다. 무식한 부자들의 손에 들어 있는 돈을 얻기 위하여 마음에 없는 글씨를 쓰고, 그 글씨를 팔고 있는 것이 나의 진짜 행로를 잃어버렸음이다. 운명 밖의 부도덕한 길을 가고 있는 것이다.

상우 상무 두 아들의 살림살이와 그의 목구멍을 위해 그는 글씨를 팔고 있었다. 제주도 유배, 북청 유배에서 돌아왔을 때 상무와 상우의 집안은 가난을 주체하지 못하고 있었다. 충청도 예산의 궁 토에서 올라오는 세수는 해마다 줄어들고 있다고 했다.

그들을 위하여, 그는 대갓집 하인들이 찾아와 청하는 '추사 글 씨'를 거절하지 않고, 오히려 흔감해하며 거듭 써주곤 했다. 글씨 를 팔아 얻은 돈으로 두 아들의 집에 양식을 들여주고, 그가 입고 덮을 옷과 이불을 마련하고, 청나라에서 들어온 붓과 먹과 종이들 을 샀다. 그것이 곧 신과 행로를 잃어버린 것 아닌가.

그가 과천 초당을 떠나 봉은사로 들어온 것은 잃어버린 길을 찾 기 위함이었다. 부처님께 의탁하고 마음을 비우고 남은 삶을 깨끗 하고 조용하게 마감하자는 것이었다.

상무와 상우는 아비를 봉양하기 위하여 과도한 지출을 하고 있 었다. 비단옷 비단이불을 마련하고, 장작을 들어다가 쌓아놓고, 끼 마다 쌀밥과 고기반찬을 마련하고 있었다.

그가 봉은사 공양간 옆에 허름한 초가를 구하여 서방書房과 침 실을 마련한 것은 그들에게 짐을 덜어주자는 것이었다. 목구멍을 메우고 몸을 값비싼 옷으로 감싸겠다는 질곡으로부터 놓여나자는 것이었다. 절 경내로 들어오자마자 부처님께 귀의하고 마음이 산 란하면 늘 연비 의식을 치르겠다고 자청하곤 했다. 그 연비를 통해 서 불가사의 해탈, 세상이 문득 환해지는 듯한 환희심을 얻고 싶었 다. 환희심은 어둠(미망)과의 대척점에 자리한 것이었다. 탐욕과 저주와 오만을 버리고 깨끗하고 더더욱 드높은 세상으로 나아가야 하는 것이었다. 그래야 하늘과 땅이 빛과 울음으로써 증명해주는 글씨를 쓸 수 있을 터이었다.

무지개 목에 두른 달을 싣고 다니는 배米船虹月

밤바람이 잦다. 절 마당의 가랑잎들을 들쥐 떼처럼 달려가게 하고, 풍경들로 하여금 자지러지는 소리를 내며 들썽거리게 하던 바람이 자자, 천강에 비치는 달빛 같은 고즈넉함이 온 세상으로 퍼져나가지만 추사는 잠들지 못하고 있었다.

'板殿'

이 두 글자를 어떤 모양새로 써야 할까. 내가 이승에 남길 마지막의 글씨다운 글씨일지도 모른다는 생각 때문인지, 그 두 글자가 가슴을 억눌렀다. 가슴이 답답해지면서 두근거리던 심장이 후두

두 진저리치듯 움찔했다. 요즘 부쩍 심장이 부정기적으로 뛰곤 한다. 병든 나귀처럼 기우뚱기우뚱 나아가던 나의 시간이 오래지 않아 산사의 고즈넉한 밤 같은 새까만 시간 속으로 녹아들어버릴 모양이다. 두려워하지 말자. 죽음은 삶의 끝자락에 놓여 있는 하나의 전례典禮이고, 태허의 고요 속으로 스미고 배어드는 한 줄기 바람결이다.

심호흡을 하려고 가슴을 폈다. 긴 들이쉴 숨과 내쉴 숨을 귀하게 여기고, 깊고 소중하게 천천히 거듭 쉬었다. 한 번의 숨결과 더불어 현재의 삶을 성찰止하고 무지갯살 같은 황혼빛이 어린 미래의 먼 데 삶을 내다보곤觀 했다. 그것은 영원의 고요禪靜 속으로 스며들려는 희망이었다.

그에게는 글씨 한 자 쓰는 일이, 혼신의 힘을 다하여 한 돌게 한 돌게 돌을 조탁하고 다듬어 쌓아 올리는 석공 아사달의 공덕 같은 것이었다. 평생 하루도 빠짐없이 심혈을 기울여 한 자 한 자 써오는 글씨는 영혼에 하나하나의 무늬로 각인해가는 것이라고 그는 생각하며 살아오고 있었다. 그렇게 각인될 때 그것은 몸속에 보석 같은 사리로 앙금지게 된다. 연금술사들이 새로운 보석 하나하나를 만들어가듯이 내 시원의 창고 속에 그것들을 하나씩 쌓아가는 것이다.

이제 삶의 끝자락에 이르러 있는 나는 내 일생에서 가장 소박하고 향기로운 보석 하나를 만들어야 한다. 그 보석은 부처님의 진리의 말씀들을 새긴 경판들을 저장하기 위해 새로이 지은 전각의 문틀 위에 걸릴 것이다. 경판 간행에 신명을 다하여온 남호 영기 스님이 간곡하게 부탁을 했다.

"반드시 대감의 휘호여야만 판각들이 만세에 길이 전할 것이옵니다."

내 어찌 나의 전 인생을 투척하여 그 글씨 '板殿'을 쓰지 않을 수 있겠는가.

하늘과 땅이 점지한 서예가가 성심을 다하여 쓴 글씨에는 신화적인 주술이 스며 있기 마련이다. 주술은 하늘과 땅을 감응하게 하는 말 아닌 말, 부적 같은 것이다. 때문에 사람들은 모든 전각과 정자와 서재에 현판을 걸어놓으려 하고, 대들보에다 상량문을 새기려 한다. 좋은 음악이 그렇듯, 성심을 다한 글씨는 하늘로 하여금 보호하게 하고 땅으로 하여금 떠받치고 옹위하게 하는 주술을 가지고 있다.

겨자씨 한 알이 사해四海의 물을 모두 품고 있듯이 그 글씨 '板殿'에는 천강의 무지개 어린 물이 흘러야 한다. 나무로 지은 전각 속에 들어 있는 나무로 된 경판들을 지켜주는 주술이 담겨 있어야 한다. 불을 억제하는 물을 맡아 다스리는 신, 하백河伯의 화신, 그것이어야 한다.

영기 스님의 행실이 고맙고 기특하다. 영기는 화엄경의 판각 삼천 오백여 장을 새겨 책으로 찍어 세상에 배포하는 일에 미쳐 있는 서른다섯 살의 수좌이다.

흔히 선승이랍시고, 경전 공부하기를 등한시할 뿐만 아니라 제자들에게 광대무변한 경전 읽기를 권하지도 않고, 면벽참선을 일삼다가 말(진리)이 막히면 크게 한소식을 한 척하고, 악喝 소리나 지르곤 하는 것이 유행하는 이 시대의 절집 안에서 경전 간행에 신명을 다하는 젊은 주지 영기 수좌는 추사의 가슴을 뿌듯하게 했다.

영기는 추사의 글씨들을 봉은사 경내에 많이 남겨놓으려고 애를 썼다. 영기 스님의 부탁으로 추사는 이미 '영산전靈山殿' '북극보전北極寶殿'의 현판들과 그 전각의 주련들을 써준 바 있었다.

영기는 추사의 주술 어린 글씨들로 말미암아 봉은사를 신기 어린 절로 거듭나게 하려 하고 있었다. 그 현판과 주련들을 달고 난 이후로 영기는 흥분을 감추지 못하고 있었다.

"대감의 글씨들을 모신 다음부터 우리 절 불보살님들의 얼굴이 하늘복숭아 꽃송이들처럼 밝아지셨고, 경내에는 무지갯빛이 휘황찬란하게 돌곤 합니다. 그 글씨들을 쳐다보면 하늘 비파 소리 편경 소리가 들립니다."

영기는 바야흐로, 신명을 다하여 제작한 판각들을 모셔놓을 전각 '판전'을 대웅전 오른편 뒤쪽에 짓고 있었고, 추사에게 그 전각에 걸 현판을 부탁하고 있었다.

추사는 그 현판에 남길 글씨로 말미암아 어깨가 무거워졌다. 그 현판 글씨에는, 모름지기 글씨가 반드시 지녀야 할 주술 말고도, 판각들을 소장하는 전각의 고고하고 숭엄한 분위기가 풍겨야 한다. 그 글씨는 그 전각 안에 소장되어 있는 수천수만의 판각들의 무게와 그 나무판각들의 향기를 지니고 있어야 하고, 그것들에 실려 있는 부처님의 금강석 같은 말씀들이 꼭두새벽의 먼 산골짜기에서 들려오는 쇠북소리처럼 울려 퍼져야 한다. 바느질 흔적이 없는 비천녀飛天女의 달빛 옷 같은 글씨여야 한다.

그 글씨를 과연 어떠한 모양새로 써야 할까. 예서로 써야 하나. 전서로 써야 하나. 행서로 써야 하나. 초서로 써야 하나······. 평생 글씨만을 써온 내가 현판에 새길 글씨 '板' '殿' 두 글자에 이렇듯 얽매이다니.

어디에서인가 누군가의 코 고는 소리가 아련하게 들려왔다. 서창에 달빛이 드리워졌다. 추사는 엎치락뒤치락 잠을 이루지 못하고 있었다. 가뜩이나 낮에 큰댁 조카 상준이 와서 한 말이 자꾸 귀에 남아 있었다.

상준은 그냥 문안인사를 드리고, 대흥사 일지암 초의에게서 온 차를 한잔 얻어 마시고 싶어 들렀다고 하더니, 실없는 소리를 지껄거렸다.

"숙부님께 오래전부터 여쭙고자 했는데 겨를이 없어 미처 여쭙지 못했습니다……. 저, 혹시 얼마 전에 오산 어른 댁에서 온 심부름꾼한테 대련 한 폭을 써주신 일이 있으십니까?"

"그래 그 집에서 글씨를 이것저것 많이 구해 갔느니라."

그의 말을 들은 뒤 잠시 뜸을 들이고 난 상준은 그의 얼굴을 슬쩍 건너다보면서 말을 이었다.

"바로 최근에 있었던 이야기라는데요. 오산의 동생이, 보면 볼수록 오묘한, 숙부님의 그 대련 한 짝을 얻어다가 글방 벽에 걸어놓고 모사를 하곤 한 모양인데, 어느 날 밤에 잠이 오질 않아서 글씨나 써야겠다, 하고 글방엘 들어갔더니, 촛불을 안 켰는데도 방이 훤했답니다. 깜짝 놀라 살펴보니, 벽에 걸어놓은 대련에서 무지개 같은 빛이 나와 방을 비추고 있었답니다. 소름이 끼쳐 글방을 나와 안방에서 잠을 자고 이튿날 자기 숙부에게 그 말을 했더니, 숙부가 그 대련을 가져오라고 했답니다. 그러고는 먹을 갈아 붓에 묻혀 대련의 글씨들 위에 흔적이 나지 않을 만큼 약간 덧칠을 한 다음 건네주면서 다시는 그런 일이 없을 거라고 하더랍니다. 과연 다음 날 밤부터는 그 대련 글씨에서 빛이 나지 않았답니다. 이 이야기가 사실일까요?"

추사는 속으로 실없는 사람들, 하고 그냥 웃기만 했다. 내 글씨에서 밤에 빛이 났다면, 내 글씨가 미선홍월米船虹月 같은 신필이라는 것인가. '미선홍월'은 송나라 산곡 황정견의 시 한 대목으로 말미암아 널리 알려져 있는 말이었다.

창강에서 밤새도록 피어난

무지개가 달을 꿰뚫었던 것은

분명 뱃놀이하는 미우인의 품에 있는

서화가 쏟아내는 무지개 때문일 터!

滄江盡夜虹貫月 定是米家書畫虹

실없다, 실없다, 하며 서창을 향해 웃는데 상준이 말을 이었다.

"얼마 전에 유배가 풀려 제주도에서 돌아온 지전이 '추사 대감의 글씨는 이미 신을 접했어' 하고 말했다더군요."

추사는 상준의 말을 흘려들으면서 행자가 끓여 온 주전자의 물을 백자 주전자에 부어 차를 우리기만 했다. 요리하는 자의 감각이 음식 맛의 좋고 나쁨을 결정짓듯, 차의 맛과 향은 끓여 우리는 자의 감각과 정성에 의해 결정된다. 더구나 차는 찻잎의 넣는 양과 물의 뜨거운 정도와 우러나기를 기다리는 시간을 적당하게 조절해주지 않으면, 자기 특유의 배릿하면서도 고소한 맛과 향을 보여주지 않는 자존심 강한 자이다.

상준이 말을 이었다.

"제주도에서 어느 늦가을 열여드렛날 저녁에 산하가 하얗게 눈에 덮이자, 거기 유배되어 온 선비들 여섯이서 지필묵과 술 몇 병과 돗자리를 들고 한라산 중턱까지 올라가, 달이 대낮처럼 밝으므로 모두 시심이 동하여 풍월을 했다면서요?"

추사는 상준 앞에 놓인 잔에 차를 부어주고 자기의 잔에도 따랐다. 상준은 차를 마셨다. 그러나 상준은 차향과 맛을 음미하기보다는 이야기에 더 신경을 썼다.

　"모두들 그냥 풍월만 하고 말 것이 아니고, 지은 시들을 종이에 남겨야 한다면서, 벼루에 눈을 녹여 먹을 갈아 붓 끝에 묻혀 시를 종이에 적으려고 하는데 붓끝이 얼어 써 내릴 수가 없었다면서요? 그런데 숙부님께서 '어디 내가 한번 써보자' 하고 붓을 들고 써 내리자 붓끝이 언제 얼어서 써지지 않았더냐 싶게 줄줄이 잘 써졌다고…… 그것은 신이 들린 붓과 글씨가 아니고서는 불가능한 일이라고……."

　추사는 서창을 향해 웃었고, 상준은 추사의 웃음 때문에 일그러진 얼굴을 건너다보기만 했다.

신의 글씨神筆

　낮에 잠을 자다가 일어나니 할머니가 보이지 않았다. 어머니는
세 살 난 명희를 데리고 외가엘 가셨다가 돌아오지 않고 있었다.
　마당에는 흰 햇살만 쏟아지고 있었다. 아랫것들은 다 어디엘 갔
을까. 절 쪽에서 청아한 목탁 소리 염불 소리가 들려왔다. 바람이
절 쪽에서 불어오고 있었다.
　할머니가 절엘 가셨나보다. 추사는 절을 향해 달려갔다. 울창한
숲으로 말미암아 먼 데 산은 보이지 않고 숲의 우듬지 사이로 쪽색
으로 조각난 하늘만 보였다. 그 숲 어딘가에서 시냇물 소리가 들려

왔다.

골짜기를 향해 나아가자 해맑은 시냇물이 졸졸 흐르고 있었다. 이 순간부터 그는 늙은이가 되어 있었다.

물에는 복사꽃잎이 있었다. 이 물 상류에 무릉도원이 있다는 것인가, 하고 생각하며 물줄기를 따라 올라갔다. 얼마쯤 골짜기를 치올라가자 짙푸른 소沼가 나왔다. 소 가장자리 바위에 하얀 바지저고리 차림에 검은 머리를 길게 땋아 늘인 앳된 소년이 앉아 글씨를 쓰고 있었다. 어디에서인가 본 듯한 소년이었다. 가까이 다가갔다. 양쪽 볼에 곰보 자국이 있는 소년의 얼굴을 보는 순간 그는 '아아, 선재소년이다!' 하고 속으로 소리쳤다. 많은 선지식에게 불법을 구하러 다니는 선재소년 이야기를 그는 이미 『화엄경』「입법계품」에서 읽은 바 있고, 물방울관음상 속에서 본 바 있었다.

선재소년은 눈을 내리깐 채 붓글씨를 쓰고 있었다. 고요하게 가라앉아 있는 선재소년의 얼굴을 보면서, 그는 '선재소년이 글씨 쓰기의 삼매경에 들어 있다' 하고 생각했다. 이상스럽게도 소년의 앞에는 종이가 없었다. 옆의 편편한 돌 위에 벼루와 먹만 놓여 있었다. 벼루에는 잘 갈아놓은 먹물이 담겨 있었다.

앳된 얼굴이 희고 보송보송하고 계집아이처럼 예쁘장한 선재소년은 추사의 인기척을 느끼지 못한 듯 뒤도 돌아보지 않고 붓글씨 쓰기에만 몰두하고 있었다. 그 소년이 글씨 쓰는 것을 본 추사는 소스라치게 놀랐다. 선재소년은 붓끝에 먹물을 묻힌 다음 거울처럼 해맑은 수면 위에다가 글씨를 쓰고 있었다. 비단 같은 수면 위에 먹글씨가 선명하게 드러났다. 서투른 듯하지만, 소박하고 고졸하고 기굴한 글씨였다.

아니 어떻게 수면 위에 글씨를 쓸 수가 있단 말인가. 그 글씨의 점과 획과 파임들이 어찌하여 물에 풀어져버리지 않는단 말인가. 진흙으로 빚은 소가 강물을 건너간다는 화두가 떠올랐다. 수면에 쓴 글씨가 풀어져 사라지지 않는 신통스러움에 놀란 추사는 재빠르게 선재소년의 얼굴과 물 위의 먹글씨를 번갈아 보았다.

물에는 '春風大雅能容物 秋水文章不染塵(춘풍 같은 큰 너그러움은 능히 세상의 만물들을 다 수용하고, 가을물 같은 문장은 더러움에 물들지 않는다)'라는 대련이 쓰여 있었다.

'磵戶蒼苔馴子鹿 石田春雨種人蔘(산골짜기 집 푸른 이끼에 어린 사슴 깃들고, 돌밭에 내린 봄비를 맞으며 인삼의 씨를 뿌린다.)'

이것은 내가 쓴 바 있는 것인데, 선재소년이 그것을 어찌 알고 여기에 이렇게 쓰고 있는 것인가. 내가 쓴 것과 선재소년이 쓴 글씨는 어떻게 다를까. 눈을 크게 벌려 뜨고 자세히 살피는데, 글씨의 점과 획과 삐침과 파임들이 살아 꿈틀거리기 시작했다.

날이 갑자기 어두워지더니 밤이 되었고 하늘에 별이 떴다. 순간 그는 깜짝 놀랐다. 그 글씨들에 수천 마리의 반딧불이가 붙어 일제히 불을 밝히는 것처럼 환한 형광이 일어났다. 동시에 수천 개의 하늘 편경과 공후인을 연주하는 소리가 들려오고 두리둥둥 두리둥둥 지령음이 들려왔다. 추사는 속으로 부르짖었다.

'아아! 이거야말로 신필이다!'

선재소년은 옆에 놓인 젓가락 모양의 막대기 하나를 집어 들어 자기가 써놓았던 수면의 대련 글자들을 휘휘 저었다. 수면의 글씨들이 가뭇없이 사라지자 하늘의 음악 소리와 지령음도 사라졌다.

선재소년이 다시 붓을 들더니 거침없이 썼다. 이번 것은 가로로 썼는데, 커다란 현판 글씨였다. 그 글씨를 보는 순간 추사는 경악했다. 그것은 그가 며칠 전부터 쓰려고 벼르고 있는 '板殿', 그것이었다.

해서도 전서도 예서도 행서도 아닌 듯싶은데, 해서라고 할 수 있고, 전서라고도 할 수 있고, 행서라고도 할 수 있고, 예서라고도 할 수 있었다. 해서 전서 행서 예서로 분화되지 않은, 그 모든 것을 아울러놓은 글씨로서, 단순 소박하고 고졸한 맛을 풍기고 있었다.

'아! 그렇다. 바로 저것이다!' 하고 속으로 소리치는 순간, 그 글씨들이 형광을 일으켰고, 동시에 하늘의 관광한 음악과 지령음이 들려왔다.

선재소년이 수면의 글자들 위에 드리우고 있는 추사의 그림자를 흘긋 보고는, 말없이 붓을 벼루 위에 걸쳐놓고 막대기를 들어 수면의 글씨를 휘휘 저어 가뭇없이 사라지게 한 다음 몸을 일으켰다. 추사를 향해 합장을 한 채 곱게 읍을 하고, 자기가 앉았던 자리를 두 손으로 정중하게 가리켜주며 공손히 말했다.

"대감, 여기 앉으십시오. 빈도는 은사이신 신호神毫 스님의 가르치심에 따라 글씨 수련을 하고 있는데, 암자에서는 종이를 구하기 어려우므로, 이렇게 날마다 물 위에 글씨를 쓰고 있사옵니다. 신호 스님께서는 오수를 이기지 못하시고 잠시 암자로 올라가시면서, 오래지 않아 마을에서 신필이라는 찬사를 듣고 계시는 추사 대감이 오실 것이니 그분에게서 신필을 익히라고 하셨사옵니다. 청컨대 대감의 신필을 하교해주시옵소서."

선재소년은 벼루에 걸쳐놓았던 붓을 추사에게 내밀었다. 추사는 선재소년이 조금 전에 앉아 있던 자리에 엉덩이를 붙이고, 붓을 받아들었는데 팔목의 힘이 풀려버렸다. 수면에다가 어떻게 글씨를 쓴다는 것인가.

"수면 위에다 어떻게 먹글씨를 쓴단 말이냐?"

그의 절망 어린 물음에 선재소년이 공손하게 말했다.

"두려워하거나 주저하지 마십시오. 두려워하고 주저하는 것이 글씨를 망칩니다."

그 말이 추사의 정수리를 쳤다. 그는 '두려움이 글씨를 망친다' 하고 속으로 중얼거리며, 붓에 먹물을 묻혀 들고 산 그림자가 어려 있는 맑은 수면을 내려다보았다.

선재소년이 말을 이었다.

"써야 할 곳이 서판이든지 종이든지 바람벽이든지 바위이든지 물이든지 하늘 자락이든지, 분별하지도 말고 두려워하지도 말고, 오랫동안 마음으로 상량商量하여온 글자들을 자신 있게, 금시조가 해룡을 대번에 훔쳐 잡듯 써야 한다고 신호 스님께서 말씀하셨습니다. 세상의 모든 좋은 일은 용기를 필요로 하는데, 그 용기는 오천 권의 책 읽기로 말미암아 소매 속에 생긴 금강 몽둥이와, 안반수의安般守意의 깊고 긴 들이쉴 숨과 내쉴 숨이 형성시켜준다고 하셨습니다."

추사는 가슴속에서 뜨거운 김이 뭉클 치솟아 올라왔다. 상한 자존심으로 인해 불쾌해진 감정이었다. 그때 선재소년이 말했다.

"가슴에 뜨거운 불쾌한 기운을 담은 채로는 절대로 좋은 글씨를 쓸 수 없다고, 신호 스님께서 말씀하셨습니다."

추사는 뜨거운 불쾌한 기운을 억누르기 위해 잠시 눈을 감은 채 심호흡을 했다. 이윽고 평정심이 회복되었을 무렵 선재소년의 말이 들려왔다.

"은사께서 말씀하시기를, 글씨는 그 사람의 마음이라고 했습니다. 물에 쓰든지 종이에 쓰든지, 글씨는 마음으로 써야 한다고 했고, 마음으로 쓰는 글씨는 손아귀에 움켜쥔 참새와 같다고 했습니다. 사람 손에 잡힌 까닭으로 불안해진 참새의 가슴은 펄럭펄럭 뛰고 있는데, 그 펄럭거림이 붓끝을 떨게 하면 점과 획과 삐침과 파임은 온전하지 않게 된다고 했습니다. 한사코 손아귀 속의 참새가 편안해할 때까지 기다려야 하는데, 참새가 편안해할 때까지의 그 기다림이 아주 중요하다 하셨습니다. 기다리는 동안이 너무 길면 손아귀의 뜨거움과 손바닥의 땀이 참새를 지쳐 늘어지게 한다 하셨습니다. 그렇다고 손아귀의 뜨거움과 땀이 서리지 않게 하려고 너무 헐겁게 잡으면 새가 푸르르 날아가버리고, 너무 힘주어 쥐고 있으면 새가 맥 빠져 죽게 된다 하셨습니다."

그 글씨 쓰기의 비법은 어린 시절에 박제가 선생에게서 들은 바 있었다.

"내 친구 가운데, 백동수라는 칼 잘 쓰는 사람이 있는데, 그가 이렇게 말했습니다. 칼자루를 너무 힘주어 잡으면 칼을 제대로 쓸 수 없으므로 상대의 칼에 찔려 죽게 되고, 그렇다고 칼자루를 너무 가만히 잡은 채 칼을 쓰면 상대방의 칼날을 막는 순간 칼자루를 놓치게 된다는 것입니다. 붓 잡는 법도 그와 똑같습니다. 칼잡이들이 목표한 것을 벨 때 목표한 것을 주도면밀하게 보고 가늠한 다음 순간적으로 과감하게 베듯, 글씨도 그와 같이 써야 합니다. 미적미적하고 있으면 김이 새 나가버립니다."

추사는 붓을 물 위로 가져갔고, ― 자처럼 가로획 하나를 그었다. 모든 물고기의 몸은 한 번 움직일 때마다 세 번의 뒤틀림三轉이 있게 된다는 말을 떠올리며. 그러나 물에 그은 ― 자 획은 뜻한 바대로 그어지지 않았다. 붓에 묻은 먹물이 풀어져 거무스레하게 흩어지고 있을 뿐이었다.

선재소년이 자기 가슴에 두 손바닥을 대붙인(합장) 채 안타까워하면서 말했다.

"아, 안 돼요, 안 돼요! 지금 대감께서는 두려워하고 계십니다. 먼저 써낼 수 있다는 자신감을 가지시고 다시 시작하십시오. 다시요!"

그 말을 듣는 순간 추사는 번쩍 눈을 떴다.

어디선가 코 고는 소리가 들려왔다. 가슴이 답답했고, 심장 뛰는 소리가 귀청을 울리고 있을 뿐 사위는 고요했다. 목이 밭았고, 입 안이 깔깔하여 머리맡에 놓여 있는 자리끼를 한 모금 마셨다.

유황 개비를 꺼내 들었다. 화로의 재를 뒤적이고 알불을 찾아 유황 개비 끝을 가져다 댔다. 파르스름한 불이 일어났다. 그 불을 초의 심지에 댔다. 촛불이 점차 커졌다.

먹을 갈았다. 꿈속에서 선재소년이 쓰던 글씨를 떠올렸다. 그것은 신의 계시이다. 먹을 갈아놓고 나서 추사는 반가부좌를 하고 눈을 감았다. 선재소년이 쓴 글씨 '板殿', 그것은 해서도 아니고, 전서도 아니고, 예서도 아니고, 행서도 아닌 글씨였다. 아니 해서라고 할 수도 있고, 전서라고 할 수도 있고, 예서라고 할 수도 있고, 행서라고 할 수도 있는 글씨였다. 아니 해서 전서 예서 행서를 모두 아우른 글씨였다. 그렇다. 아이들이 아무런 마음 없이 쓴 글씨, 이것이야말로 내가 쓰고 싶었던 글씨의 궁극이다. 아이들은 하늘의 마음으로 글씨를 쓴다.

눈을 감은 채 오랫동안 심호흡을 거듭하던 그는 분연히 붓을 들었다. 여의주를 주렁주렁 목에 건 거대한 금시조가 몇십 리인지 헤아릴 수 없는 날개를 퍼덕거리면서 바야흐로 짙푸른 바다를 가르고 날아오르려 하는 용을 잡는 기세로 붓을 일으켜, 거대한 흰 코끼리香象가 바다를 건너가듯 가로획 세로획을 거침없이 그었다.

한 획 한 획 속에, 그가 디디고 차지하고 있는 전 우주가 그의 온몸과 영혼을 타고 붓대를 따라 흘러내리고 붓은 종이 위에 그의 전 인생을 앙금으로 가라앉혀놓고 있었다.

板殿

그것의 마지막 파임을 쓰고 난 그의 귀에, 하늘의 관광한 음악과 두리둥둥 두리둥둥 하는 지령음이 들렸다. 눈을 비비고 내려다보니 써놓은 글씨의 획들이 꿈틀거리면서 형광을 뿜었다. 순간 그의 몸으로 회오리바람 같은 환희심이 밀려들었다. 심장이 쿵쾅거리고 피들이 울울울 온몸을 휘돌아다녔다. 일어서서 너울너울 춤을 추고 싶었다. 진묵대사의 시 「춤추는 소매 길어 곤륜산에 걸릴라」가 생각났다.

한데, 과도한 환희심이 그의 체력을 태워 없애고 있었다. 곧 무력증이 일어났고, 앉은 채 글씨를 내려다보고 있을 수 없도록 몸이 천길 지하로 가라앉고 있었다. 붓을 내던지듯 벼루 위에 놓고 몸을 눕혔다. 의식이 가물가물해졌다. 침침한 불그레한 어둠이 눈앞을 가렸다.

三

하허霞虛 스님과의 내기

　할아버지가 그랬듯, 반가부좌한 채 윗몸을 양옆으로 천천히 흔들며 『맹자』를 외다가 밖으로 나왔는데 할머니의 모습이 보이지 않았다. 늙은 하녀만 부엌 앞에서 나물을 다듬고 있었다. 젊은 하녀 내외는 들엘 나간 것이다.

　우참찬을 지내신 할아버지는, 이날 아침 어린 추사에게 숙제를 잔뜩 내주고 한양엘 가셨다. 당신이 없는 열흘 동안 눈을 감고 외어야 할 부분, 써야 할 서첩을 지정해주고 하얀 종이를 두둑하게 쌓아놓고 가셨다. 그 종이에 글씨를 다 써야 한다. 돌아오시면 숙제를 하나하나 확인하실 것이다. 할아버지는 추사를 극진하게 사랑했다. 할아버지가 시골 향저에 와서 머물곤 하는 것은, 오직 어린 추사와 함께 생활하며 글을 가르치기 위해서였다.

할아버지는 반가부좌를 한 채 얼뚱아기인 추사를 품 안에 앉히고 한 자 한 자 글을 짚어가며 가르쳤다. 잘하면 아이고 우리 신동, 하며 엉덩이를 토닥거리기도 하고, 머리를 쓰다듬어주기도 했다. 그러나 잘 못하면 회초리로 종아리를 때렸다.

할머니께서는 또 절엘 가셨나보다. 할머니도 손자 추사하고 함께 살고 싶어 한양의 큰아들 집을 버리고 이곳에 와서 생활하고 있는 것이었다.

대문 밖으로 나서자 절을 향해 뛰었다. 그림자가 그를 앞장서서 달렸다. 그림자의 머리통을 밟으려 들었지만 그림자는 그때마다 용용 죽겠지, 하며 한발 먼저 달아나곤 했다.

한낮인데 법당은 텅 비어 있었다. 요사채에도 공양간에도 수각에도 해우소解憂所 근처에도 사람의 모습이 보이지 않았다. 절 마당에 어린 추사가 혼자 서 있었다. 그의 그림자가 그를 쳐다보며 심심하면 법당으로 들어가보자, 하고 말했다.

법당 문 앞의 댓돌로 갔다. 법당 안에는 보라색 미세한 바람의 알맹이들이 조용히 수런거리고 있었다. 문 안으로 발을 들여놓자, 동그스름한 금색의 연꽃 방석에 앉은 금부처가 두 눈을 거슴츠레하게 뜬 채 추사를 보았다. 금부처는 추사가 법당 안에 들어설 때마다 그를 보지 않은 체하신다. 사실은 그의 속마음까지도 다 들여다보고 있으면서.

가사 색깔의 방석 한가운데에 놓인 목탁이 그를 쳐다보며 눈을 깜박거렸다. 치고 싶으면 쳐봐, 하고 목탁이 말했다. 배 불뚝한 목탁 가운데에 찢어놓은 구덩이가 있었다. 그 속에 검은 어둠이 가득 들어차 있었다. 그 어둠 속에는 무엇이 들어 있을까. 오묘한 소리가 들어 있다.

하허 스님이 하던 것처럼 방석 위에 반가부좌를 하고 목탁을 두들겼다. 약간 쉰 듯한 굵은 목소리를 흉내 내어 염불을 했다. 절엘 올 때마다 귀에 못이 박히게 들었던 것들 가운데 이것저것 끌어다가 외었다.

"사바사바사바하, 사바사바사바하, 사바사바사바하, 옴 마니 반메 훔, 옴 마니 반메 훔, 옴 마니 반메 훔, 옴 살바 못자 모지 사다야 사바하, 옴 살바 못자 모지 사다야 사바하, 옴 살바 못자 모지 사다야 사바하, 아제아제 바라아제 바라 승아제 모지 사바하, 아제아제 바라아제 바라 승아제 모지 사바하, 아제아제 바라아제 바라 승아제 모지 사바하……."

귀에 익은 것들을 다 외고 난 그는 방석 앞에 펼쳐져 있는 경전을 줄줄 읽었다.

"……수보리야, 항하강변에 있는 모래의 수만큼 많은 몇 억만 개의 항하강변에 그 수많은 모래들이 있다면, 그 모래가 과연 얼마나 많겠느냐?' 수보리가 아뢰었다. '매우 많겠사옵니다. 세존이시여, 저 한 개의 항하강변만 하더라도 수없이 많은 모래를 가지고 있사온데, 하물며 그 많은 모래의 수만큼 많은 항하강변의 모래라니, 그 얼마나 많고 또 많겠사옵니까?' 부처께서 말씀하셨다. '수보리야, 내 이제 너에게 진정으로 말하겠다. 만일 선남선녀가 저 모든 항하강의 모래처럼 많은 삼천대천세계에 일곱 가지 보석들을 가득 채워서 다 보시했다면 그 복덕이 얼마나 많겠느냐?' 수보리가 아뢰었다. '매우, 매우 많사옵니다. 세존이시여.' 부처께서 수보리에게 말씀하셨다. '만일 선남선녀들이 이『금강경』가운데에서 다만 몇 마디 말만이라도 받아 지녔다가 남을 위해 가르쳐준다면 이 복덕이 앞에 말한 복덕보다 훨씬 뛰어날 것이니라……. 만일 이『금강경』이 있는 곳이면 곧 부처님이 계신 곳이 되고 존경 받는 제자가 있는 곳이 될 것이니라…….'"

그때 누군가가 법당 안으로 들어왔으므로, 그는 소스라쳐 놀라 목탁을 놓아두고 몸을 일으켰다. 하허 스님이 빙그레 웃으면서 그를 향해 합장을 했다.

"원춘(정희) 도련님, 염불을 아주 잘하십니다."

문 앞에 선 할머니가 그를 향해 꾸짖었다.

"부처님 앞에서 방자하게 무슨 짓을 하고 있는 것이냐!"

하허가 할머니를 향해 손사래를 치면서

"보살님, 아니옵니다. 들어보니 빈도가 염하던 것들 가운데서 가장 좋은 부분만을 골라 아주 또록또록하게 염하고 있었사옵니다" 하고 말했다.

"그래도 부처님 앞에서 장난을 한 것은 용서받을 수 없습니다."

할머니의 근엄한 말에, 하허가

"보살님, 너무 염려 마십시오. 빈도가 원춘 도련님으로 하여금 이 기회에 더욱 큰 복 밭을 일굴 수 있는 방편 하나를 안겨드리겠사옵니다" 하고, 추사 앞에 쪼그리고 앉더니

"부처님 앞에 두서없이 아무 대목이나 외어댄 것을 용서받으시려면, 빈도가 드리는 이 경전을 줄줄 외시면 됩니다" 하고 나서, 표지와 모서리가 거뭇거뭇하게 닳아진 다른 경전 하나를 그의 앞에 내밀었다.

"이 『화엄경』 안에는 원춘 도련님하고 비슷하게 생긴 선재동자 이야기가 들어 있습니다. 그 이야기는 세상에 돌아다니는 흥부와 놀부의 이야기, 용궁에 간 토끼의 이야기, 춘향 아가씨 이야기, 홍길동 이야기, 심청 처녀의 이야기들보다 훨씬 재미있을 것이옵니다. 그런데 이 경전은 한 번 읽고 말 것이 아니고, 이 책 종이가 다 닳고 닳아지도록 줄줄 외어야만 합니다. 그래야만 세상의 모든 복 가운데서 가장 실다운 복을 받게 됩니다."

추사가 표지에 쓰인 '대방광불화엄경大方廣佛華嚴經'이라는 글

자들을 들여다보는데 하허가 말했다.

"원래 『대방광불화엄경』은 이 책보다 몇 배나 되게 긴데, 여기에
는 「보살문명품」 「정행품」 「십행품」 「십회향품」 「십지품」 「여래출
현품」 「이세간품」 「입계법품」만 들어 있습니다. 처음부터 모두 다
읽으시지는 않더라도 맨 뒤에 있는 「입계법품」만은 반드시 다 읽
어 외어버리십시오. 만일 그것을 다 외어 오시면 빈도가 큰 상을
드리겠습니다" 하고 나서, 허허는 서랍에서 흰색 비단에 싸여 있
는 것을 꺼내 펼쳐 보였다. 흑갈색 바탕에 어두운 자주색과 보라색
의 미세한 무늬가 있는 염주였다.

"이것은 중국에서 들어온, 향나무 괴목으로 만든 백팔염주인데,
이 염주를 방 안에 놔두면 향내가 진동하고, 선비들의 공부를 방해
하는 게으름의 마구니, 잠 잘 오게 하는 마구니를 범접하지 못하게
합니다."

하허는 그 염주를 추사의 코에 대주었다. 음음한 향기가 추사의
콧속으로 스며들었다. 그는 향기를 가슴속으로 들이마시면서, 하
허가 앞에 들이민 염주를 내려다보았다.

"한번 굴려보십시오."

추사는 그것을 받아들고 하허와 할머니가 하곤 하는 것처럼 한
알씩 굴려보았다. 문밖에서 날아온 흰 빛살이 염주에 부딪쳤다가
그의 눈으로 날아들었다. 언제인가 뒤란의 오죽숲에서 나오던 고
양이의 눈에서 날아온 빛살이 연상되었다.

추사는 그것을 하허에게 되돌려주고 옆에 놓아둔 경전을 들어 펼쳤다. 「입계법품」의 분량은 얼마나 될까. 며칠이면 다 욀 수 있을까.

그때 하허가 말했다.

"그런데 한 가지 꼭 지키셔야 할 게 있습니다. 그것은 이 경전을 왼다는 핑계로, 할아버지께서 가르치시는 서책 읽기나 글씨 쓰는 일을 젖혀놓아서는 절대로 안 된다는 것이옵니다. 반드시 하루치의 읽고 쓰시는 숙제를 다 해놓으신 다음에 따로 이 경전을 외어야 합니다. 그 약조를 지키실 수 있으면 이 경전을 가져가시고, 그렇지 않으면 여기 그냥 놓고 가십시오."

어린 추사의 옆에 앉은 할머니는 얼굴에 다사롭고 은근한 웃음을 담은 채 추사의 표정을 살피고만 있었다. 추사는 책을 후르르 넘겨본 다음 자신이 있다는 듯 고개를 세차게 끄덕거렸다. 하허가

"빈도와의 그 약조를 지키실 수 있으십니까?" 하고 다짐을 받듯이 물었다.

추사는 다시 고개를 끄덕거렸다. 볼과 콧등에 곰보 자국 몇 개가 있는 추사의 초롱초롱 맑은 눈과 굳게 다문 입매에는 해낼 수 있다는 의지가 어려 있었다. 가슴으로 밀려드는 어린 추사의 귀여운 모습을 주체하지 못한 하허가 장난삼아

"만일 「입계법품」뿐만 아니라 그 경전 속에 들어 있는 것들을 다 외어 오신다면, 이 염주 이외에 여기 이것을 상으로 드리겠습니다" 하며, 다른 서랍에서 한지에 싸놓은 것을 꺼내 펼쳤다. 그것은

중국에서 들어온 먹이었다.

"이 먹은 아주 귀한 사람들만 쓰는 것인데, 이 먹을 갈아놓으면 방 안에 향기가 가득하고, 그 향기를 맡으면서 글씨를 쓰게 되면 글씨가 더욱 잘 써지고 머리가 총명해진답니다" 하고 나서, 하허는 추사의 두 눈을 들여다보며 물었다.

"할아버지께서 가르치신 것들을 다 외고 난 다음에 틈을 내어 이 경전을 다 외실 수 있으시겠습니까?"

추사는 다시 한번 손에 들고 있는 경전을 후르르 넘겨본 다음 고개를 끄덕거렸다.

옆에 앉아 있던 할머니가 추사를 와락 끌어안고 등을 토닥거렸다. 추사의 얼굴은 할머니의 품속으로 들어갔고, 할머니의 물씬한 체취가 가슴속으로 밀려들었다.

할머니가 추사를 품 밖으로 내놓았을 때, 하허가 말했다.

"사람들에게 실천하는 방법을 가르치는 이 『화엄경』은 절대로 원춘 도련님께서 유학 공부 하시는 것을 방해하지 않고, 오히려 나쁜 길로 이끌려고 하는 마구니로부터 도련님을 지켜주실 것입니다. 이 경전을 빈도가 선물로 드릴 테니까 다 외신 다음 돌려주려 하지 마시고 도련님의 서책들 사이에 늘 놓아두도록 하십시오. 어디 먼 데 출타를 하실 때에 바랑이나 봇짐 속에 넣어가지고 다니시면 부처님의 가피가 항상 햇살처럼 내리실 것이옵니다."

추사는 당장에 염주와 먹을 가지고 돌아가고 싶어서

"그것들을 시방 주시면 안 되옵니까?" 하고 물었다.

하허가 고개를 허공으로 쳐들고 "어허허허……" 하고 웃더니 추사의 두 눈을 들여다보았다. 할머니가

"그것은 안 된다! 이 경전을 다 외어 바치면 스님께서 어련히 주시겠느냐?" 하고 근엄하게 말했다. 그러자 추사가 오른손 새끼손가락을 갈고리처럼 만들어 내밀면서 "내기를 걸면 되지 않습니까?" 하고 말했다. 하허가 다시 얼굴을 허공으로 쳐들면서 "어허허……" 하고 웃더니 오른손 새끼손가락을 내밀어 추사의 새끼손가락에 걸어 흔들었다.

할머니가 걱정 어린 얼굴로 말했다.

"장부가 약조를 함부로 하고 나서 지키지 못하면 지옥에 가는 법이다. 더구나 스님과의 약조는 부처님과 약조하는 것이므로, 만일 그것을 어기고 나서는 잘못했다고 빌 데가 없게 된다. 그래도 그 약조를 하겠느냐?"

하허가 할머니를 향해 고개를 저으면서

"아니옵니다. 보살님, 사람들이 내기를 거는 것은 스스로에게 주술을 거는 일로서, 그 내기를 잘 걸고 그 내기에 이기는 사람은 장차 큰일을 해낼 수 있사옵니다. 빈도는 원춘 도령과 기꺼이 내기를 걸겠습니다" 하고 나서 염주와 먹을 추사의 손에 잡혀주었다.

염주와 먹을 받아드는 추사의 가슴은 두방망이질을 하고 있었고, 얼굴은 화끈 뜨거워졌다. 이 세상을 다 얻은 듯 가슴이 벅차올

랐다.

하허가 볼에 복사꽃 빛이 번지고 있는 추사를 향해 말했다.

"영조 임금께서 여기에 이 절을 세워주시고, 이 절을 왜 화암사華嚴寺라고 이름 지어주셨는지 아십니까? 화엄華嚴이나 화암이나 결국은 같은 말입니다. 화엄은 꽃으로 이 세상을 장식한다는 말이고, 화암은 꽃 같은 드높은 큰 인물을 태어나게 하여 이 세상을 환하게 밝힌다는 말입니다. 어린 시절에 이 화암사 부처님에게 정성스레 불공을 드리시는 할머니를 따라다녔을 뿐만 아니라, 이 『화엄경』을 암송하신 원춘 도련님은 장차 수미산보다 더 드높은 산 위에 우뚝 선 큰 바위 같은 인재가 되어 태양처럼 세상을 환히 비추어줄 것이옵니다."

한양으로 가는 수선화 알뿌리

    아랫목에 아버지와 할머니와 어머니가 앉아 있었고, 그 앞에 어린 추사는 무릎을 꿇고 앉아 있었다. 한양의 월성위궁에 머물면서 과거 시험공부를 하던 아버지가 할아버지의 명을 받고, 지난밤 자정이 지나서 왔다. 아버지의 두루마기 자락에서는 먹물 향이 번져 왔다.

    창문에는 푸른빛이 돌고 방 안 구석과 천장에는 그을음 같은 어둠이 남아 있었다. 희부연 창문틀은 어둠을 이용하여 자기가 직사각형임을 확실하게 드러내 보이고 있었다.

추사는 깨어 일어나자마자 찬물로 세수를 한 다음 아버지에게 큰절을 하고 나서 무릎을 꿇은 채, 아버지에게서 떨어질 분부의 말씀을 기다리고 있었다.

아버지가 으흠, 하고 목을 가다듬고 말했다.

"원춘이는 이 아비의 이야기를 잘 들어라. 나라 법에 따라, 오늘부터 원춘이는 이 아비의 아들이 아니고, 큰댁 큰아버지의 아들이 된다. 그러니까 이제부터 이 아비는 너에게 작은아버지가 되는 것이다. 자연 이 충청도 땅에 있는 이 집은 너의 작은집이 되고 한양에 있는 월성위궁이 네 집이 되는 것이다. 그곳의 큰아버지를 이제부터는 '아버지'라 부르고, 나를 '작은아버지'라고 불러야 한다. 마음의 준비를 하여라. 아침밥 먹자마자 나를 따라서 한양의 네 집으로 갈 것이니라. 여기 있는 책들은 모두 동생 명희가 자라면 물려받아 공부할 것이니 두고 가거라. 한양의 네 집에 가면 네 아버지께서 네가 공부할 서책이나 글씨 쓸 종이나 붓이나 벼루들을 모두 마련해줄 것이니라."

할머니가 그를 끌어안고 등을 토닥거렸다.

"한양에 가면 훌륭한 선생님들도 많고 서책도 많고 좋은 음식도 많고, 우리 천하의 원춘이가 장차 과거에 장원하고, 쳐다볼 수도 없을 만큼 높은 산 같은 당상관이 돼가지고, 월성위궁을 지키면서 조상님들께 효도하고, 세상을 쩌렁쩌렁 울리고 살 것이다. 나도 곧 원춘이 따라서 한양으로 달려갈 테니까 뒤돌아보지 말고 훨훨 가

있거라."

마당으로 나온 추사는 짙푸르게 뚫려 있는 하늘을 쳐다보고 서
있었다.

아궁이에서는 하얀 연기가 피어올랐다. 아침밥 짓는 연기였다.
추사는 황급히 그의 방으로 들어가 하허에게서 가지고 온 염주와
『화엄경』을 보듬고 마당으로 나왔다. 하허 스님에게 그 경전을 다
외어 보이지도 않았는데, 그것들을 한양으로 가지고 갈 수 없었다.
누군가와 단단히 한 약조를 어기게 되면 그 약조를 하느라고 걸었
던 손가락이 썩어 문드러진다고 들었다. 화암사를 향해 달렸다. 이
것을 하허 스님에게 되돌려주고 가야 한다. 비탈진 산길로 들어섰
을 때 그의 숨결은 턱에 차 있었다.

숲은 무성하고 어둑어둑했다. 호랑이나 여우가 나오면 어찌할
까. 온몸이 땀에 젖었다. 소나무숲 사이로 보이는 앞산 위로 발그
레한 해가 솟아올랐을 때 그는 절 문 앞에 이르러 있었다. 법당에서
염불을 마치고 나오던 하허가 그에게로 달려와서 쪼그려 앉으며

"어인 일이십니까, 원춘 도련님?" 하고 물었다.

추사는 헐레벌떡거리며 보듬고 온 염주와 경전을 하허 앞에 내
밀었다. 추사의 두 눈에는 눈물이 어려 있었다.

"왜 외실 수 없어서 가지고 오셨습니까?"

추사는 도리질을 하고 나서 몸을 돌리자마자 산 아래로 달리기

시작했다.

하허는 추사가 왜 그 염주와 경전을 들고 달려왔는가를 알고 있었다. 추사의 할머니로부터 추사가 한양의 큰댁으로 양자를 가게 된다는 말을 이미 듣고 있었다.

"원춘 도련님! 원춘 도련니임!"

하허는 달려가서 추사의 앞을 가로막았다. 추사는 아직도 숨을 가쁘게 쉬고 있었다. 하허가 말했다.

"원춘 도련님께서 한양 월성위궁으로 가신다는 것을 빈도는 이미 알고 있습니다. 사실은 빈도가 한양으로 가실 원춘 도련님에게 선물로 이것들을 드린 것이었습니다. 앞으로 언제 어느 때 어디엘 가시든지 이 두 가지 것을 지니고 다니시면 늘 부처님의 가피가 계실 것입니다. 그리고 빈도가 원춘 도련님에게 한양으로 가지고 가실 것을 한 가지 더 드리겠습니다. 잠깐 기다리십시오. 이것들이 무거울 테니까 빈도가 댁에까지 들어다가 드리겠습니다."

하허는 절 마당으로 가서 수선화 알뿌리를 캐가지고 종이에 쌌다. 그것을 추사에게서 받은 염주와 경전과 함께 두 손으로 받쳐 들고 서둘러 산 내려가면서 말했다.

"그렇잖아도 처사님에게 인사를 드리러 가려고 생각하고 있던 참입니다. 어서 가십시다. 아침 공양하고 길을 나서려면 바쁠 터입니다."

그의 집이 가까워졌을 때 하허가 말했다.

"원춘 도련님은 영민하시니까 이 경전을 몇 번만 읽으시면 줄줄이 외어버릴 것입니다. 한번 외어놓으면 평생 여의주 같은 보배가 되는 것이 이 경전입니다. 염주와 더불어서 잘 간직하십시오. 해량할 수 없는 칙칙한 안개나 어둠迷妄이 눈앞을 분간할 수 없게 가렸을 때, 이 경전과 염주가 초롱불처럼 앞을 밝혀줄 것입니다."

추사는 아침밥을 먹고 한양으로 가는 가마에 올랐는데, 하허가 염주와 경전과 수선화 알뿌리를 한쪽 구석에 실어주었다.

"지난 이른 봄에 절 마당귀에서 피던 꽃 보셨지요? 겨울 동안에는 서재 구석에 놓아두었다가 입춘 날 꺼내서 서재 앞 마당귀에 심으십시오. 삼월 따뜻한 봄볕이 내리쬐면 꽃이 나올 것입니다. 그 꽃 속을 자세히 들여다보면 그 꽃 속에서 부처님께 염불하는 빈도가 싱긋 웃고 있을 것입니다."

월성위궁의 쓸쓸한 소년

입춘 날 아침, 추사의 양아버지 김노영은 밤새 입직을 하고 교동 월성위궁으로 돌아오고 있었다. 그의 머리에는, 어린 추사를 어떻게 잘 기르고 가르칠 것인가 하는 궁리로 가득 차 있었다.

전날 그는 규장각의 검서관으로 있는 박제가를 찾아가 입양한 아들 추사에 대하여 이야기를 했다.

"나는 그놈을 전혀 모르겠어. 깜짝 깜짝 놀랄 정도로 잘 돌아가는 그놈의 머리를, 제 할아버지에게 줄곧 맡겨놓으면 안 될 것 같다는 생각이 들기 시작했네. 아무래도 내 아버지는 우리보다는 더

구식이지 않은가? 우리 그놈한테는 새 세상의 빛을 느끼게 해주어야 하는데…… 자네가 와서 한번 만나보고 장차 어떻게 키우면 좋겠는지 판단해보게나."

김노영은 아우 김노경의 장자인 추사를 그의 아들로 삼은 이후, 얼마 동안 말없이 추사를 살피기만 했다. 혼자 심심해하는 어린 추사에게 먹을 갈아달라고 시키기도 하고, 무슨 글씨를 쓰려는데 알맞은 붓을 좀 골라달라고 하기도 하고, 충청도 집에서의 일을 시시콜콜 묻기도 했다.

어린 추사와 친해지려고, 추사를 싸고도는 할아버지가 출타하고 없을 때 추사의 글방으로 들어가 추사가 글씨 쓰는 것을 지켜보기도 하고, 책상 옆에 놓여 있는 염주와 모서리 닳아진 『화엄경』에 대하여 묻기도 했다.

추사는 무릎을 꿇은 채 염주와 『화엄경』을 얻게 된 경위를 이야기해주었다. 김노영은 모서리와 표지가 희끗희끗하게 닳은 『화엄경』을 손에 들고 한 장 한 장 넘겨보면서

"아하, 그러면 그새 하허 스님과 약조한 대로 이 경전을 다 외웠겠구나?" 하고 물어보았다. 추사는 수줍어 고개를 떨어뜨리고 "네에" 하고 대답했다. 그러고는 곧 목소리를 낮추어

"할아버지께는 이 말씀 드리지 마셔요. 할아버지께서 '이런 것 너무 깊이 읽으면 안 된다' 하셨사옵니다" 하고 말했다.

김노영은 빙긋 웃으면서 고개를 끄덕거리고

"그럼, 할아버지 안 계실 때 잠깐, 이 아비 앞에서 한번 외어볼 테냐?"

추사는 주저하지 않고, 김노영을 등지고 돌아앉아 맞은편 바람벽을 향해 눈을 감은 채 천천히 윗몸을 양옆으로 저으면서, 가슴을 울리고 나오는 굵고 깊은 목소리로 나긋나긋 외기 시작했다.

"「보살문명품」. 문수보살이 제일 확실하게 깨달은, 착한 일을 행하는 자에게 물었습니다. '마음의 성품은 하나인데 어째서 갖가지 차별을 가지고 있다고 여기는 것입니까? 다시 말한다면, 어째서 착한 길에도 가고 나쁜 길에도 가고, 원만하기도 하고 결함이 있기도 하고, 태어남이 같기도 하고 다르기도 하고, 단정하기도 하고 추하기도 하며, 고달픔과 즐거움을 받는 것이 같지 않습니까?' 좋은 일을 행하는 자가 대답하였습니다. '보살께서 이런 뜻을 지금 물어보심은 중생들을 깨닫게 하기 위해서입니다……. 모든 법은 작용이 없는 것이며 또한 그 자체의 성품도 없는 것, 그러므로 그와 같은 모든 것이 각기 서로를 알지 못합니다…….'"

김노영은 추사에게

"잠깐!" 하고 나서 경전을 뒤쪽으로 후르르 넘겼다. 「입법계품」을 들추어냈다. 그 가운데 한 대목을 읽어 내렸다.

"'이때 선재동자는 문수보살에게서 이런 여러 가지 공덕을 듣고 일심으로 깨달음을 구하며 문수보살에게 물었습니다.' 바로 이 대목의 뒤에서부터 외어볼 수 있겠느냐?" 하며 추사의 뒤통수를 건너다보았다.

추사는 잠시 눈을 뜨고 허공을 향해 끔벅거리다가, 다시 눈을 감고 천천히 윗몸을 저으며 외어가기 시작했다.

"'성스러운 분이시여, 저에게 말씀해주십시오. 진실로 깨달은 사람은 어떻게 착한 깨달음의 실천을 배우며, 어떻게 착한 깨달음의 실천을 닦으며, 어떻게 착한 깨달음의 실천을 맑고 깨끗하게 하며, 어떻게 착한 깨달음의 실천을 성취하며, 어떻게 착한 깨달음의 실천을 더 넓히며, 어떻게 진실로 깨달음의 실천을 속히 성취할 수 있습니까?' 문수보살이 선재동자에게 말했습니다. '착하다. 선남자여, 그대가 이미 가장 높은 곳에 이른 깨달음을 발견하고 착한 실천을 하려 하는구나……..'"

줄줄이 경전을 외어가고 있는 어린 추사의 뒷모습을 바라보고 있던 김노영은 허공을 쳐다보았다. 이 영민한 천재를 어떻게 할까. 누구에게 위탁하여 이 세상의 동량재棟梁材로 키울까. 이 사람 저 사람을 들추어가던 김노영은 '그렇다!' 하고 박제가를 떠올렸다. 그래 인품이 순하고 밝을 뿐 아니라, 세상을 확철하게 바라보는 눈을 가진 박제가에게 이놈을 맡기는 것이 좋겠다. 그리하여 박제가에게 한번 방문해달라고 청한 것이었다.

김노영이 대문 안으로 들어섰을 때, 추사는 제 글방 앞 마당귀에 무엇인가를 심고 있었다. 그러다가 김노영을 향해 돌아서면서 머리를 깊이 숙여 절을 했다.

무얼 하느냐고 물으니 추사가

"화암사 하허 스님께서 주신 수선화 알뿌리를 심었습니다" 하고
대답했다.

"으음, 입춘 맞이를 하고 있구나. 그럼, 대문에다가 입춘첩도 써
붙이려무나."

"소자가요?"

"물론이지! 원래 입춘첩은 그 집 주인이 써 붙이는 법인데, 이젠
우리 원춘이가 이 월성위궁의 주인이지 않으냐?"

추사는 고개를 숙이면서

"말씀대로 따르겠사옵니다" 하고 말하고 글방으로 들어가 '立春
大吉(입춘대길) 建陽多慶(건양다경)'이라고 썼다. 입춘첩과 하인이
쑤어다준 풀을 가지고 스스로 붙이려고 대문간으로 나갔다. 그런
데 키가 작아서 대문 한복판에 손이 닿지 않았다. 하인이 나서면서

"이리 주십시오. 소인이 붙이겠사옵니다" 하고 말했다. 추사는
입을 굳게 다문 채 도리질을 했다. 하인이 어찌할 바를 모르고 서
성이다가 대문 앞에 무릎을 꿇고 엎드려주면서

"도련님, 쇤네의 등을 밟고 올라가서 붙이십시오" 하고 말했다.

추사는 하인의 등을 밟고 올라가서 입춘첩을 세로로 나란히 붙
여놓았다. 하인의 등에서 내려와 입춘첩을 바라보며 추사는 속으
로 '내가 월성위궁의 새 주인이다' 하고 중얼거렸다.

해 질 무렵에 테가 별로 크지 않은 새까만 갓을 쓴 갈색 두루마기 차림의 한 손님이 월성위궁 김노영을 찾아왔고, 사랑방에서 그 손님과 마주 앉은 김노영이 하인에게 글방에 있는 추사를 불러오라고 명했다.

북학北學, 그 미지의 세계와의 만남

추사가 사랑방 안으로 들어섰을 때 얼굴이 창백하고 체구가 호리호리한 김노영은 아랫목에 앉아 있고, 얼굴 가무잡잡하고 체구 작달막하고 오동통한 갈색 두루마기 차림의 박제가는 그 옆에 앉아 있었다.

"원춘이, 이 어른에게 인사 올려라. 규장각 검서관이신 박제가 선생이시다. 충청도에서 온 너를 보려고 멀리서 일부러 찾아오신 것이다."

김노영이 문을 등지고 서 있는 추사에게 말했다.

순간 추사는 의아해서 문을 등진 채, 박제가라고 소개한 어른을 살폈다. 박제가는 양반이 아니고 중인이었다. 박제가가 쓰고 있는 갓과 두루마기가 그것을 말해주고 있었다. 양반들은 테 넓은 갓을 쓰고 도포를 입는데, 박제가는 테 좁은 갓을 쓰고 도포 아닌 두루마기를 입고 있었다. 왜 양반의 후예인 나로 하여금 중인에게 인사를 올리라고 하는 것인가. 그렇지만 아버지의 명을 따르지 않을 수 없었다. '선생先生'이란 말이 귓결에 차진 떡처럼 들러붙었다. '어젯밤에 태어났을지라도 아침에 도를 깨쳤다면 그 사람이 내 선생'이라는 말을 그는 알고 있었다. 선생이란 선각자를 말하는 것이다. 아버지께서 '선생'이란 말을 입에 담을 정도이므로, 이 박제가라는 분은 대단한 선각자인가보다.

박제가는 특이한 얼굴 생김새였다. 이마가 앞으로 불뚝 튀어나오고 눈썹이 칼날 같고 새까만 눈동자가 화광처럼 빛나고 하얀 귀가 이에 내乃 자의 오른쪽 아래 굽이처럼 기다랗게 흘러내렸고 입술이 볼톡하고 코가 껍질 벗기지 않은 통마늘 같았다.

박제가를 향해 큰절을 올리자, 박제가가 추사를 향해 맞절을 했다. 추사가 무릎을 꿇고 앉자, 박제가는 추사의 얼굴을 한동안 찬찬히 주시하다가 이윽고

"원춘 도령! 아, 원춘 도령!" 하고 찬탄 어린 목소리로 말을 하고 나서 한동안 고개를 끄덕거렸다.

김노영이 박제가를 돌아보면서 말했다.

"내가 검서관을 부른 것은, 이 아이 앞날을 자네에게 맡기겠다는 것이네. 장차 번듯한 큰 재목이 되도록 잘 좀 다듬어주시게나."

그 말속은 추사로 하여금 이기理氣 논쟁이나 하고 있는 성리학파의 무리들 쪽으로 나아가지 않게 하라는 것, 사실에 바탕을 둔 진리實事求是 쪽으로 나아가도록 가르치고 옛것을 바탕으로 하여 새것을 만들어가는 기품을 습득하게 해달라는 주문이었다.

박제가는 고개를 저으면서 단호하게 말했다.

"소인이 어떻게 그럴 수 있단 말입니까! 이 원춘 도령은 자기의 앞날, 자기의 운명을 스스로 잘 만들어갈 재목입니다. 원춘 도령의 단단한 체구, 초롱초롱한 눈, 굳게 다물고 있는 입모습, 덩실한 코를 보십시오. 원춘 도령의 앞날을 소인은 금강산에 비유하여 말하고 싶습니다. 높기도 하지만, 어느 한 골짜기 한 등성이 한 봉우리도 허술한 곳이 없는 오묘하고 오달진 금강산 말입니다. 강단진 체구에다가, 단아한 얼굴에 알맞게 뚫려 있는 큼직큼직한 구멍새들에다가, 저 먼 데서 오신 손님(역신)이 지나가면서 각인해놓은 자국들에다가…… 하늘이 재와 기를 확실하게 심어주었습니다. 손님이 한번 다녀간 몸에는, 앞으로 그 어떤 다른 역신도 범접하지를 못합니다."

서쪽 하늘에 황혼이 벌겋게 타오르고 있을 때에 남여를 타고 지나가던 한 정승이 월성위궁의 대문을 두들겼다. 하인의 안내를 받고 들어온 그는 채제공이었다. 경주 김문인 월성위궁 쪽과는 사도세자를 가운데 두고 대립각(세혐)을 이룬 채 밀치락달치락 살아온 남인의 우두머리인 채제공.

노론 쪽으로부터 선왕의 정책을 부정적으로 대한다는 공격을 받고 강화유수 자리를 과감하게 버리고 명덕산 속으로 숨어 들어갔다가, 정조 임금의 부름을 받고 우의정 자리에 앉은 채제공이 어인 일로 월성위궁을 찾아왔을까.

뜻 아니한 때 갑작스럽게 찾아온 세혐지간인 채제공이지만 김노영은 반갑게 맞아들였다. 사랑방에 들어와 주인 김노영과 마주 앉아 차 한잔을 하면서 채제공은 전혀 뜻밖의 말을 했다.

"김 참판, 내 사실은 지나가다가 대문에 붙어 있는 입춘첩을 보고 들렀소이다. 어른의 글씨는 아닌 듯하고, 아마 월성위궁의 어린 종손이 써 붙이지 않았을까 싶은데, 그 글씨가 예사 글씨가 아니고 꿈틀꿈틀 살아 있습니다. 점과 획과 삐침과 파임마다 힘이 넘치고 굳세고, 맺히고 뻗어가는 획과 파임에 생생한 기운이 수런거립니다. 김 참판, 이제 그 종손이 일곱 살이라던데, 그 종손의 먼 훗날을 내가 살아 지켜볼 수는 없을 테지만, 저 글씨로 미루어 볼 때, 장차 글씨로써 세상을 깜짝 놀라게 할 듯싶소이다. 그런데 그 글씨가 품은 성정과 기氣로 미루어, 그 아이가 세상과 쉽게 타협하지 않고 꿋꿋하게만 살아간다면 불행한 일을 많이 당하게 되지 않을까…… 염려스럽습니다. 글씨 쪽보다는, 부드럽고 향기로운 시나 문장 짓기로써 그 성정을 녹인다면 크게 귀하게 될 것입니다. 제 말을 유념하시기 바랍니다."

김노영은 제 글방에 있는 추사를 불러 손님에게 인사를 드리라고 명했고 추사는 채제공에게 큰절을 올렸다. 채제공은 추사의 머리끝에서 발끝까지 훑어 살피자마자, 무릎을 꿇고 있는 추사를 향해

"어디 나를 한번 보아라" 하고 말했다. 추사의 눈빛을 살피자는 것이었다. 추사가 눈을 들어 채제공의 얼굴을 바라보았다. 추사의 초롱초롱한 눈빛을 보던 채제공은 문득 새벽하늘의 샛별을 떠올리고 물었다.

"해가 지자마자 서쪽 하늘에 나타나곤 하는 황금색의 별을 본 적이 있으렷다?"

추사가 채제공의 두 눈을 뚫어버릴 듯이 마주 바라보았다. 채제공이 당황하여 눈길을 잠시 천장으로 들어올렸다가 다시 추사를 향하면서 말을 뱉어냈다.

"이 늙은이가 알기로는, 얼마 전까지만 해도 그 별은 없었느니라. 그런데 언제부터인가 그 별이 다른 여느 별보다 먼저 서쪽 하늘에 떠서 그렇게 황금색으로 빛나곤 하는데, 혹시 그 까닭을 아느냐?"

채제공은 이렇게 물으면서 추사의 심연처럼 깊은 눈빛 속으로 그의 두 눈길을 들이밀었다. 잠시 침묵이 흘렀다. 추사는 눈을 깜박거리면서 채제공이 자기에게 묻는 의도를 상량하고 있었다. 채

제공의 눈길과 추사의 눈길이 서로의 눈 속으로 들랑거렸다. 그 눈빛 줄다리기에서 밀리기 시작한 채제공이 재빨리 제쳐 물었다.

"그 별이 어떠한 연고로 그러하느냐?"

추사가 얼굴에 가을 호수의 물안개 같은 미소를 담은 채, 그러나 또록또록한 음성으로 말했다.

"붉은 저녁노을 속에서 지는 해를 배웅하는 그 황금색 별……
충청도에서 한양으로 떠나온 한 아이가, 떠나가는 자기를 배웅하던 동생들과 하인들이 그리워서, 거기에다 끈으로 매달아놓은 것이옵니다."

"하아! 한양으로 떠나온 한 아이가, 거기에다 끈으로?"

채제공이 놀란 눈으로 추사를 바라보며 반문했다. 추사가 말을 이었다.

"그런데 그 황금색 별은 그 아이가 묶어놓은 끈을 풀어버리고 달아났다가, 꼭두새벽 녘에 동편 하늘에 나타나서 새로 뜨는 해를 맞이하곤 하는데, 그때쯤에 측간 가는 버릇이 있는 그 아이는 그날 해 질 무렵에 다시 서쪽 하늘에다 그 별을 달아놓곤 합니다."

넋이 나간 사람처럼 입을 벌린 채, 어린 추사의 얼굴을 바라보던 채제공은 문득 허공을 향해 "어허허허허……" 하고 너털거렸다.

"에끼, 이놈!"

김노영은 추사를 향해 이렇게 말하고 나서 고개를 쳐들고 너털거렸다. 한동안 웃어대던 채제공이 김노영에게 말했다.

"아아, 김 참판, 내 이 아이의 앞날의 대성을 지켜보지 못하고 먼저 떠나갈 터이므로, 미리 감축을 드려두고 가야겠습니다. 이 아이의 속에는 장차 하늘과 땅을 놀라게 할 시詩 서書 화畵의 씨앗들이 무진장 들어 있습니다. 머잖은 장래에 소동파를 훌쩍 뛰어넘는 시서화 삼절三絶로서 세상을 놀라게 할 것입니다."

四

초승달 같은 여인

창문이 불그죽죽했다. 서쪽 하늘에서 황혼이 타오르고 있었다. 오랫동안 혼침昏沈에 들어 있던 추사가 바야흐로 깨어났다. 눈을 떠보니 그가 이때껏 머물렀던 봉은사 옆의 농가가 아니었다.

"대감마님, 저를 알아보시겠사옵니까? 저 초생이옵니다."

편경의 상商음같이 울리는 목소리. 머리에 희끗희끗 서리 앉은 여인의 잔주름 그어진 갸름한 얼굴이 보였다. 속눈썹이 기다랗고 눈꺼풀이 약간 부은 듯 보송보송하지만 해맑은 눈동자, 부드러운 콧날, 얄따란 입술, 안존한 턱, 흰 조개껍데기 같은 귓바퀴, 발그레

한 볼에 박혀 있는 주근깨 몇 개.

상우의 어머니 초생이었다. 그녀의 두 눈에 눈물이 글썽거렸다. 추사는 초생의 손을 잡았다. 참새처럼 작은 손이었다. 초생이 그의 손을 두 손으로 감싸면서 이마를 대고 소리 없이 오열했다.

"아버님, 소자를 알아보시겠사옵니까? 소자 상무이옵니다."

상무가 그를 내려다보며 울먹거렸다. 눈자위에 푸른 그늘이 앉기 시작하는 며느리의 얼굴도 보였다.

"아버님, 이 불효자, 아버님을 가까이에서 모시지를 않고, 객방에서 혼절하시게 한 불효 막급한 죄를 어찌해야 할 것이온지……."

고개를 숙이고 오열하는 상무의 등 뒤에 서자인 상우와 상우 처의 얼굴이 있었다. 제 어머니 초생을 닮아 얼굴이 갸름하고 창백한 상우의 얼굴을 보자 추사는 가슴이 울컥 뜨거워졌다. 입양한 아들 상무보다는 서자인 상우 쪽에 더 뜨거운 정이 가곤 하는 것을 어찌할 수 없었다. 벼슬도 할 수 없는 서얼인 상우 이놈의 앞날을 생각하면 가슴이 쓰라렸다. 서얼의 낙인찍힌 자식을 세상에 두는 것이 아닌데, 그것은 죄인데…….

그리하여 추사는 상우에게 서책을 열심히 읽게 하고, 글씨 쓰는 법 난 치는 법 그림 그리는 법 시 짓는 법을 가르치곤 했다. 벼슬살이는 못 할지라도 시서화에 달통한 삼절 소리를 들으며 살게 하고 싶었다. 최소한 박제가나 유득공 정도는 되어 살아가게 기르고 싶었다. 박제가 유득공은 서얼이지만 경학과 시서화에 능한 까닭으로 정조 임금에게 발탁되어 검서관이 되었고, 사은사를 따라 중국엘 빈번히 드나들었다.

그런데 아버지인 추사의 삶이 너무 드높은 산이고, 너무 드넓고 깊은 강하江河여서인지, 상우는 세상을 툭툭 차고 헤치고 나아가지 못했다. 아들의 앞날을 위해서는 큰 산 큰 강인 아버지가 장애가 되는 것일까. 그에게 있어서 서자인 상우는 후회스럽고 한스러운 존재였다.

상우, 저 자식을 낳지 않았어야 하는데…… 그러나 그것을 그는 뜻같이 할 수 없었다. 초생, 그 여인 때문이었다.

새벽에 찾아온 패랭이 쓴 소년

벗 권돈인의 문과급제를 축하하는 술자리에서 자정 가까운 때까지 술을 마시고 들어온 이튿날 아침, 아직 자리에서 일어나지 않고 있는데 하인이 뜰 앞에 와서 고했다.

"강상 마을 풍천부사 댁에서 왔다는 소년이 생원 어르신을 뵙고 긴히 드릴 말씀이 있다고 하옵니다."

추사는 깜짝 놀라 자리에서 일어나 앉았다. 하인이 말한 '생원 어르신'이란 말이 귀에 걸렸다. 겨우 생원시에 입격했을 뿐이므로 하인들이 그렇게 부르는 것일 터이지만, 추사는 그게 싫었다. 조갈 때문에 자리끼를 들어 한 모금 마시고 푸른빛이 도는 창문을 바라보았다.

"강상 마을 풍천부사 댁이라니? 그 댁에서 무슨 일로 신새벽에 심부름을 보냈다는 것이더냐?"

"쇤네가 캐물어보았지만, 한사코 직접 뵙고 말씀드릴 일이라고만 하옵니다."

풍천부사라면 유득공을 말하는 것이다. 유득공은 한양의 여항에서뿐만 아니라 청나라에까지 그 명망이 전해진 시인이고, 이미 돌아가신 박제가와 절친한 벗이다. 추사는 고개를 갸웃거리면서 "들여라" 하고 말했다.

안으로 들어선 것은 크지도 작지도 않은 키에 호리호리한 앳된 패랭이 쓴 소년이었다. 흰 바지와 저고리 위에 반물색 반소매 겉옷을 걸치고 괴나리봇짐을 등에 지고 있었다.

추사는 그 패랭이 쓴 소년을 보는 순간 남자가 아니라고 직감했다. 소년이 방 안으로 발을 들여놓는 순간, 여성에게서만 맡을 수 있는 체취가 물씬 풍겨온 것이었다. 또한 사뿐사뿐 조심스러운 걸음걸이, 유연한 몸짓, 가늘면서 기다란 목, 희고 갸름한 얼굴의 구멍새들이 하릴없는 여자였다.

패랭이 쓴 소년은 방 안으로 들어서자 괴나리봇짐을 윗목에 벗어놓고 그에게 큰절을 했다. 땋아 늘인 머리채가 방바닥으로 흘러내렸다. 한 번의 절을 마치고 몸을 일으킨 다음 읍을 치고 나서 무룰을 꿇고 앉을 줄 알았는데, 소년은 다시 일배를 했다. 추사는 깜짝 놀랐다. '아니, 이 아이가? 살아 있는 사람에게는 일배를 하고 죽은 자에게는 이배를 하는 법인데?'

불쾌해하던 추사는 소년이 그를 향해 세 번의 절을 했을 때에야 새삼스럽게 소년의 눈 내리깐 얼굴을 다시 뜯어보았다. 불제자들이 부처님이나 존경하는 고명한 스님들에게 삼배를 한다. 삼배를 하는 소년에게서 더욱 짙은 여성의 체취와 더불어 새로 지어 입은 가는베 무명옷의 냄새가 물씬 풍겨왔다.

소년 차림을 한 앳된 여인의 보송보송한 외꺼풀 눈두덩과 위쪽으로 약간 치켜 올라간 기다란 속눈썹과, 부드러운 콧날과 설익은 주황색 앵두 같은 입술이 그의 가슴과 겨드랑이에 저릿한 전율을 일어나게 했다.

"그래, 풍천부사 댁에서…… 처자가…… 나를 어인 일로 이 신새벽에 찾아왔소이까?"

소년 차림의 여자는 화들짝 놀라 추사의 두 눈을 건너다보았다. 추사가 자기의 본색을 알아보아버림에 놀란 것이었다.

추사는 그녀의 눈을 피해 시선을 떨어뜨렸다. 그의 시선이 그녀의 꿇고 있는 무릎과 그 위에 가지런히 얹혀 있는 섬섬옥수를 붙잡았다.

"……"

목이 밭아서 자리끼를 집어 드는데, 그녀의 무릎 위에 얹혀 있던 섬섬옥수가 얼굴을 감쌌다. 터져 나오는 울음을 애써 억누르고 있었다. 추사는 자리끼를 한 모금 마시고 나서, 고개를 숙인 채 심호흡을 하며 잠깐 동요했던 감정을 조율하고 있는 그녀를 건너다보았다.

흔들리는 마음을 다잡고 난 그녀가 입을 열었다.

"사실을 말씀드리옵자면, 풍천부사를 지내신 유, 득자 공자 어른은 소첩의 사촌 오랍이옵니다. 소녀의 아버지 함자는 유, 련璉 외자이옵는데 역관을 지내셨사옵고, 소녀는 그분의 막내딸이옵니다."

그녀의 목소리는 콧소리가 약간 섞여 있어, 편경처럼 곱게 울렸다. 추사는 앞에 앉은 여자의 얼굴을 다시 뜯어보았다. 말을 듣고 보니 그녀의 얼굴에서 유득공의 콧날과 이마와 입모습을 느낄 수 있었다. 박제가 선생과 유득공이 주고받는 이야기 속에 신동 여자아이의 이야기가 들어 있었다. 어린 나이에 서책들을 줄줄이 읽어버리고 글씨와 묵화 치는 솜씨가 놀랍다는 것이었다. "아까워, 정말로 아까워." 유득공의 말이 귓결에 남아 있었다.

추사가 말했다.

"그래, 내 오래전에, 풍천부사에게서 처자 말을 들은 적이 있기는 하오이다. 그런데……?"

처자가 말했다.

"송구하고 또 송구하오나, 소녀를 거두어주십시오. 생원님을 가까이에서 모실 수 있도록…… 그도 안 된다면 먼발치에서나마 그리워하며 살 수 있도록 해달라고 이렇게 데퉁스럽게 무례를 범하고 있사옵니다."

추사는 난감했다.

"나는 이제 생원시에 입격이 되었을 뿐이고, 과거 벼슬길도 요원하고, 더 해야 할 공부도 태산 같고, 그러므로 제자를 양성할 처지가 아닙니다. 또한 감히 작은방 여자를 거느릴 만한 능력이나 마음의 여유도 없습니다. 처자는 사람을 잘못 선택했습니다."

그녀는 고개를 살래살래 저으면서 말했다.

"아니옵니다. 소녀는 풍천부사이신 오라버니께서 살아 계실 적에, 오라버니와 종성 유배에서 돌아오신 박제가 선생께서 당시 원춘 도령, 지금의 생원 나리에 대해서 주고받으신 말씀을 들은 바 있사옵니다. 그 말씀을 들으면서 소녀는 마음으로 이미 결정을 했사옵니다. 한평생 원춘 도령의 시종 노릇을 하자고요. 오직 그 일념으로 서책을 가까이하고, 글씨를 쓰고 묵화를 치고, 마음을 닦으면서 기다려왔사옵니다. 소녀를 버리지 말아주십시오. 소녀가 살아가는 의미는, 오직 생원 나리의 시종 노릇을 하는 데 있을 뿐이옵니다. 만일 거절하신다면 소녀는 이제 갈 곳이 없사옵니다."

그해 열아홉 살인 그 여인의 이름은 초생이었다. 그녀의 어머니가 두레박 물에 빠져 있는 초승달을 들이켜고 그녀를 잉태했다 해서 그렇게 이름을 지었다고 했다. 목과 허리가 가늘고, 웃으면 위

눈꺼풀과 아래 눈꺼풀이 새까만 — 자가 되어버리면서 볼에 오목한 웃음 우물이 깊게 파이는 그녀에게서는 가슴 뭉클하게 하는 사향이 번지곤 했다. 그 사향은 그녀가 늘 가까이하곤 하는 연경산 참먹으로 인한 것인지, 그녀의 몸 어딘가에 달려 있는 향 자루로 인한 것인지 알 수 없었다.

추사가 그녀를 품에 안은 것은 실수였다. 그는 그 여인으로 인해 아주 많은 것들을 잃기도 하고 얻기도 했다. 초생을 첩으로 삼자마자, 신통하게도 그의 글씨는 일취월장했다. 그녀는 신이 씌어 있는 여자였다. 그가 무언가 새로운 것을 얻거나 터득한 기미가 보이지 않으면 그를 만나더라도 몸을 열어주지 않았다.

그녀는 그가 얻거나 터득한 것을 눈으로 봄으로써 그것을 얻거나 터득했음을 알아차리는 것이 아니었다. 그의 얼굴빛만 보고도 그것을 알아차렸다. 그녀에게는 접신한 듯싶은 직관의 감지력이 있었다. 그의 가슴속에 들어가보지 않고 그의 눈빛과 낯빛만 보고도 고민스러운 생각과 기쁨과 즐거움과 어떤 일인가를 하려 하는 의지와 정서를 냄새 맡아버리는 것이었다. 뿐만 아니라 그가 미래에 성취할 결과까지도 예측했다.

그녀는 그가 어떠한 것을 터득하거나 각성한 듯싶으면 자기 모든 것을 다 주어버릴 듯이 열정적으로 모셨다.

호사다마好事多魔

　보석 같고 싱싱한 백합이나 난초꽃 같은 초생은 그의 일생에 크나
큰 불행을 가져다준 여인이었다. 초생으로 말미암아 어떤 방법으로
도 피해갈 수 없는 적이 생기고 말았다. 추사가 그녀를 만난 지 두 해
째 되던 해 문과에 급제한 김우명이 오래전부터 초생에게 눈독을 들
이고 있었던 것이다. 그녀와 같은 마을에서 사는 김우명은 백방으로
줄을 대서 그녀를 첩으로 들이려 하고 있었는데, 그녀가 문득 추사
에게로 마음을 주어버림으로써 닭 쫓던 개 지붕 쳐다보는 허망한 꼴
을 당하고 말았다.

그것은 악연이었다. 초생에 대한 짝사랑으로 말미암아 김우명은 가슴에 독버섯 같은 원한을 품었다. 작달막한 키에 얼굴이 세모꼴이고 광대뼈가 튀어나오고 눈이 부리부리한 김우명은 이를 갈면서 세도가인 안동 김씨 일파의 수장 김조순의 집을 드나들었다.

"대감마님, 목이 마르시지요? 우선 물을 한 모금 드시고, 그리고 미음을 좀 잡수시지요."

초생이 말했다. 그녀의 목소리는 물을 머금고 있었다. 추사는 고개를 저었다. 상우가 추사의 눈앞으로 얼굴을 들이밀면서 물었다.

"대감마님, 초의 스님이 보내신 차를 올릴까요?"

추사가 눈을 감으면서 고개를 끄덕거렸다. 상우는 자기 아내에게 다구를 내오라고 말했다. 그를 가까이서 모시곤 한 상우가 그의 속내를 가장 잘 알았다.

추사는 대흥사 초의가 보내온 차를 자기 미망迷妄으로부터 깨어나게 하는 약으로 여기고 있었고 그 차를 최고의 향기로운 차로 칭찬하곤 했다. 그 차가 혼침을 가시게 할지도 모른다고 상우는 생각했다.

하인이 툇마루에서 숯불을 일으키고 물주전자를 올렸다.

"그래 차를 먼저 올린 다음 홍삼 우린 물을 올려라."

추사는 상우로 말미암아 가슴이 아리고 쓰라렸다. 저 자식이 태어나지 않게 했어야 하는데.

상우가 아버지를 아버지라고 부르지 않고 대감마님이라고 부르는 것이 못내 가슴 아팠다. 두 살이나 많은 손위 형인데도 불구하고, 손아래 양자 상무에게 조상의 기제사와 가계를 모두 넘겨준 상우를 대할 때면 나라의 예법이 크게 불합리하다는 생각이 들었다. 그 불합리한 예법 속에서 살면서도 상우는 한사코 고분고분했다. 반발하고 저항하려 하지 않았다. 그 순함이 저 아이의 성정과 글씨와 그림을 양순하게만 하고 있다. 현실적으로는 그러할지라도 글씨와 그림에서는 우주의 순리와 홍길동처럼 세상을 거스르는 천파성天破性이 있어야 하는데…… 인간의 확실한 삶은 모름지기 순리에 따르기와 거스르기라는 길항으로 인해 생기는 한복판의 장력, 운명 새로이 만들어가기인 것인데…….

나 추사는 그렇게 순리만으로 살지 않았다. 세상과의 내기, 나 자신과의 내기, 무수한 경전 읽어내기와 글씨 쓰기와의 내기 속에서 살았다. 그 '내기'에서 지면 죽어버리겠다는 생각으로 살아온 삶, 그 삶과 죽음의 길항 한복판의 장력 자체가 내 삶이었다. 내 삶은 신이 내린 운명에의 도전 그 자체였다. 삶이란 모름지기 자기 운명을 깨부수고 새 운명 길을 만들어가며 살아가야 더욱 가치가 있는 것이다. 그로 하여금 그러한 삶을 살게 한 것은, 충청도 예산의 한가로운 집과 화암사를 감싸고 있는 느린 세상으로부터 한양의 월성위궁을 싸고도는 빠른 세상 속으로 옮겨가지 않을 수 없게 한 보이지 않는 힘이었다. 예산 향저에서의 삶이 나비의 삶이라면 월성위궁 안에서의 삶은 각질 속에 갇힌 애벌레의 삶이었다. 더욱 더 큰 나비로 우화하여 자유자재로 훨훨 날아오르지 않으면 안 되는 애벌레의 삶.

월성위궁에서 살면서부터 그는 이불을 뒤집어쓴 채 향수병을 앓아야 했다. 할아버지가 없는 틈을 타서 밖으로 나가 뛰어놀곤 하던 일이 그리웠다. 하인의 아들, 마을 농가의 아이들과 더불어 마른 풀밭을 내달리며 연을 날리고 싶고, 장마철에 줄달음질치는 냇물에 풀 잎사귀를 던져놓고 그것을 따라 달리고 싶고, 눈보라와 송아지와 강아지와 장난치며 깔깔거리고 싶었다. 푸른 청보릿대를 뽑아 피리를 불고 싶고, 찔레순을 따먹고 싶고, 종달새와 참새를 쫓고 싶고, 하인의 아들을 따라 꿩알을 주우러 가고 싶었다. 하인의 아들이 하늘 닿게 키 큰 백양나무 위의 까치집에서 꺼내다가 구워준 알락달락한 알을 먹고 싶었다. 늙은이처럼 우는 부엉이 소리를 들으며 진저리치던 일, 뻐꾹새 소리를 흉내 내던 일, 야옹거리는 고양이와 찍찍거리는 쥐와 개굴개굴하는 개구리와 그 개구리 잡아먹는 뱀을 하인의 아들과 더불어 돌멩이와 작대기로 쳐 죽이던 일이 그리웠다. 바라춤을 추기도 하고 목탁 치며 염불을 하기도 하는 하허 스님과 부처님께 절하러 다니는 할머니와 갓 태어난 젖먹이 여동생을 비롯한 형제들과 꽃과 나비와 녹두잠자리 고추잠자리가 그리워 흐르는 눈물을 주체할 수 없었다. 그러나 입 밖으로 새어 나오는 울음을 혀끝을 물며 참아야 했다.

날이면 날마다 꼭두새벽에 일어나야 했고, 양아버지가 마련해 준 글방에 들어가 서가에 쌓여 있는 서책의 퀴퀴한 냄새를 맡으며 책을 읽고 외고, 본받아 쓰라고 내준 서첩을 베끼면서, 종이 뭉치와 방바닥 한가운데를 무겁게 짓누르고 있는 까만 벼루와 향기로운 참먹과 필통 속의 붓들과 백자 연적과 거듭 글씨를 써서 쌓은 폐지 더미와 더불어 조용히 점잖게 가라앉은 모습으로 살아야 했다.

그 삶 속에서 추사는 늘 스스로와 내기를 걸곤 했다. '이 책 언제까지 다 욀 거야?' '열흘 안에 다 욀 수 있다.' '그래 내기 걸자.' '무얼 걸 것이냐?' '못 외면 혀 깨물면서 죽어버리기로 내기 걸자.' '그래 걸자.' '이 서첩의 글씨하고 꼭 닮게 쓸 수 있니?' '있다.' '그래 내기하자.' '무슨 내기?' '조금이라도 틀리면 밥 한 끼 굶기로 걸자.' '그래 그 내기 걸자.'

그는 하루도 빠짐없이 그 날 배운 것을 외고 베껴 쓴 다음, 그 날 안으로 반드시 쓰기로 작정한 서첩의 글씨들을 빼다가 박은 듯하게 임모하면서, 제대로 해내지 못하면 칵 죽어버리기로 내기를 걸거나 밥 한 끼 굶기의 내기를 걸고 나서 그것을 기어이 해내곤 했다.

사사건건 내기를 거는 것은 월성위궁의 글방 '숭정금실' 속에서 고독을 이겨내는 방법이었다. 그 내기로 인해서 그는 늘 긴장감 속에서 살았다.

외로운 그로 하여금 그 내기 거는 삶 속으로 더 깊이 빠져들어가게 하는 무서운 일들이 거듭 일어났다. 그것은 양아버지와 할아버지 할머니의 죽음이었다.

양아버지가 죽었을 때 "저 자식이 튼튼하게 살아가고, 이 늙은 것이 먼저 죽어 없어져야 하는데……" "아이고, 부처님도 무정하네! 하느님도 야속하네" 하고 외치면서 앙가슴을 쳐대던 할아버지와 할머니를 지켜보는 그의 가슴은 칼로 도려내는 것처럼 쓰라렸다. 품에 안은 채 글자 한 자 한 자를 짚어가며 가르치고, 『천자문』 『소학』 『맹자』 『논어』를 거듭 뗄 때마다 그를 얼싸안아주던 할아버지 할머니가 거듭 돌아가셨을 때, 그의 넋은 산산이 흩어졌다.

염꾼들은 마포로 된 수의를 입힌 할아버지와 할머니의 몸뚱이를 마치 땔나무 둥치 묶듯 칭칭 동여 묶어서 관 속에 담았다. 관뚜껑에 못질을 할 때, 그가 작은아버지라 부르는 아버지 김노경은 상장을 짚은 채 음산한 목소리로 앓듯이 "애곡, 애곡……" 하고 곡을 했는데, 추사는 방바닥에 주저앉은 채 그 애곡 소리를 단 한 차례도 발음하지 못한 채 부들부들 몸을 떨며 울기만 했다. 죽음의 세계와 삶의 세계가 짧은 한순간에 확연하게 구분 지어지는 일이 무섭기만 했다.

마지막으로 할머니의 초상을 치르고 난 사람들이 뿔뿔이 흩어져 자기네 집으로 돌아가고 나자, 월성위궁 안에는 양어머니와 열두 살인 추사만 남아 있게 되었다.

양어머니 남양 홍씨는 그 무렵 거듭되는 초상으로 인한 충격으로 몸을 가누지 못한 채 누워 있었고, 하인들이 떠 넣어주는 미음으로 연명하고 있었다. 자칫 잘못하면 그 양어머니마저 돌아가실 것 같았다. 추사는 한겨울 눈벌판 한가운데 혼자 서 있는 듯한 공포와 고독이 가슴을 옥죄었다.

그는 월성위궁 안의 여기저기 텅 비어 있는 방들을 등진 채 마당 한가운데에 쪼그리고 앉아 울었다. 생부인 김노경이 끌어안고 머리를 쓰다듬어주고 등을 다독거려주었지만 위안이 되지 못했다.

이미 많이 흘러왔고 앞으로도 그렇게 흘러갈 차가운 시간이 '작은아버지'라고 규정하여버린 김노경을 아버지로 되돌릴 수 없듯이, '작은댁'으로 규정 지어진 충청도 예산으로 되돌아갈 수도 없었고 또한 작은아버지인 김노경에게 그와 더불어 살자고 월성위궁 안에 붙잡아둘 수도 없었다. 그는 월성위궁 안에서 믿을 만한 어른이 없는 가운데, 어린 주인으로서 하인들을 부리며 살림살이를 이끌어가야 하는 것이었다. 하늘 닿게 드높은 새까만 절벽 같은 두려움과 절대 고독이 그를 에워싸고 있었다.

한동안 울어대는 그의 등을 다독거리면서 달래던 김노경이 갑자기 "너 이놈!" 하고 벼락같이 호통을 쳤다.

"너 혼자만 이 세상에 혼자인 줄 아느냐? 이 세상 모든 사람이 사실은 다 혼자인 거야. 네 작은아버지 김노경이란 사람도 혼자이고, 네 종제인 명희 상희도 다 혼자인 거야. 월성위궁 안에서 혼자가 된 네 놈의 응석을 받아줄 사람이 이 세상 어디에 있는데 그렇게 어리석고 바보스럽게 울고 있는 것이냐! 아이고, 지지리도 못났다!"

그 말이 철퇴처럼 추사의 뒤통수를 가격했고 그는 이를 악문 채 울음을 그쳤다.

"세상에서 가장 감당하기 어려운 적은 자기에게 덤벼드는 자기 고독인 거야. 그 고독을 겁내고 그 앞에 비굴해져서 무릎을 꿇은 사람은 아무것도 이루어낼 수가 없는 법이다. 너는 일찍이 혼자가 됨으로써, 이 세상에서 홀로 살아가는 법 길들이기를 남들보다 더 일찍이 하게 된 것이 차라리 행운인지도 모른다. 너의 근처에 '작은아버지'라고 부를 수 있는 한 어른이 있다는 것은 굉장한 복이다. 대장부는 그 어떠한 외로움과 두려움과 어려움이 닥쳐도 눈물을 보이지 말아야 한다. 월성위궁에 남은 단 한 사람의 주인으로서, 부려야 할 하인들에게 일거수일투족을 부끄럼 없이 의젓하게 행동해야 한다. 월성위의 후예로서 정정당당해야 하고, 세상 앞에서 비굴하지 말고, 두려워하지 말아야 하는 거야."

그는 팔뚝으로 눈물을 훔치고 나서 이를 악문 채 작은아버지 김노경을 향해, 충청도 예산 화암사의 하허 스님이 하던 것처럼 두 손바닥을 모으고 머리를 깊이 숙여 절했다.

박제가가 그들 부자 앞으로 나서며 말했다.

"별세하신 참판 어른(김노영)과 한 약속이 있습니다. 원춘 도령

보도輔導를 소인이 맡겠사옵니다. 하루 한 차례씩 와서 머물면서
글공부를 돕겠습니다."

김노경이 말했다.

"고마우이. 박 검서관만 믿겠네."

어쨌거나, 이날 이후 추사는 그 어떠한 경우를 당해도 울음은 물
론 눈물 한 방울도 흘리지 않았다.

박제가는 추사를 장차 자기의 후계자로 삼고 싶어 했다. 그는 준
비해온 세계지도를 추사 앞에 펼쳐놓고 말했다.

"조선 안에 충청도와 한양만 있는 것이 아니고, 제주도 전라도 경
상도 황해도 강원도 평안도 함경도가 있듯이, 이 세계에는 조선만
있는 것이 아닙니다. 서쪽으로 바다를 건너가거나 요동 땅을 질러가
면 거대한 중국이 있습니다. 중국은 조선 땅덩어리의 백배가 훨씬
넘습니다."

박제가는 서얼 출신이므로 양반인 추사에게 높임말을 사용했다.
그는 나라에서 해마다 중국의 황제에게 사은사를 보내곤 한다는
이야기, 자기가 그 사은사를 따라 중국에 다녀온 이야기를 했다.

"황제가 기거하는 대궐이 얼마나 넓은지 아십니까? 조정의 대문
을 들어서서 황제가 사는 대궐까지 거의 반나절 동안은 걸어가야 합
니다."

책을 파는 가게들만 늘어서 있는 유리창의 거리가 조선의 종로

거리만 하다는 것, 거기에는 수레가 다니는데 수레바퀴 구르는 덜커덩거리는 소리로 인해 귀가 먹어버릴 지경이라는 것을 말했다.

"종로통 같은 유리창 거리를 수레를 타고 가는 맛이 얼마나 좋은 줄 아십니까? 장차 원춘 도련님도 사은사를 따라서 청나라엘 갔다가 오게 될 것입니다. 사람은 모름지기 넓은 세상을 보고 와야 합니다. 그래야 우물 안 개구리를 면할 수 있습니다."

박제가는 술 한 잔을 들이켜고 나서 세계지도의 여기저기를 짚어가며 말했다.

"이 세상에 중국만 있는 줄 아십니까? 중국에서 서쪽으로 더 가면 천축국(인도)이 있고, 동쪽으로 바다를 건너가면 왜(일본)가 있고, 그 동쪽으로 더 나아가면 미리견(미국)이 있고, 더 나아가면 불란서(프랑스) 영길리(영국) 덕국(독일) 서서(스위스) 서반아(스페인) 포도아(포르투칼) 희랍(그리스) 등 여러 나라가 있습니다."

박제가는 그에게 이런저런 이야기를 하다가 해가 기울어지면

"오늘은 늦었으니 예서 자야겠습니다" 하고 그와 겸상하여 저녁밥을 먹었다.

달이 있는 밤에는 대청에 나와서 시를 이야기했다. 하인에게 막걸리를 받아오라고 해서 한잔하고 추사에게도 권했다. 소동파를 이야기하고, 이태백과 두보와 굴원과 도연명과 백낙천을 이야기하고, 미우인의 글씨와 대치大癡의 그림을 이야기했다.

"소동파는 권세 있는 사람들에게 아부 아첨하지 않고 바른말을

잘한 까닭으로 많은 귀양살이를 했지만, 아주 대단한 시인이었습니다. 중국의 뜻있는 시인들은 소동파가 태어난 날에 한데 모여 동파상을 앞에 놓고 제사를 지내곤 합니다. 그 정도로 그분의 시와 삶을 극진히 숭앙합니다. 이태백은 흔히 별이나 달이나 꽃만을 아름다운 언어로 노래한 시인으로서, 평생 술에 젖어 반미치광이처럼 살았던 것으로 알려져 있지만 그렇지 않습니다. 사실은 굉장히 저항적인 시인이었습니다. 두보는 서민들의 아픈 삶을 노래한 시인이고, 굴원은 신화적인 시인이고, 도연명은 자연에 젖어 사는 도락을 형상화시킨 시인이고, 백낙천은 감수성이 아주 예민한 시인으로서 풍자적인 시를 많이 읊었는데 양귀비와 현종의 사랑을 노래한 「장한가」와 「자회시自誨詩」가 아주 유명합니다. '낙천아, 낙천아, 슬퍼하지 마라……' 강주로 유배 가면서 낙천은 운명을 하늘에 맡기겠다고 그 시를 읊은 것입니다. 시를 모르는 사람의 삶은 건조합니다. 시를 모르면 세상 살아가는 진짜 맛과 멋을 모르게 되고, 닥쳐온 역경을 지혜롭게 이겨내지 못하게 됩니다. 『시경』은 말할 것도 없고, 선인들의 좋은 시를 만나면 줄줄 외어 머리에 담아버려야 합니다. 좋은 문장도 마찬가지로 줄줄 외어버려야 합니다. 머리에 들어간 좋은 문장이나 시는 그 사람 속에 감추어져 있는 알 수 없는 영혼의 기름을 태워 불을 밝히는데, 그 불은 자기의 삶을 한층 빛나게 하고 더불어 세상을 밝혀줍니다."

별 총총한 밤에는 마당에 멍석을 펴놓고 추사와 마주 앉아 별들을 쳐다보았다.

"세상은 땅의 세계만 있는 것이 아닙니다. 저 하늘은 알 수 없는 세계입니다." 그리고 "별 하나 꽁꽁 나 하나 꽁꽁 별 둘 꽁꽁 나 둘 꽁꽁 별 셋 꽁꽁 나 셋 꽁꽁……" 하고 노래하다가 말했다.

"저기 보이는 것이 북극성이고, 그 아래로 우리 부엌에서 쓰는 국자 모양으로 늘어서 있는 별들이 북두칠성입니다. 저것이 은하수이고 이쪽 강 언덕에 있는 세 개 나란한 것이 견우성이고 세모꼴 별이 직녀성입니다." 소 먹이는 견우와 베를 짜는 직녀의 사랑 이야기를 해주고 나서 말했다.

"사람들은 저 밤하늘에다 자기의 별 하나씩을 정해놓고 살아야 장차 훌륭한 사람이 된답니다. 원춘 도련님도 자기의 별 하나를 정해놓으십시오. 제 별도 하나 정해놓았습니다. 저기 한곳에 송알송알 모여 있는 것들이 삼태성인데 그 옆에 파랗게 빛나고 있는 것이 제 별입니다."

별들을 쳐다보며 '나는 어떤 별을 내 별로 삼을까' 하고 생각하는데, 박제가가 말했다.

"제가 수수께끼를 낼 테니까 도련님이 알아맞혀보십시오. 산에 있는 푸나무들의 잎사귀의 수하고 바다나 강물에 있는 물고기들의 수하고 어느 것이 많은 줄 아십니까?"

추사는 어림으로 헤아려보았다. 가령 소나무 한 그루의 잎사귀들만 해도 얼마나 많겠는가. 들판에 지천으로 널려 있는 잔디의 잎사귀들은 또 얼마나 많은가. 그는 당연히 세상의 푸나무 잎사귀들이 더 많을 거라고 대답했다. 박제가는 고개를 저으면서 말했다.

"그렇지 않답니다. 바다와 강의 물고기들의 수가 더 많답니다. 물고기 배 속에 들어 있는 알, 눈에 보이지 않는 미생물 같은 고기들은 어떻게 헤아릴 수가 없답니다."

박제가가 다시 물었다.

"그럼 강과 바다의 물고기들의 수하고 저 하늘의 별들의 수하고는 어느 것이 많겠습니까?"

추사는 또 속으로 어림해보았다. 하늘의 별들이 아무리 많다 한들, 이 세상의 푸나무 잎사귀들보다 더 많다는 물고기들의 수만큼이야 하겠는가.

"물고기들의 수가 많겠어요" 하고 추사가 말하자 박제가는 또 고개를 저으며 말했다.

"별들의 수가 훨씬 더 많답니다. 하늘은 이 지구를 빙 둘러싸고 있는데, 저 하늘의 광대무변함은 사람의 지식으로는 어떻게 헤아릴 수가 없답니다. 그야말로 무한대, 무진장입니다. 그 알 수 없는 세계를 알지 않으면 온전한 사람이라고 말할 수 없습니다. 닥치는 대로 책을 읽고 외우고 실제로 발로 밟아보고 증명하면서 새로운 진리를 탐구하고 개발하고實事求是, 그렇게 한 것을 사람의 삶을 위해 이용하는 방법利用厚生을 강구하면서 살아야 합니다."

똑똑한 바보와 바보 같은 양반들

하루는 박제가가 술에 얼근하게 취하여 이렇게 말했다.

"세상에는 아주 똑똑한…… 이 박제가가 그 어느 누구보다 더 사랑하는 두 가지 바보들이 있습니다. 그 한 가지 바보는, 자기가 하는 일에 푹 깊이 빠져 넋을 잃고 병적으로 집착癖하는 바보입니다. 똥을 푸러 다니는 벗이 하나 있는데, 그 벗은 그것 푸는 일을 부지런히 해야만 신명이 난답니다. 또 한 벗은 그림 그리는 벗인데, 그림 그리기에 확 미쳐 있습니다. 미쳐 있는 만큼 그 벗은 그것을 훌륭하게 이루리라고 믿습니다. 그 벗이 어떻게 미쳤느냐 하면,

104

매화꽃 한 송이를 그리려고 그 꽃의 표정과 몸짓과 향기를 몇 날 며칠 밥을 굶어가면서 들여다보고 또 들여다보고, 킁킁 향기 맡고, 그리고 그것을 한 번 그리고 열 번 그리고 스무 번 그리고 서른 번 백 번 그립니다. 또 한 벗은 갓신을 만드는데, 가죽을 고르는 일에서 본을 뜨고 칼로 오리고 바늘로 기우는 일을 하는데, 밥 먹는 일도 깜박 잊어버립니다……. 모름지기 시 짓고 글씨 쓰고 그림 그리고 책 읽는 일에 미친 듯 집착을 하는 사람은, 세상이 거꾸로 돌아갈지라도 그것에 미친 듯이 집착을 해야만 그것을 이룰 수 있습니다. 남보다 뛰어난 시를 짓고, 그러한 글씨를 쓰고, 그러한 그림을 그리고, 더 많은 책을 읽는 한 사람은, 그 시나 글씨나 그림이나 책을 사랑하고 아끼는 정도로서는 온전하게 크게 이루지 못합니다. 그 일에 온전하게 확실하게 미쳐야狂만 미칠及 수 있습니다. 그런데 그 바보들보다 더 똑똑한, 내 사랑하는 바보는, 자기의 일에 그렇게 미쳐 있다가도 어느 날 문득 확 떨쳐버리고 훨훨 자유자재로 벗어나 휘휘 돌아다닐 줄도 아는 사람입니다. 물론 그렇게 벗어났다가는 다시 또 문득 그 일로 되돌아가 더 치열하게 미쳐 살아야 하겠지요."

추사의 머리에 '온전하게 확실하게 미쳐야狂만 미칠及 수 있다'라는 말과 '어느 날 문득 훨훨 자유자재로 벗어났다가는 다시 또 문득 그 일로 되돌아가 더 치열하게 미쳐 살아야 하겠지요'라는 말이 깊이 각인되었다. 추사는 고개를 숙인 채 말했다.

"명심하겠습니다."

박제가가 말을 이었다.

"그런데 소인이 구역질을 할 정도로 미워하는 간사한 두 부류의 사람들이 있는데, 그 첫째는 과거 시험이라는 병에 걸려 있는 양반과 그 자제들이고, 다른 한 부류는 그들의 자제의 독선생 노릇을 하면서 밥을 빌어먹는 머리 기막히게 잘 돌아가는 서얼 족속입니다. 조선의 모든 양반은 자기 자식들을 과거에 입격시키기 위해 사력을 다합니다. 그 양반들을 도와주는 훈장들이 있는데, 그들은 애초에 서얼로 태어나 과장에 나갈 수 없지만 글공부를 무진장 많이 한 사람들입니다. 그 훈장들은 과장에 나가보지 않았으면서도 '이번 과거에는 누구누구가 시험관이 될 터인데, 그들은 이러이러한 경향으로 출제를 할 것이므로 이러이러한 책의 어떠어떠한 부분을 외어버려야 한다' 하고 예단을 합니다. 그리고 그 훈장들 가운데는 『사서삼경』『예기』『사기』 따위의 책의 요점들을 일목요연하게 정리해놓고, 또 이때껏 과거 시험에 잘 출제되곤 하는 것들을 모아놓고, 거기에 주석을 달아놓은 책들을 비밀스럽게 만들어 지니고 다닙니다. 심지어 어떤 훈장은 과거 시험에 거듭 낙방한 양반의 자제를 물색하여, 자기는 족집게처럼 출제될 문제를 짚어낸다고 하면서 입격시켜주는 조건으로 어마어마한 금전을 요구합니다……. 이러한 판국이니, 어느 누가 수많은 책들을 한 권 한 권 읽고 앉아 있겠습니까? 모두가 그 요점 정리해놓은 것을 구해다가 읽고, 그

책 갈피갈피에 달려 있는 주석들만 달달 외우고 있는 것입니다."

추사는 허공을 쳐다보며 입을 벌렸다.

박제가가 단호하게 말했다.

"원춘 도령은 절대로 그런 간사한 부류들이 하는 일에 신경을 쓰시면 안 됩니다. 저는 수없이 많은 양반들이 자기 자식을 맡아 가르쳐달라고 간절하게 요청을 했고, 만일 과거 입격을 시켜주면 평생 먹고살 재산을 주겠다고 했습니다. 임금을 싸고돌면서 막강한 세도를 누리는 김조순 같은 양반들이 요청을 했지만 사양했습니다. 그리고 아무 조건 없이 돌아가신 선친의 청에 따라 원춘 도령을 보도하기로 작정을 했는데, 그것은 선친과 내가 북학北學에 교통하고 교감을 한 까닭입니다."

박제가는 잠시 뜸을 들였다가 말을 이었다.

"과거 시험 입격이 몇 년 늦어지더라도, 어떤 책이든지 한번 손에 들면, 노루 뼈 삼 년 고아먹듯이 그것을 속속들이 온전하게 다 빨아먹어야만 합니다."

정조 임금이 돌아가시고 순조임금이 즉위한 다음, 정순왕후의 수렴청정이 시작된 어느 날, 박제가는 침통한 목소리로 이렇게 말했다.

"두 개의 큰 물줄기가 있는데, 하나는 임금을 중심에 세우려 하는 물줄기이고, 다른 하나는 임금의 외척들이 패를 지은 물줄기입니다. 시방 이 나라에는 임금이 있지만 연치가 너무 어려 허수아비나 다름이 없습니다. 수렴청정을 하는 왕후를 등에 업은 외척들이 실권을 잡고, 벼슬을 팔아 살림을 늘리고 세금 뜯어다가 호의호식하느라고 백성들은 도탄에 빠져 있습니다. 수렴청정은 언제인가 걷히고, 순조 임금이 몸소 정치를 하게 될 것입니다. 원춘 도령은 장차 벼슬길에 나가면, 지금의 임금을 정조 임금 같은 성군으로 만들어 도탄에 빠진 나라를 구해야 하고, 우물 안 개구리처럼 살 것이 아니고 중국에 들어와 있는 서양 문물을 받아들여 개혁을 해나가야 합니다. 저는 김조순을 아주 위태로운 인물로 보고 있습니다. 돌아가신 정조 임금의 신임을 받고 있음을 기화로 정국을 안동 김씨들의 세상으로 만들 것입니다. 그것을 막아야 할 책무가 원춘 도령에게 있습니다. 열심히 책을 읽고, 연경엘 다녀오신 다음, 우물 안 개구리들의 눈을 뜨게 해주어야 합니다. 많은 사람들로 하여금 북학에 뜻을 두도록 유도해야 합니다."

코스모스

　박제가를 만난 이후부터 추사의 머리에는 눈에 보이는 세계와 보이지 않는 세계가 뒤섞여 어지럽게 휘도는가 하면混沌, 그 어지럽게 휘도는 것들이 어느 일순간에 모두 제자리로 돌아가 질서정연해지면서 조화(코스모스)를 이루곤 했다.

　"과거 시험을 보는 것은 자기 혼자서 자기 식구들과 더불어 호의호식하며 살기 위해서가 아니라 백성들을 이용후생의 길로 안내하기 위해서입니다. 청나라에 가서 새 문물을 배워오기 위해서는 부지런히 공부해서 생원시에라도 입격해야 합니다. 원춘 도련님과 같은 동량재들이야말로 반드시 청나라엘 다녀와야 합니다. 원춘 도련님이 청나라엘 가게 되면 반드시 만나 마음으로 깊이 사귀어야 할 인재들이 아주아주 많습니다. 그들을 제가 다 미리 소개해주겠습니다."

이듬해에 사은사를 따라 연경에 다녀온 박제가는 추사에게 말했다.

"이제부터는 도련님을 김정희라고 부르겠습니다. 원춘보다는 정희가 더 견고하고 무겁고 올바르고, 대인의 이름답습니다. 바를 정正 자는 하늘一의 뜻(진리)에 늘 머물러 있다止는 것입니다……. 청나라 연경에 조강이란 사람이 있습니다. 정희 도련님보다는 여섯 살이 위인데, 용모가 수려하고 친절하고 학문이 아주 깊은 사람으로, 중국 당대의 걸출한 학자들, 운대 완원 선생, 담계 옹방강 선생 등에게서 촉망받는 젊은 준재로 점찍혀 있습니다. 혜풍(유득공)하고 함께 연경 운문회관이란 데서 많은 이야기를 나누었습니다. 제가 조강에게 분명하게 말했습니다. '머지않아 조선의 대단한 인재, 하늘을 잡고 뙈기를 칠 한 인재가 중국을 찾아올 것이다. 그 사람의 성은 김이고, 이름이 정희라고 하는데 아직 나이 어리지만 그 사람은 닭 가운데 봉이고, 잡스러운 뱀들 가운데 장차 용이 되어 날을 이무기라고 할 수 있다.'"

'아, 내가 봉이나 용이 될 수 있을까.' 추사는 가슴이 우둔거렸다.

박제가가 말을 이었다.

"정희 도련님은 장차 어떤 수단과 방법을 쓰든지, 기어이 연경엘 다녀와야 합니다. 사람은 마음으로 깊이 동경하는 어떤 일인가를 이루어내기 위해서는 그 일에 도전을 해야 합니다. 목숨 끝닿는 데까지 코피 터지고 이마가 까지게 싸워야 합니다. '감아 떨어져라' 하고 나무 밑에서 입을 벌린 채 기다리고 있는 멍청이 게으름뱅이가 되어서는 안 됩니다. 작대기로 쳐서라도 떨어지게 해서 주워 먹어야 합니다. 도전적으로 사는 그것이 적극적이고 진취적인 장부의 태도입니다. 세상의 정상에 우뚝 서려면, 모든 정상에 서 있다고 자처하는 사람들보다 더 열심히 책을 읽고 궁구하여 그 사람들보다 앞장선 선구先驅가 되어야 하고, 더 높은 사상을 가져야 합니다. 조선 땅의 정상에 서려면 중국의 정상에 있는 사람보다 더 높은 경지에 이를 수 있어야 합니다. 연경에 가거든, 유리창 거리엘 가서 제일 먼저 조강을 찾아야 하고, 그 사람에게 서성백과 주야운을 소개해달라고 하고, 그들을 사귄 다음에는 또 반드시 완원 선생 옹방강 선생을 찾아뵙고 가르침을 청하도록 해야 합니다. 그분들을 만나보면 정희 도련님에게 전혀 뜻밖의 새 길이 열릴 것입니다."

박제가의 이야기를 들은 추사는 연경이라는 미지의 시공을 그리워하는 병이 들었다. 그러던 어느 날 밤, 진한 가지색의 하늘을 초롱초롱 밝히는 푸르고 붉고 노란 별들을 쳐다보다가 북극성을

111

내 별로 삼아야겠다고 생각했다. 그리고 그 북극성을 둘러싸고 있는 별들을 바라보다가 들어와 시를 지었다.

　　드넓은 세상에서 마음을 진실로 나눌 수 있는

　　벗을 사귀고 싶은

　　가슴 벅차게 하는 사념이여

　　마음과 마음을 얽을 수 있는 참된 벗을 얻는다면

　　그 사람 위해 목숨을 버릴 수도 있을 터인데

　　그 환한 하늘 아래엔 이름 떨친 사람 많다 하니

　　부럽고 또 부럽기만 하다.

　　慨然起別想 四海結知己

　　如得契心人 可以爲一死

　　日下多名士 艶羨不自己

　추사는 그 시를 박제가에게 보이려고 기다렸지만 박제가는 다시 월성위궁에 나타나지 않았다. 그날 밤에 금부도사들에게 끌려가서 곤장을 맞은 다음 종성에 유배되어버린 것이었다. 그것은 '천주학쟁이'라고 알려진 정약종 이승훈 등이 한강변에서 효수를 당하고, 정약용 정약전 형제가 강진과 흑산도로 유배된 이후였다.

　박제가는 동남성문東南城門의 흉서사건凶書事件의 주모자인 윤가기가 사돈이라는 점 때문에 연좌제로 걸려든 것이었는데, 그에게는 중국 연경엘 드나들면서 『천주경』『천주실의』(천주교의 교리서) 『칠극』(천주교인의 실천서) 따위의 책을 가지고 들어와, 많은 사람들로 하여금 서양 귀신을 믿고 숭앙하게 하고, 조상신 모시는 일과 미풍양속을 버리게 하는 미망에 빠지게 했다는 죄가 추가되었던 것이다.

추사는 뜻밖에 『천주경』과 『천주실의』를 대하게 되었고, 호기심 어린 눈으로 그것을 단숨에 읽었다. 그 『천주경』은 박제가가 가지고 와서 월성위궁 추사의 글방 윗목에 놓아둔 것이었다.

"이 책 속에 들어 있는 '천주'라는 존재가 요즘 세상을 뒤숭숭하게 하는 까닭을 저는 이해할 수 없습니다" 하고 추사는 박제가에게 말했다. 그 말속에는 '선생께서 왜 이 책을 가지고 와서 제 방에 놓아두셨는지 이해할 수 없습니다' 하는 뜻이 담겨 있기도 했다. 박제가는 심드렁하게

"이것을 그새 읽어버렸습니까?" 하고 그의 독파력을 놀라워했다. 그 말속에는 '정희 도령에게 이것을 읽힐 의사는 없었는데……' 하는 뜻이 담겨 있었다.

"한 대신이 한번 읽어봐야겠다고 해서 가져왔다가 미처 전해드리지 못하고 있는 것인데…… 그래 읽어보니 어떻던가요?"

"제가 읽어 알고 있는 성인의 하늘과 『천주경』이 말하고 있는 하늘은 엄연히 다른데, 한사코 같다고 우기고 있습니다. 그렇게 우기

고 있는 것은 다른 사람 아닌 중국에 와서 포교 활동을 하고 있는 푸른 눈의 신부, 이마두(마테오 리치)와 방적아(판토하)입니다. 『천주경』에서는 천주가 이 세상의 삼라만상을 창조해서 존재하게 했다고 하는데, 성인은 하늘이 스스로 자기의 뜻에 따라 천지만물로 하여금 자생하게 한 것이라고 했습니다. 가령, 『천자문』의 '천지현황天地玄黃'에서 황黃 자는 스스로 생겨 솟아나온다는 뜻이지 않습니까?"

"그것뿐입니까?"

박제가가 물었고 추사가 대답했다.

"문제는 삶의 방법에 있습니다. 천주를 믿는 사람들은 유학 선비들처럼 지금 이승의 삶 속에서 최대 최고의 지순지고한 구경을 찾으려는 것이 아닙니다. 그들은 천주가 살고 있는 천국에 푯대를 맞추고, 이승의 삶을 다만 거기에 이를 목적으로 살아야 한다고 주장하고 있습니다. 말하자면 이승의 삶은 다음 생에서 거듭나 호사스러운 삶을 누리기 위해 준비하는 과정이라고 말하고, 천국(낙원)에 가게 해달라고 기도하면서 착한 일을 행하고 원수를 사랑하라고 가르칩니다. 그런데 유학에서의 성인은 현재의 삶에서 사업을 하라고 가르칩니다. '사업事業'이란 것은 하늘과 땅의 순리에 따라 못 사는 사람들을 사랑하고 구제하고 보도하는 일이므로, 성인은 사업을 통해 정심正心에 이르라고 가르칩니다. 정심에 이른다는 것은 하늘의 마음에 이른다는 것입니다."

박제가는 추사의 냉철한 분별력에 살갗을 베이기라도 한 듯 움찔했다.

"글쎄!"

박제가는 감히 추사가 말하는 천주의 하늘과 성인의 하늘에 대한 옳고 그름에 대하여 말할 엄두를 내지 못했다. 『천주경』이나 『천주실의』『칠극』을 깊이 읽지 않았고, 그러므로 『천주경』의 세계 속으로 빠져들지도 않았다. 박제가는 다만 그 책들을 조선의 낙후되어 있는 땅에서 하나의 서양 학문으로 받아들일 필요가 있는 서책일 것이라고 느끼고 들고 들어왔을 뿐이었다. 박제가는 눈길을 방바닥에 놓인 책으로 떨어뜨리면서

"좌우간 이 『천주경』『천주실의』『칠극』이란 책도 청나라에서 흘러들어온 다른 근대문물과 마찬가지로, 실사구시 이용후생의 관점에서 읽고 판단해야 할 터입니다. 그런데 이용후생을 하려고 하다 보니 『천주경』이나 『천주실의』나 『칠극』을 깊이 읽은 선비들이 그것들의 근본 사상으로써 조선의 현실 생활에서 불합리한 것을 교정하려고 하고들 있는 듯합니다. 가령, 첩을 가지면 안 되고 아내는 단 한 사람이어야 한다든지, 술을 마시고 몽롱해 있는 것은 천주의 뜻에 반한 것이라든지, 천주 이외의 신을 숭상하고 절하고 제사 지내면 안 된다든지…… 그러한 것들이 풍파를 일으키고 있습니다……. 만일 이 풍파를 어느 일당이 자기들의 정적들을 몰아내는 데에 하나의 도구로 이용하면 어쩌나 하는 걱정이 앞서기도 합

니다" 하고 말했다.

　스승 박제가가 우려하던 대로 한 세력이 천주학을 이용하여 다른 한 세력을 몰아냈다.

　어느 날, 함경도의 종성으로부터 은사 박제가의 편지가 날아왔다.

　정희 도령에게 보냅니다. 여기 온 이래, 잠이 오지 않으면 백거이(백낙천)의 시를 빌려 나를 잠재우곤 합니다. '낙천아, 낙천아, 오너라, 내 너에게 이르겠다…… 낙천아, 낙천아, 불쌍하구나, 이제부터 배고프면 먹고, 목마르면 마시고, 낮에는 일어나고 밤에는 잠자거라. 터무니없이 기뻐하거나 슬퍼하지 마라. 병들면 눕고 죽으면 쉬도록 하여라. 그렇게 하는 경지가 바로 너의 집이자 본고향이다. 왜 그것을 버리고 불안한 삶을 택하고자 하느냐. 들뜨고 불안한 속에서 어찌 편안히 살고자 하느냐. 낙천아, 낙천아, 본고향으로 돌아오너라.' 여기서 '낙천'을 '초정'으로 바꾸어 암송하면서 허공을 향해 너털거립니다. 낙천의 또 다른 시들이 나로 하여금 여유를 가지게 합니다. '조약돌 희롱하며 시냇가에 앉아 있다가, 꽃을 찾아 절 경내로 들어가니, 가끔 새의 말소리, 곳곳에 샘물 소리弄石臨溪坐 尋花續寺行 時時聞鳥語 處處是泉聲.' 이 시 속의 시인처럼, 책 속에 빠져 있으시다가도

116

문득 주위의 풀꽃이나 하늘이나 구름이나 강물의 경계 속으로 빠져들어가는 여유를 가지십시오.

스승을 잃은 슬픔에 잠겨 있을 때 어머니가 돌아가셨다는 부음이 날아들었다. 예산에서 두 동생을 키우며 살림살이를 이끌던 어머니 유씨는 남편도 없는 곳에서 숨을 거둔 것이었다. 그때 추사의 아버지 김노경은 문과에 급제하기 이전이었으므로 지방관으로 떠돌고 있었다.

추사는 며칠 전에 받은 어머니의 흘림체의 한글 편지를 가슴에 품은 채 하늘을 쳐다보았다.

한양의 아들 원춘 보아라. 구름 지나가는 그림자가 마당을 스쳐 가면 할머니 따라 절엘 갔던 내 아들 원춘이 들어오고 있지 않는지 내다보고, 치자꽃이 피면 코를 대고 킁킁 향기 맡는 내 아들 원춘의 모습이 눈에 삼삼하여 다가가 나도 코를 대본다. 불어오는 바람에 절의 목탁 소리가 실려 오면 절에 간 내 아들 원춘이 문득 기다려진다. 그리워지지만 늘 참으면서 세월을 흘려보낸다. 날씨는 차가운데 솜 둔 옷은 입고 사는지 궁금하다. 하인들이 방을 따뜻하게 해줄 뿐 아니라, 밥과 국을 제대로 올려주기나 하는지, 고기반찬은 빠뜨리지 않는지…… 떠나간 내 아들 원춘을 생각하면 눈물이 앞을 가리고 목이 메어 음식을 넘길 수가 없다. 하인들이 어린 주인이라고 깔보고 속이지나 않는지……. 이제는 어찌할 수 없이, 월성위궁 종손이 된 원춘 조카님, 아무리 외롭고 슬플지라도 부디 서책 부지런히 읽어 작은아버지가 이루지 못한 문과급제를 반드시 이루어 큰 동량재가 되기 바란다. 총총 예산 작은어머니 예를 갖추지 않고.

가슴속에서 뜨거운 울음이 북받쳐 올랐지만 그는 이를 악물고 참았다. 어머니의 편지는 열흘이 멀다 하고 날아들었다. 흘림체의 한글 편지 한쪽 귀의 글자에는 눈물방울로 인해 얼룩이 져 있었다.

집사를 불러 집안을 맡기고 마부로 하여금 말을 끌게 하고 집을 나섰다. 충청도 예산 땅은 멀고도 멀었다.

예산 땅은 하늘의 해가 제 힘을 다하여 햇살을 내리쬐고 있지만 음산한 느낌이었다. 땅에서 알 수 없는 어둠이 솟구쳐 오르는 듯싶었다. 김노경은 유씨의 시신을 입관해두기는 했지만 관뚜껑에 못질하지는 않고 추사가 오기를 기다리고 있었다. 추사가 당도했을 때 김노경은 먼저 추사에게 상복을 입혔다. 한데, 그 상복은 아우인 명희와 상희가 입고 쓰고 있는 황금색 마포로 된 것이 아니고 흰 무명베로 된 두루마기였다. 머리에도 굴건 아닌 흰 두건만 씌워주었다.

그는 이미 예법에 의하여, 어머니 유씨의 친자식이 아니고 큰댁의 조카인 것이었다. 세상은 차별된 상복으로써 그를 친자식 아닌 조카로 구별 지어놓고 있었다. 구별된 상복, 그의 머리에 얹힌 흰 두건과 몸을 감싼 흰 두루마기가 그를 동생인 명희와 상희로부터 멀리 소외시키고 있었고, 그의 몸을 한 개의 가랑잎처럼 가볍고 퍼석퍼석하게 만들고 있었다.

김노경은 추사를 관 앞으로 데리고 가서 뚜껑을 열고, 그로 하여금 생모인 유씨의 마지막 얼굴을 보게 했다. 멀고 먼 유명의 세상으로 떠나가는 어머니를 위하여 해드릴 수 있는 것은 무엇일까. 눈물을 흘리며 울어드리고 싶었다. 한데, 검고 푸르게 변해 있는 어머니의 얼굴을 대하자 등줄기와 겨드랑이와 정수리에 소름이 쭉 끼치면서 눈물이 나와주지 않았다.

어머니 유씨는 이미 그의 어머니가 아니었다. 죽음이라는 견고한 검은 성벽 속으로 들어선 채 그를 접근하지 못하게 하고 있었다. 죽음은 헤아릴 수 없이 깜깜한 어둠 저쪽의 세계다. 그 어둠 속으로 그의 주변의 많은 사람들이 떠나갔다. 죽음의 세계에는 차가운 말 없음이 존재할 뿐이다. 그곳에서는 말 없음의 엄정한 논리가 절대 진리가 된다. 시간이 정지되어버린 으스스한 검고 드높은 성벽.

그 검은 성벽 같은 어둠 속으로 들어서기 이전의 어머니를 떠올리고, 한양 월성위궁으로 떠나갈 때 어머니가 그를 안고 오열하던 기억을 떠올리며 울어보려고 했지만 허사였다. 그는 눈보라 치는 들판 한복판에서 어머니와 상희와 명희와 아버지 김노경으로부터

따돌림받은 채 동그마니 서 있는 한 그루 나무가 되어 있었다. 어머니 유씨와 나는 서로 갈 길이 다르다고, 스스로에게 말했다. 어머니 유씨의 길 아닌 나의 길을 가야 한다는 사실을 자기에게 증명해 보이고 싶었다. 혀를 아프게 깨물었다. 혀끝에서 일어난 아픔이 온몸으로 부챗살처럼 번져갔고 뇌리에 아픈 실존이 각인되고 있었다. 심호흡을 하면서 '잘 가십시오, 어머니 잘 가십시오. 작은어머니 잘 가십시오' 하고 속으로 중얼거렸다.

차갑게 굳어진 그의 얼굴을 본 아버지 김노경이 그의 등을 몇 차례 다독거려주었다.

五

아버지 김노경

테가 크고 드넓은 갓을 쓴 선비가 하늘색 도포 자락을 펄렁거리
며 황막한 눈보라 치는 겨울 들판길을 걸어가고 있었다. 아버지 김
노경의 뒷모습이었다. 아버지는 거무스레한 화산석으로 쌓은 돌담
길로 들어섰다. 돌담길은 들판을 건너서 산모퉁이로 뻗어 있었다.
저 아버지하고 함께 가야 한다고 생각한 추사는 "아버지이!" 하고
소리쳤다. 아버지는 돌아보지 않고 자기 길만 가고 있었다. 다시
"아버지!" 하고 외쳐 불렀다. 그때 누군가가 그의 손을 잡고 흔들
어대면서

"아버님" 하고 불렀다. 눈을 뜨니 상무가 그를 내려다보고 있었다. 흰머리 희끗희끗한 초생이 눈물 젖은 얼굴로 그를 내려다보며 말했다.

"대감마님, 미음입니다. 한술 들어보십시오."

그는 고개를 저었다. '이제 가야 한다. 아버지가 가신 길로 가야 한다. 다 떨치고 가야 한다. 세상의 모든 것은 자기 돌아갈 때가 되면 미련 없이 돌아가야 하는 것이다.'

"전라도 초의 스님에게 기별을 놓을까요? 한번 다녀가시라고요."

상우가 말했다. 추사는 허공을 쳐다보았다. 그래 초의, 초의밖에는 부를 사람이 없다. 친구 권돈인은 낭천에 유배되어 있고, 둘째 동생 상희는 오래전부터 천식으로 말미암아 바깥출입을 못하고 있고, 첫째 동생 명희는 한 해 전에 쓰러져 반신불수가 되어 있다. 그는 초의를 부르라는 뜻으로 고개를 끄덕거렸다.

"아버님께서 그러실 줄 짐작하고 이미 기별을 놓았습니다" 하고 상무가 말했다.

추사는 고개를 끄덕거렸다. 초의는 세속의 격류에 휘말리며 사는 그의 신산한 운명과 그것을 이겨내고 기어이 살아 있어야 한다는 의지 사이의 길항으로 인한 팽팽한 장력을 누그러뜨려주는 존재였다. 초의라는 이름만 들어도 마음이 편안해졌다. 초의가 보내온 차 한 잔을 마시고 싶었다. 대둔사의 초의가 보낸 작설차 속에는 초의의 훈훈한 정이 슴배어 있었다. 비록 멀리 떨어져 있을지라도, 같은 시대에 뜻을 나눌 수 있는 정신 향 맑은 초의라는 벗을 마음에 걸어두고 산다는 것은 행운이었다. 초의가 오면, 아미타 세상으로 가는 그의 장도를 축원해달라고 할 참이었다. 아미타 세상은 헤아릴 수 없이 먼 데에 있을 수도 있고, 자기가 자리하고 있는 곳에 있을 수도 있다. 진실로 마음의 편안함을 얻게 되면 그 눕거나 앉은 자리가 바로 아미타 세상일 수도 있다. 고요만 있는 그곳으로 가고 싶다. '나무南無'는 나我 없어짐無을 통해 그윽한 그곳으로 가고 싶다는 의지이다.

차 한잔을 달라고 말하고 싶은데, 입과 목이 바싹 밭아 있고 혀가 굳어져 있어 말이 되어 나오지 않았다. 초생이 눈물 어린 눈으로 추사를 내려다보다가 상우에게 눈길을 보냈다. 아버지가 지금 무엇을 바라고 있는지 헤아려보라는 것이었다. 상우가 앞으로 나서면서

"대감마님, 초의 스님께서 보내온 차를 한잔 올릴까요?" 하고 물었다. 그는 고개를 끄덕거렸다. 잠시 뒤 상우가 차 한 잔을 받쳐 들고 들어왔지만, 추사는 그 차를 마시지 못하고 다시 혼침에 빠져 들어버렸다. 그는 다시 하늘색 도포 차림을 하고 앞장서서 가는 아버지를 따라갔다.

꿈에 그리곤 한 연경의 하늘

아버지의 자제군관子弟軍官 자격으로서 연경엘 가게 되었다. 문과에 급제하고 조정에 들어간 아버지 김노경은 호조참판이 되었다가, 곧 동지부사로 선임된 것이었다. 그 무렵 추사는 사마시에 생원 일등으로 입격되어 있었다. 스승 박제가가 미리 일러준 바 있는, 중국 연경에 가는 그 꿈같은 일, 그 새로운 세계로 나아가는 일은 얼마나 바라고 고대했던 것인가.

그의 삶에서 행운은 늘 거듭된 아픈 비극들의 장章 뒤에 펼쳐지곤 했다.

스승 박제가가 유배지 함경도의 종성에서 얻은 풍토병을 이기지 못하고 돌아가신 지 한 달 뒤에, 아내 한산 이씨가 하룻밤 사이에 설사와 탈수로 인하여 세상을 달리해버렸다. 외로울 때마다 가슴에 얼굴을 묻곤 하던 아내. 미처 아내 잃은 슬픔이 가시지도 않았는데, 양어머니인 남양 홍씨가 열병으로 돌아가셨다.

이듬해 정월 하순, 아버지 김노경은 여인의 사랑이 떠난 자리를 채워줄 수 있는 것은 여인의 사랑뿐이라면서 재혼을 주선했다.

"월성위 종가의 안살림을 다잡을 본부인의 자리를 비워둘 수 없다. 이 세상은 죽은 자의 몫이 아니고 살아 있는 자의 몫이다."

추사는 눈물을 머금고 따랐다. 명문이기는 하지만 장인이 벼슬하지 못하고 사는 가난한 예안 이씨 집안(이병현)의 딸을 새 아내로 맞아들였다.

추사는 어느 사이엔지, 나이에 걸맞지 않게 삶에 달통한 사람이 되어가고 있었다. 『주역周易』이 그것을 가르쳐주었다. 『주역』은 성인이 설파한 하늘과 땅의 율동의 원리를 기록해놓은 책이다. 사람은 모름지기 그 율동에 따라 살아야 한다. 그 율동은 변수이다.

슬픈 일이 일어나면 그 슬픔 속에 오랫동안 빠져 있어서는 안 되고, 곧 일어서서 즐겁고 기쁜 어떤 일인가가 일어나도록 주선하여야 된다. 차면 기울게 되고, 기울면 다시 차게 된다. 궁하면 통하고, 통한 듯했다가 궁해지고, 들어가면 나오고, 나오면 들어간다. 슬픈 일이 일어나면 머지않아 기쁜 일이 생기고, 들떠 출렁거리게 하는 환락이 다하면 쓰라린 비극이 온다. 삶의 길은 물처럼 흐르고 파도처럼 출렁거리면서 나아가게 되어 있음을 믿고 분투하듯이 살아가야 하는 법이 변수이다.

중국 연경에 가면 예견하지 못했던 새로운 세계가 나를 향해 파도처럼 밀물처럼 일렁거리며 밀려올 것이다. 조선 땅에서의 모든 것을 잊고 사은사의 뒷줄에 붙어 따라가는 그의 가슴은 서서히 벅차올랐다.

연경에 가는 괴나리봇짐 속의 염주와 『화엄경』

　추사는 괴나리봇짐 속에, 어린 시절 하허에게서 받은 염주와
『화엄경』을 넣었다. 그것들이 그를 편안하게 해주곤 했다. 할머니
와 양아버지의 장례를 치른 날 밤에도, 스승 박제가의 장례에 다녀
온 날 밤에도, 돌아가신 어머니를 장사 지내고 온 날 밤에도, 문득
세상에서 자기 혼자일 뿐이라는 생각이 드는 때에도 그는 염주를
굴리면서 『화엄경』을 어루만지고 암송했다. 『화엄경』을 암송하면
머리에 밤하늘의 북극성이 그려지고, 강이 굽이도는 들판길이나
산모퉁이길을 혼자서 걸어가는 선재동자 같은 자기의 모습이 그려

졌다. 세상에 존재하는 모든 사람이 선재동자의 스승이었듯이, 그 모든 것이 그의 스승이었다. 죽음 같은 깜깜한 밤하늘의 세계를 초롱초롱 깨달음의 세계로 밝히는 별들도, 날아다니는 새도, 허공을 향해 웃음 짓는 꽃도, 달려온 바람에게 길을 열어주느라고 이쪽저쪽으로 고갯짓을 하는 푸나무의 잎사귀들도, 기어가는 벌레도, 짐승들도, 티끌 같은 들꽃도, 구름도 하늘도 바람도 이슬방울도 안개도, 달과 해도 다 스승이었다.

국경을 벗어난 지 오래지 않아서 광활한 중국의 평야가 시작되었다. 말이 빨리 달리는데도 불구하고 평야는 한없이 계속되었고, 산은 나타나지 않았다. 이렇게 넓은 땅이 이 세상에 있다. 이 땅을 건너가면 더 드넓은 세계가 있다. 그 세계를 향해 나아가게 해준 불은에 감사하고, 하늘의 북극성에게 감사하고, 성은에 감사하고, 그를 데리고 가는 아버지에게 감사하고, 그와 같은 세상을 만나 환희심을 느낄 수 있도록 낳아준 어머니에게 감사하고, 미리부터 연경행을 마음으로 준비하게 해준 스승 박제가에게 감사했다.

청나라 황제에게로 가는 사은사의 행렬을 따라가는 동안 그는 내내 입속으로 몇 번이든지 스승 박제가가 일러준 '조강' '서성백' '주야운' '옹방강' '완원'이라는 이름을 외었다. 그 이름들이 가슴 속에 칠색의 무지개를 피어나게 했다. 중국의 평야와 하늘이 광활하고 드높듯이 그 나라가 품고 있는 학문의 세계 또한 그러하리라.

무진장한 그것들을 모두모두 빨아들이고 싶어 하는 그의 가슴과 영혼의 내장들은 하늘처럼 광활해지고 바다처럼 깊어져 있었다. 다녀온 사람들의 입소문으로만 들은, 서양의 새 문물을 빨아들여 품고 있는 연경, 그 신세계에 대한 호기심은 그의 가슴과 영혼의 내장들을 내내 허기져 꿈틀거리게 했다.

연경에 도착해서 짐을 풀기가 무섭게 유리창의 한 서적 가게로 가서 조강을 만나게 해달라고 청했다.

자제군관의 자격으로 사은사 행렬을 뒤따라간 젊은 인재들은 연경에 도착하자마자 자유롭게 행동할 수 있었다. 그들의 연경행의 목적은, 중국의 이런저런 선진문물을 접하고 그것들을 공부하거나 구입해가는 것이었다.

조강과 추사는 유리창 거리에 있는 법화사에서 한 젊은 역관의 안내로 첫 대면을 했다. 조강은 추사를 보자마자 두 손을 내밀어 추사의 두 손을 모아 잡아 흔들어댔다. 조강의 키는 헌칠하고, 얼굴은 희고 동글납작하고 수려했다. 그의 몸에서는 야릇한 문기가 풍겨왔다. 울창한 숲속에서 하늘을 향해 우듬지를 치켜든 나무숲에서 풍기는 싱싱한 향 같은 문기.

역관이 돌아간 다음 그들은 말이 서로 통하지 않았으므로 필담으로써 의사소통을 했다.

"아, 추사 김정희 형, 여길 다녀간 초정 선생에게서 추사에 대한 이야기를 들었습니다. 김정희라는 청년은, 젊은 나이임에도 불구하고, 시를 잘 지을 뿐 아니라, 글씨를 잘 쓰고 그림도 잘 그리고, 유학의 경전들에 대한 식견도 달통의 경지에 이르렀다고……. 언젠가는 연경에 오리라 생각하고 기다리고 있었는데 참으로 반갑습니다."

조강이 먼저 필담을 했고, 추사가 그의 손을 잡아 흔들면서 "아, 그렇습니까?" 하고 탄성 어린 소리로 말하고 나서 붓을 들어 썼다. 먼저 스승인 박제가가 돌아가신 것을 말하고, 연경에 오는 동안 내내 머리에 굴리고 온 사람들의 이름을 열거한 다음 이렇게 말했다.

"스승인 박제가로부터 완원과 옹방강 두 경사經師님들을 미리 소개받은 바 있습니다. 하루 빨리 만나 뵙고 많은 가르침을 받고 싶습니다. 그리고 옥수 조강 형은 물론, 서성백 형과 주야운 형하고도 사귀고 싶습니다. 그분들을 만나 뵐 수 있도록, 수고스럽겠지만 조옥수 형이 주선을 좀 해주십시오" 하고 말했다. 조강은 추사의 두 손을 모아 잡고 고개를 끄덕거리며 "좋습니다. 좋습니다" 하고 약속을 했다.

조강은 추사에게 서성백을 소개해주었다. 서성백은 전당문관全唐文館이란 관청에서 근무하고 있었는데, 그는 옹방강의 제자였다. 서성백은 이심암을 소개하고 이심암은 추사를 보안사가에 있는 옹방강의 '석묵서루石墨書樓'로 안내했다.

옹방강은 추사를 대하자마자 눈을 내리깐 채 "해동 조선의 젊은 양반! 이 석묵서루, 사실은 길을 잃은 중국의 한 늙은이가 갇힌 채 나아갈 문을 찾지 못하고 헤매는 곳인데 혹시 잘못 들른 것이 아니시오?" 하고 필담으로써 이렇게 힐난하듯 물었다.

추사는 안내하는 이심암이 가져다 보이는 필담을 보자 스승 박제가가 한 말이 떠올랐다. '어떤 일을 성취하려 하는 자는 그 일에 싸움을 걸듯이 바싹 다가서서 해내야 한다.' 추사는 이를 지그시 물고 붓을 들고 써 내렸다.

"돌아가신 초정 박제가 선생이 말씀하시기를, 나 김정희의 길은, 반드시 담계 옹방강 선생의 석묵서루에 쌓여 있는 수만 권의 경전 한가운데를 관통해야만 더욱 크고 평탄하게 열릴 것이라 해서 찾아왔습니다."

옹방강은 추사가 쓴 필담을 읽고 허공을 향해 "어허허허허……" 하고 웃고 나서 그의 두 손을 모아 잡고 흔들면서 "좋습니다. 좋습니다" 하고 말했다.

옹방강은 여느 사람들을 잘 만나주지 않는 옹고집이지만 조선에서 온 추사를 특별히 만나주고 있는 것이었다. 그것은 옹방강이 추사의 탁월한 기재와 사람됨에 대한 이야기를 박제가의 편지로 이미 듣고 있었기 때문이었다.

박제가는 옹방강을 오래전부터 흠모하던 차, 세 번째 연경에 왔다가 그의 석묵서루에 들러 시를 지어 나누는 인연을 맺었던 것이다. 그리고 자기가 옹방강에게서 다 받아들이지 못한 경학의 진수를 제자인 추사로 하여금 받아들이게 하려고, 귀국한 다음 편지로 추사를 소개한 것이었다.

옹방강은 일흔여덟 살의 나이였지만 아직 강건한 경학계의 기숙耆宿이고 금석학계의 대가였다. 대중국 안에서 학자로서 누릴 영광을 다 누린 석학.

그는 이제 스물네 살인 추사를 새로 얻은 아들이나 손자를 대하듯 친절하고 다감하게 맞이하고 자기의 석묵서루 안에 들어 있는 수만 권의 경전이나, 두 아들인 옹수배 옹수곤과 더불어 연구하고 있는 자료들을 보여주었다. 층층이 쌓여 있는 금석학 연구의 결과물들도 아낌없이 보여주었다.

추사는 가슴이 울렁거리고 눈이 휘둥그레졌다. '아, 나를 이 석묵서루에 몇 년 동안 가두어놓고 옹방강 선생 문하에서 실컷 경전 공부를 하라고 한다면 얼마나 좋을까.' 그는 옹방강이 경전들을 하나하나 열쳐 보이면서 필담으로 설명을 할 때마다 머리와 허리를 숙여 절하곤 했다.

날이 저물어 숙소로 돌아갔다가, 이튿날 다시 찾아가자 옹방강은 한나라와 당나라 시대의 옛 비석의 글씨들을 탁본한 진본첩들을 보여주었다. 추사는 마치 보물섬에 온 것처럼 그 어느 것 하나도 놓치지 않고 머리에 담아가려고 속속들이 살피고 설명을 들었다.

옹방강은 소동파의 화신이라 해도 과언이 아니었다. 그는 소동파를 사숙하여온 데다 외모도 닮았다. 심지어는 왼쪽 목 뒤에 솟아 있는 혹까지도 그림 속의 동파 모습과 닮았다. 옹방강은 지독한 근시였으므로 알 가운데가 볼록한 안경을 끼고 있었다. 그럼에도 불구하고 그는 그 안경을 낀 채 깨알에다가 바늘 같은 세필로 '천하태평'이란 글씨 넉 자를 써 넣었노라고 하며, 그것을 실제로 추사에게 보여주고 자기의 강건함을 과시했다.

박제가의 시에 반해 있는 옹방강은 젊은 추사를 대하면서 마치 박제가를 대한 듯 가슴 뿌듯하여였다. 더구나 추사는 그의 설명을 모두 깊이 알아들을 뿐 아니라, 설명하는 경전의 핵심이 되는 문제를 질문하기도 하고 옹방강이 미처 확철하게 깨치지 못한 대목의 정곡을 찔러 응대하고 있었다.

조선의 한 생목 같은 젊은 마음과 중국의 한 무르익은 늙은 마음이 싱싱한 물고기와 해맑은 물처럼 한데 어우러졌다.

옹방강은 문득 허공을 향해 중얼거렸다. 이심암이 그 중얼거림을 "해동 조선에 이런 영물이 있었던가!" 하고 써 보여주었다.

옹방강이 고개를 끄덕거리며 다시 한마디 지껄거리자 이심암이 붓을 들고 써서 추사에게 보였다. "경술과 문장이 해동 조선에서 제일이구나 經術 文章 海東 第一!" 추사는 감개무량하여 "과찬하여주심, 심히 부끄럽습니다" 하고 필담을 한 다음 머리를 깊이 숙여주었다.

옹방강은 추사에게 구양순의 글씨 진본인 '화도사의 고승 옹 선

사의 사리탑명' 탁본된 것을 보여주었고, 추사는 그 앞을 떠나지
못했다.

'그렇다, 진짜 구양순의 글씨를 얼마나 보고 싶었던가. 아, 저 여
울물 흘러가는 듯, 물고기들이 헤엄쳐 오르는 듯 유연하면서도 소
박 고졸한 저 글씨. 하늘이 울고 땅이 감응하는 듯싶은 저 신필神筆.'
가슴에서 뜨거운 기운이 솟았고, 눈시울이 뜨거워졌다. 넋이 흩어
질 지경이었다.

내내 입을 다물지 못하는 추사를 향해 옹방강이 말했고 이심암이
번역한 것을 써서 보여주었다.

"이것 탁본한 것을 한 부 선물하겠소이다."

추사는 옹방강을 향해 거듭 허리와 머리를 숙였다.

옹방강은 다음에 그의 보물 가운데 하나인 소동파의 진짜『천제
오운첩天際烏雲帖』을 보여주었다. 그것에 대하여 옹방강은 흥분
하여 떨리는 목소리로 말했고, 이심암이 달필로 써 내렸다. 추사는
옹방강의 얼굴과 이심암이 쓴 글씨들을 번갈아 보았다.

"내가 광동에서 관리로 있을 적에 호남 오씨로부터 육십 금을
주고 산 것인데, 국내 유일무이의 진품이라 그것을 간직한 서재 이
름을 '소재蘇齋'라고 짓고, 소동파 생일인 십이월 십구 일에는 소
동파의 영정을 앞에 걸어놓고 제사를 지내곤 합니다. 여기에, 내가
감히 발문과 찬시讚詩를 붙여놓았습니다."

추사는 "아아!" 하고 탄성을 질렀다.

이어 옹방강은 '동파 선생의 시 잔본殘本'과 세 개의 소동파상을 보여주었다. 가장 인상적인 것은 삿갓을 쓰고 치렁치렁 늘어진 도포 차림을 하고 나막신을 신은 채 서 있는 자비로운 표정의 〈소동파입극도〉였다. 추사는 자기도 모르는 사이에 그 상을 향해 합장을 했다. 어린 시절 화암사 부처님께 그렇게 했듯.

'공자묘당의 비孔子廟堂碑' 탁본한 것을 보여주면서는

"이것은 송나라 황산곡이 감탄한 바 있다"라는 말을 했고, '詩境軒'이라는 편액을 보여주고 나서는

"이것은 육방옹의 '시경헌'을 탁본한 것입니다. 육방옹은 전국 각지에 부임할 때마다, 머무르는 집 주변의 바위에 '시경'이라고 새겨놓고 스스로의 호를 시경이라 했습니다" 하고 말했다.

'아, 시경! 시의 경계 속에서 산다는 것, 그것은 자기 삶의 영역이 극락이나 구운九雲 세상이라는 것 아닌가. 천축국 왕자가 사는 극락과, 노자와 장자가 도달한 구운 세상.'

이어 옹방강은 왕희지의 행서 교본이라 할 수 있는 『난정첩蘭亭帖』과 송본 『황산곡집黃山谷集』을 모두 보여주었다. 추사는 황홀경에 빠진 채 그 보물들을 들여다보며 거듭 찬탄했다. '아, 신필! 신필!'

옹방강은 찬탄을 거듭하는 추사를 향해 알 수 없는 말 한마디를 뱉어냈다. 이심암이 재빨리 그 말을 써서 보여주었다.

"그대가 귀국할 때에, 그대가 감동적으로 바라보곤 한 것들의

사본을 모두 선물하겠소이다. 그리고 소동파상은 후배 화가에게 모사하여 다음에 오는 사은사 편에 보내주겠습니다."

이 말을 들은 추사는 허리와 머리를 숙여 절하며

"평생 스승으로 모시고 존경하며 따르겠습니다. 앞으로 편지로라도 깊고 높은 가르침 내려주시기 바랍니다" 하고 말했다.

옹방강은 또 추사에게 경학을 공부하는 자세에 대하여 이야기했다.

옹방강은 사실에 토대를 두어 진리를 탐구하는 실사구시, 편리한 기구를 잘 사용하여 먹고 입는 것을 풍부하게 하며 생계에 부족함이 없도록 하는 일을 중히 여기기는 하지만, 거기에 정주학程朱學을 절충하는 태도를 취했다. 그는 경학 연구하는 아들 옹수곤을 소개했고, 추사는 동갑인 그와 많은 이야기를 나누었다.

이튿날 추사는 이심암의 안내를 받아 완원阮元을 찾아갔다. 완원은 연성 공공건물의 뜰에 있는 개인의 거실 태화쌍비지관泰華雙碑之館에 머물고 있었다. 그의 방 이름을 그렇게 명명한 것은 '화산묘비' 원본과 '태화쌍비' 탁본을 방의 바람벽에 걸어두었기 때문이었다.

이심암이 해동 조선에서 온 추사 김정희가 뵙기를 청한다고 하자, 완원은 방 안에서 맨발로 허둥지둥 마당까지 뛰어나와 마중을 했다.

"환영합니다. 해동 대인! 반갑습니다. 어서 오십시오."

완원은 추사가 알아들을 수 없는 중국말로 말했다.

이해 마흔일곱 살인 운대 완원은 이미 초정 박제가로부터 해동 조선의 젊은 영재인 김정희가 오래지 않아 찾아뵙기 위해 연경에 올 것이라는 편지를 받은 바 있는 것이었다. 완원은 스물일곱 살 되던 해에, 연경에 온 초정 박제가와 학연을 맺은 터였다.

추사를 방 안으로 안내한 완원은 당대의 최대 명차인 용단 승설 차龍團勝雪茶를 우려 내놓았다. 북송의 채군모가 복건의 전운사가 되었을 때 처음으로 만들어 황제에게 바친 이후로 널리 알려진 명차였다. 그윽하고 고소하고 배릿한 차향이 방 안에 가득 찼다.

추사는 혀와 입안을 적시는 고소한 맛과 약간 쓴 듯하면서 달고 약간 떫으면서 배릿한 차를 오래 머금고 있다가 목 너머로 삼켰다. 차를 다 마시고 났지만 입안에는 차의 맛과 향이 사라지지 않았다.

"김정희 대인은 시방 어디에 서 있습니까?"

문득 완원이 필담으로 선문답을 하듯이 물었다. 추사는 붓을 들어 말했다.

"성인이 밟아간 길 위에 서 있습니다. 그 길이 완운대 대인의 태화쌍비지관으로 안내했습니다."

완원은 "아하!" 하고 탄성을 지른 다음 필담으로 다음과 같이 말했다.

"성인의 도는 비유한다면 둘러싸인 담이고, 문자와 훈고訓詁는 대문 앞에 있는 골목길입니다. 대문 앞의 그 길을 잘못 들게 되면 한 발만 내디딜지라도 엉뚱한 다른 곳으로 가게 되는데, 어떻게 마루를 통해 방으로 들어갈 수 있겠습니까? 공부하는 사람이 도를 구하는 일은 몹시 높은 곳에 있는데 문장 한 구절 한 구절을 가벼이 낮게 보는 것은, 비유하자면 하늘로 날아다니다가 큰 집 위를 그냥 지나쳐 가버리는 것과 같은 것으로, 비록 높은 단계로 올라가 있기는 하지만 집의 속은 아직 실제로 보지 못하는 것과 같습니다. 또한, 물건의 이름과 성질을 알아냈을 뿐으로 도를 이루는 방법을 따져 물어 터득하려 하지 않는 사람도 있으니, 이것은 죽을 때까지 문간에 침식하는 것과 같은 것으로, 집 안에 마루와 방이 있다는 것을 모르는 것입니다."

완원의 말은 추사의 가슴을 뭉클하게 했다. 공부한 내용이 빈약하고 텅 비어 있음에도 불구하고 깊이 배우려 하지 않고 쓸데없이 높이 성명性命의 이치만을 따지고 가리는 잘못과, 도의 우듬지에 지나지 않는 물건의 이름과 성질의 맨 끄트머리에 몰두하여 진짜의 도를 분명히 이루려고 하지 않는 잘못, 그것은 얼마나 개탄스러운 일인가.

완원은 경전 공부는 반드시 사실에 입각하여 진리로 나아가야 하고, 사실을 바탕으로 정밀하고 상세하게 풀이해야 함을 강조했다.

"물론 글씨를 쓰는 일, 말하자면 비석을 탁본한 것이나 선인들의 명필첩 따위를 임모하는 일에 있어서도 실사구시로서 해야 합니다" 하고 나서, 완원은 두 아들 완상생과 완복을 추사에게 소개했다. 아들들은 모두 아버지를 닮아 키가 헌칠하고 얼굴이 수려했다. 추사는 두 아들과 손을 맞잡고 평생의 지기가 되기를 약속했다. 세 청년의 환희하는 모습을 보고 있던 완원이 말했다.

"지금『황청경해皇淸經解』편찬 작업을 하고 있습니다. 그것이 몇 권 몇 질이 될지 모르지만, 완성되는 대로 그것들을 모두 이 아이들로 하여금 김 추사 대인에게 보내드리도록 하겠습니다."

추사는 끓어오르는 감개를 억누를 길이 없었다. 완원에게 고개 깊이 숙여 절하고 나서 말했다.

"이제부터 저는 감히 저의 새로운 호號에 운대 완원 선생의 성씨 '완阮'을 사용하여 '완당阮堂'으로 하고 싶은데 허락해주시겠습니까?"

완원은 만면에 웃음을 담고 추사의 두 손을 모아 잡아 흔들면서 말했다.

"좋습니다. 좋습니다. 해동의 영명한 김정희가 저의 성씨를 넣은 완당이라는 호를 쓰겠다니, 저로서는 영광입니다."

귀국을 하루 앞둔 날, 연경에서 인연을 맺은 인사들이 모두 모여 추사를 위하여 송별연을 열어주었다. 그들은 헤어짐을 서운해하면서 시를 지어 나누고 합작의 그림을 그려 그들의 그 자리를 기념하였다.

돌아오는 길에 생부 김노경이

"무엇을 얻어 가느냐?" 하고 물었고 추사는

"또 하나의 세상을 품었습니다. 모두가 아버님의 은혜이옵니다" 하고 대답했다. 김노경이 꾸짖듯 말했다.

"아니다, 잘못이다, 성은聖恩이라고 말해야 한다."

"네, 아버님!"

추사의 앞에 펼쳐진 지평선 저쪽에서 거대한 바위산 같은 뭉게구름이 피어오르고 있었다.

六

다시 혼침

　눈을 뜨면서 떫고 쓰디쓴 입맛을 다셨다. 칡덩굴꽃 색의 어둠이 방 안에 가득 차 있었다. 그의 혼침과 어둠이 한데 어우러져 있었다. 상우에게 차를 마시고 싶다고 말을 했는데, 그것을 마셨는지 마시지 않았는지 기억에 없었다. 목이 밭았고 혀가 깔깔했다. 아마 마시지 않고 깜박 혼침에 빠져 들었던 모양이다.

　참으로 혼곤하고 허무한 잠이다. 아, 이 잠이 더욱 깊어지면 영원히 깨어나지 않는 긴긴 잠을 자게 될 터이다. 그러면 나의 영혼은 어떠한 길을 따라 어디에 이르러 머물까. 산산이 흩어질까. 바람 알맹이들이 되어 투명하게 산화되고 마는 것일까.

차를 한잔 마시고 싶었다. 초의가 보내온 차. 초의가 보고 싶었
다. 멀고 먼 길 떠나는 그는 초의의 배웅을 받고 싶었다. 혼자 가는
길의 외로움을 초의에게 털어놓고 어리광을 하고 싶었다. 나의 이
외로움을 알아줄 사람은 초의밖에는 없다. 나무, 나무, 나무.

"소인 상우이옵니다. 소인을 알아보겠사옵니까? 차 한잔을 올릴
까요?"

상우가 말했다. 추사는 고개를 끄덕거렸다. 상우가 추사의 윗몸
을 일으켰다. 눈을 감은 채 일어났다. 차향이 코끝에 어렸다. 고소
하면서 배릿한 작설차이다. 사월 초파일 전후의 투명한 햇볕이 내
리쬐는 한낮에 따서 오래오래 덖고 비벼 말린 작설차인가보다. 심
호흡을 했다. 마법 같은 배릿한 차향이 가슴속으로 슴배어들었다.

'알가argha'라고 불리는 차, 그것은 우주의 시원에 맞닿아 있는
생즙 같은 힘이라고 초의가 그랬었다. 초의가 말한 '우주의 시원'
이란 것은 초의와 나만이 아는 곳이다.

나무南無, 나 없음의 텅 빈 시원의 시공, 태허. 노자는 그것을
'우주의 뿌리인 음험한 암컷谷神'이라고 말했다. 모든 것은 태극에
서 왔고, 태극은 무극, 우주적인 늪, 자궁으로부터 연원했다. 무극
은 우주라는 거대한 구멍이다. 나는 무극에서 왔다가 무극으로 되
돌아간다.

나의 최후에 혼침의 시간을 내린 성인의 뜻은 무엇일까. 부처님

앞에 바치는 최고의 음료인 이 차를 마시면 혼침으로부터 깨어날까, 더 깊은 영원의 혼침 속으로 빠져들어버릴까.

상우의 어머니 초생이 찻잔 시울을 추사의 입에 대주었다. 한 모금 마셨다. 고소하고 배릿한 차향을 코로 들이켰다. 이 향은 텅 비어 있음空하고 맞닿아 있다. 이것을 마시고 텅 비어 있음으로 돌아가야 한다. 바야흐로 나는 색즉시공 공즉시색의 '공'을 마시고 있다. 서른 살이던 해의 가을 만월이 대낮처럼 환한 밤에 수종사에서, 북한강 두물머리의 은색 칠을 해놓은 듯한 바다 같은 물너울을 내려다보면서 해붕海鵬이 '차 마시는 것은 하나의 텅 비어 있음을 마시는 것'이라고 말했었다.

해붕의 공空 놀음

이십 대 후반에서 삼십 대에 이르기까지의 추사 몸뚱이 속에는, 짙푸르고 드높은 바다 물결 같은 패기가 거세게 출렁거렸다. 해동 조선 땅에서 우물 안 개구리처럼 케케묵은 삶을 살면서도, 내로라 하고 떠벌리는 최정상급이라는 엉터리 일인자들을 깨부수어 쓸어 버리고, 북학의 근대문물로 무장한 신진 젊은 동량재들을 그 자리 에 우뚝 세워놓아야 한다는 패기.

추사는 그날 밤 그의 적갈색 말을 타고 북한강변의 소로를 달렸 다. 수종사를 향해 가고 있었다. 달이 휘영청 밝았다. 그의 가슴에도 달이 들어와 있었다. 하늘의 달, 그것은 그가 읽은 성인의 말씀의 가시적인 모습이었다. 천만 개의 강물에 비치는 달빛 말씀. 그것은 하늘에서 내려와 땅을 환하게 밝히고, 환히 밝아진 대지가 되쏘아 하늘 한복판을 관통해버리는 환희의 언어였다.

그는 중국을 다녀온 이래 경학을 읽을 만큼 읽었다. 공자와 맹자와 사마천과 주자와 노자와 장자와 석가모니와 예수와 달마와 달마를 다루는 조사祖師들을 섭렵했다. 그 모든 선인의 깨달음이 그의 속에 들어와 꿈틀거렸고, 그는 최고의 정상을 향해 치올라가려하고 있었다.

실제로 훈고학을 통해, 모든 경전의 깊고 높은 세계에 이르지도 못한 채 허명으로써 그 정상 근처에 미리 올라가 내로라하며 으스대고 있는 선배들 몇을 점찍어놓은 다음 불원천리 쫓아다니며 그들과 설전으로 대거리함으로써 그들의 콧대를 꺾어놓으려 하고 있었다.

조선 땅 안에서 확실하게 부스러뜨려야 할 존재들 가운데 하나는 절집 안의 스님들 세상에서 바야흐로 선禪 바람을 일으키고 있는 해붕이고, 다른 하나는 백파 긍선이고, 그리고 또 다른 하나는 동국진체라는 글씨로 허명을 떨친 원교 이광사이고, 마지막 하나는 순조 임금의 장인인 날아가는 새도 떨어뜨리는 김조순이었다.

일차적으로 해붕의 텅 비어 있음空이라는 것부터를 부스러뜨릴 참이었다. 해붕의 공사상空思想은 절집山門뿐 아니라 세속 마을에까지 소문나 있었다. 해붕의 공은 어디에서 연유한 것인가. 석가모니가 설파한 오온伍蘊의 공인가, 색즉시공 공즉시색의 공인가, 중국을 거쳐 조선 땅에 흘러들어오면서 굴절에 굴절을 거듭한 조사들의 선으로 말미암은 단박 깨달음 앞에 놓여 있는 공인가, 해붕이 만든 자기 혼자만 아는 공인가.

다음으로 부스러뜨려야 하는 백파는 참선에 대한 이론으로 잘 무장되어 있는 율사라고 소문나 있었다. 선을 공부하려 하는 조선의 모든 수좌는 백파 문하로 모여든다던 것이다.

무궁무진한 경전들을 두루 한 자 한 자 짚어 읽고 외고, 그 오묘한 진리를 해석하고 터득해가는 공부漸修는 뒷전에 젖혀두고, 꼿꼿한 자세로 바람벽을 쳐다보며 머리에 화두라는 것을 굴린 채 참구를 함으로써 진리를 단박에 깨닫게頓悟 해준답시고 악喝 소리 지르는 법이나 가르치는 백파의 허명은 가증스럽다 못해 구역질이 났다.

깨달음이라는 집은, 반드시 경전들로써 굳건하게 터를 닦은 점수 위에 목재나 석재로 지은 집禪이어야 튼튼한 것이다. 그런데 도깨비들 까불거림만 횡횡하는 허공에다 거푸집을 한여름의 소나기구름처럼 뭉게뭉게 솟구쳐오르게 하고 있으니 어찌 한심한 일이 아니겠는가.

그리고 이미 타계한 이광사의 내력 불분명한 동국진체라는 글씨와 그로 인한 허명이 크나큰 더러운 문제誤處였다. 황대치나 미우인처럼 그윽하고 신비한 연운煙雲도 제대로 마시지 못하고, 올바른 서도의 본류(고대의 비석 글씨를 본떠 수련하는 공부)를 제대로 임모臨摹(초학자가 법첩을 본떠 쓰는 일)하지도 못하고, 분단장 곱게 한 기생의 춤 같은 예쁜 글씨나 미망에 빠진 무당의 춤처럼 비틀거리는 글씨들을 휘갈겨댄 이광사를 왕희지나 미우인이나 황산곡의 정통 후예로 떠받드는 사람들의 어두운 눈을 교정해주어야 한다.

마지막으로 김조순이 문제였다. 젊은 시절부터 성질이 너그럽고 호방한 데다 경학에 밝아, 돌아가신 정조 임금의 신임과 총애를 받은 나머지 좋은 벼슬자리를 두루 거치다가 드디어 순조 임금의 장인이 된 다음부터는 안동 김씨 세도 바람을 일으키고 있는 김조순. 정조 임금의 유지와 유언을 젖혀둔 채, 어린 임금을 등에 업고 자기와 가까운 친척과 친지들을 중요한 자리에 앉히고 벼슬 장사를 하고 있는 그 김조순을 찾아가서 따지고 가리고 싶었다. 투철한 경학 공부가 실사구시와 온고지신을 바탕으로 하지 않고, 백성을 위해 올바르게 쓰이지 않고, 나라 살림살이를 정실 인사로써 흐려지게 한다면 하늘과 성인에게 큰 죄를 짓는 것 아닌가.

김조순은 김정희의 아버지 김노경을 비롯한 경주 김씨들을 중용하고 있기는 했다. 그렇지만 그것은 정권을 손아귀에 움켜쥔 자기의 보신을 위해 울타리를 치고 있는 것일 뿐이었다. 왕권을 강화시킴으로써 첫 번째로 척결해야 할 사람이, 조선 천하의 제일인자인 김조순이었다.

달는 말의 등에서는 땀 냄새가 피어올랐다. 추사는 보풀거리는 말의 갈기를 쓰다듬었다. 강 너울에서는 달빛이 반짝거렸다. 하늘에는 구름 한 점 없었고, 환한 달빛으로 말미암아 먼지 같은 별들이 가물거렸다. 먼 산은 거무스름했고, 산기슭에는 묽은 젖빛의 안개가 자욱했다. 인근의 마을에서는 가끔 개 짖는 소리가 들려왔다.

수종사에 초의가 와 있다고 들었다. 그와 동갑내기라는 전라도 대둔사의 초의草衣 스님.

아직 한번 만나 수인사를 하지 않았지만, 이미 마음으로써 든든한 벗으로 삼은 초의가 수종사의 혹림암崔林庵의 해붕 노사에게 와 있다고 하여 혼자 찾아가는 길이었다.

초의에 대해서는, 아우 김명희와 경기도 강변 마을에 묻혀 사는 정학연 정학유 형제를 통해 자상하게 듣고 있었다. 대둔사에 몸담고 있다는 젊은 수좌 초의의 사람됨과 향기로운 문기와 시와 글씨와 그림에 대한 소문은, 북학에 관심을 가지고 있고 실사구시를 표방하는 한양의 젊은 유학 선비들 사이에 파다해 있었다. 마음의 벗 신위가 입이 마르게 칭찬했다.

"여느 중과 다릅니다. 동글납작한 얼굴에 풍채가 크고, 풍기는 분위기가 마음씨 넉넉한 시골 아저씨처럼 포근하고, 느린 전라도 사투리 펑펑 내뱉고 허공을 쳐다보면서 소처럼 웃고 곡차 멋들어지게 마시고…… 취하면 푸른 계곡 흘러내리는 시냇물처럼 시를 읊고, 흥에 겨우면 염불도 하고 바라춤도 추고 범패도 하고……

석가모니 사상에다, 노자 장자의 그윽한 품새에다, 유학을 겸비했습니다. 원래 튼튼한 경학 공부를 한 데다 근처 강진에 계시는 다산 선생을 자주 찾아, 실사구시의 품성을 산이나 강이나 바다처럼 기른, 그야말로 머리 깎은 팔방미인입니다."

하루 전에 두물머리 정학연과 선유를 하고 돌아온 아우 명희는 그에게 "제가 무슨 말로 더 초의 스님의 인품이나 뛰어난 감수성과 시재詩才를 이야기할 수 있겠습니까. 형님께서 직접 만나보십시오" 하고 말했다.

추사는 말에게 몸을 맡긴 채 강 너울에 비친 달빛을 바라보며 생각했다. 초의는 『화엄경』 속의 영원한 나그네인 선재동자의 향기로운 넋을 지니고 있을 듯싶었다. 그는 이미 일면식도 없는 초의에게 마음을 허하고 있었다. 사바세계의 가슴 넉넉한 나그네인 청년 초의와 어울려 술잔을 나누고 싶었다. 초의가 만일 그가 생각하고 있는 것처럼 넉넉한 가슴을 지니고 있는 중이라면, 그의 가슴속에 들어 있는 광대무변의 뜨거운 파도 같은 생각들을 불바람처럼 털어놓고 싶었다.

추사는 혼자서 달을 쳐다보며 싱긋 웃으며 생각했다. 만일 그것이 허락된다면, 자기의 수선화 같은 초생까지라도 함께 나누면서 초의와 얼싸안고 춤을 추고 싶었다. 그리고 한낱 우물 안일 뿐인 해동 조선 안에서 정상에 서 있다고 으스대는 얼치기 선배들을 함께 깨부숴주자고 하고 싶었다.

가파른 산길을 말을 탄 채 오를 수 없어 말고삐를 끌면서 올랐다. 절 마당에 고삐를 매놓고 돌아서니, 쏟아진 달빛에 하얗게 젖은 북한강 두물머리의 질펀한 물너울이 한눈에 들어왔다. 강 건너의 산과 들은 묽은 달안개 속에서 고요히 선정에 들어 있었다. 가슴속으로 환하게 밀려드는 장관을 감당할 수가 없었다. 새하얀 달빛 너울과 탁 트인 물너울의 어우러짐으로 인해 가슴이 벅찼다. 수종사에서 수도한다는 수좌들은 이 가슴 두근거려지는 감개를 안은 채 어떻게 선정(해인)에 들 수 있을까. 이 장관 속에서 어떻게 차분하게 경전 공부를 할 수 있단 말인가. 이 절은 북한강 굽이굽이의 장관을 구경하며 춤추며 노래하는 정자이지, 수도처가 될 수는 없을 듯싶었다. 그러므로 이곳에 주석하고 있는 해붕의 공은 제대로 된 공이 아닐 터이다. 진짜 공을 향한 몸짓이나 춤사위로서 그려보는 가짜 공일 터이다.

달빛을 등진 채 혹림암을 바라보았다. 시골 농가의 측간처럼 자그마한 혹림암은 엉덩이를 언덕 산기슭 안쪽으로 들이민 채 주저앉아 있었다.

그가 문을 열고 방 안으로 들어섰을 때, 한 노인과 젊은 수좌가 마주 앉아 있었다. 머리털이 반백인 해붕과 체구가 풍성한 젊은 수좌 초의. 그들 둘의 얼굴은, 달빛 드리워진 창문 쪽에서 날아온 희끄무레한 빛과 아랫목 구석에 밝혀놓은 촛불 빛에 음영이 짙게 드리워져 있었다. 얼굴에 드리워진 음영은 그 사람을 더욱 고독해 보이게 하기도 하고 굳세어 보이게 하기도 한다.

추사는 그들을 향해 잠시 가벼운 반배를 하고 나서 두 손으로 펄럭거리는 도포 자락을 획 걷어 뒤로 젖히고 해붕 앞에 앉았다. 그 바람에 촛불이 자지러질 듯 일렁거렸고 바람벽의 그림자들이 광기 어린 춤을 추었다.

가르침을 바라며 찾아올지라도 아무나 만나주지 않는다는 근엄한 선승 해붕에게는, 속세의 선남선녀들이 삼배를 하는 것이 보통이었다. 한데 추사는 겨우 반배를 했을 뿐이었다.

해붕은 무례한 젊은 선비 추사의 흰 얼굴을 마주 건너다보려 하지 않았다. 겨우 그의 도포 자락의 가슴 부분을 동이고 있는 옥색 끈의 매듭을 보고 있을 뿐이었다. 조선 유학자들의 삶은 저 작은 매듭 속에 묶여 있다고 생각하며 해붕은 속으로 웃었다.

도포와 바지저고리의 허리나 가슴 부분을 동이는 띠를 묶는 고나 매듭은 견고하면서도 아름답고 곱다. 물처럼 순하게 흘러야 하는 생각에 고나 매듭을 짓는 일, 그것은 관념이고 이념이다. 사람들의 삶은 그러한 고나 매듭으로 가득 차 있다. 예라든지 법도라든지 계율이라든지…….

초의는 그 젊은 선비의 양쪽 볼과 콧등에 깊게 파인 마맛자국들을 보자마자 그가 추사 김정희임을 직감했다. 녹두알들을 힘껏 눌러놓은 듯싶은 자국들에 거무스레한 그늘과 그의 오만하고 강직한

154

자존심이 담겨 있었다. 콧등과 볼에 있는 마맛자국들이 보는 사람을 반하게 하는 선비라고, 추사 김정희를 추켜세우던 정학연의 말을 떠올렸다.

정학연 정학유 형제와 김명희 김정희 형제의 우정을 초의는 가슴 뿌듯해하고 있었다. 정학연의 선인들과 월성위궁 쪽의 어른들은 당파가 달라 서로를 혐오하고 피하는 처지였다. 그럼에도 불구하고 젊은 후세들은 친밀하게 만나 그윽하면서도 뜨거운 정으로 사귀고들 있었다.

정학연 정학유 형제와의 첫 만남 자리에서 먼저 손을 내밀며 "젊은 우리들은 파탈해버립시다" 하고 말을 한 것은 추사 김정희라고 했다. 정학연은 그의 손을 마주 잡아 흔들고 껄껄 웃으면서 이렇게 말했다고 했다.

"강진엘 갔는데, 아버님께서 이렇게 말씀하셨어요. '너희들은 아버지 세대 사람들을 닮지 말고 저 바다처럼 살아라. 이곳 강진 앞바다에는 한강물 낙동강물 영산강물 섬진강물 금강물 청천강물 대동강물 압록강물이 다 흘러들어 와 있지만, 그것들은 나는 영산강물이다, 나는 한강물이다, 나는 낙동강물이다, 하고 다툼하지 않는다. 그냥 하나의 짠물이 된 채 어우러져 살 뿐이다.'"

초의는 초면인 추사의 얼굴을 속속들이 읽었다. 추사의 눈은 검은자위가 해맑고 한없이 깊었다. 월성위의 종손답게 의젓했고 위엄이 있었고 태도는 당당하고 자신만만했다. 오똑한 콧날과 넓은 이마와 쌍꺼풀진 눈매는 하루 전에 대면한 바 있는 김명희와 많이 닮아 있었다. 김명희의 구멍새들이 약간 오밀조밀 옹기종기 모여 있다면 김정희의 그것들은 좀 더 큼직큼직하고 폭넓게 퍼져 있었다. 키도 김명희보다 반 뼘쯤은 더 클 듯싶고 입도 더 힘 있게 다물어져 있고 턱도 목 속으로 당겨져 있었고 수염의 밀도도 더 짙고 검었다.

추사가 거연하게 말했다.

"저 무성한 갈대밭에 화살 한 대로 다섯 마리의 암퇘지! 아 사냥꾼이여!彼茁者葭 壹發伍 于嗟乎騶虞…… 오늘 내가 그런 음탕한 사냥꾼이 되어, 천하의 두 붕새의 영혼을 한 개의 화살에다 꿰어버리려고 달려왔소이다."

"선비는 누구신지요?" 해붕이 깊이 가라앉은 목소리로 물었다.

"한양 숭정금실 주인이오이다. 성은 경주 김씨, 이름은 정희, 별호는 추사, 완당…… 두루두루, 부르는 사람의 입맛대로 불립니다. 진즉부터 해붕 스님이 허공중에 띄워놓고 있는 공空을 한번 걷어차 으깨버리고 싶었지만 게으름 때문에 오지 못했는데, 마침 남쪽 땅끝 대둔사에서 내 멋진 벗이 올라왔다기에 이렇게 달려왔소이다."

추사의 입에서 나온 '내 멋진 벗'이란 말이 초의의 가슴에 저릿하게 금을 그었다. 초면이고, 아직 수인사를 건네지 않았음에도 불구하고, 나를 '내 멋진 벗'이라고 지칭하다니.

초의는 두 손을 방바닥에 짚고 윗몸을 앞으로 약간 숙이면서 "초의 의순입니다" 하고 말했다.

추사도 마찬가지로 두 손을 방바닥에 짚고 "추사 김정희입니다" 하고 자기소개를 하고 두 손을 들어 초의의 손을 끌어다가 맞잡았다. 추사의 악력이 초의의 손을 조였다. 뜨거움이 팔뚝을 타고 가슴으로 정수리로 전해졌고 그것이 다시 온몸의 모공들로 번졌다. 모공에 뿌리박고 있는 털들이 일시에 곤두서면서 떨었다. 추사의 가슴에도 감당하기 힘들도록 뜨거운 감격이 일고 있었다.

"어느 날 남녘으로 달려가서, 다산 정약용과 초의 의순, 그 두 봉새를 한 화살로 꿰어버릴 음모를 곰곰이 꾸미고 있었는데, 뜻밖에 해붕과 초의 두 봉새를 먼저 포획하게 되었소이다."

해붕은 상좌에게 곡차를 가져오라고 명했다.

"아, 그렇습니다. 군자다운 군자는 첫째로 밝히는 것이 책 읽기이고, 둘째로 밝히는 것이 호색이고, 세 번째로 밝히는 것이 술이라고 했습니다." 술에 얼근해진 추사가 해붕을 향해 말했다.

"하늘에는 휘영청 떠 있는 달, 그 아래는 질펀한 두물머리의 물너울…… 말을 달려오다보니 해붕 노사가 이때껏 떠들어대던 공空이 내 말발굽에 채가지고, 허공을 날아 이 혹림암 안으로 들어가버렸는데 노사께서는 그것을 지금 당장에 내놓으십시오."

드디어 추사가 해붕의 공空을 향해 화살을 날리고 있었다.

추사는 중국을 다녀온 뒤 경학 공부에 한창 물이 올라 있었다.

모든 학문은 사실에 근거하지 않으면 모래 위에 지은 집처럼 부실한 것이라는 실사구시의 잣대는 그의 도처에서 힘을 발휘했다. 시 글씨 그림은 말할 것도 없고, 일상생활과 유학과 불교의 참선과 정치에 이르기까지 모든 곳에 적용시켜 비판하고 매도하고 하나하나 광정해나가고, 그러기 위하여 거침없이 들쑤시어 까발리고 따지고 가리고 깨부수려 들고 있었다.

해붕이 말했다.

"말씀 잘하셨소이다. 이 토굴 아래로 펼쳐진 아득한 물너울이 월성위궁보다 훨씬 더 살기에 편안할 것이요. 집은 사람들을 가두는데 벌판은 훨훨 자유자재하게 하니까요. 이 암자로 날아들어왔다는 그 공은, 사실은 그대가 발길로 찼을 때 이미 그대를 품어버렸고, 동시에 그대 가슴으로 들어가버렸습니다."

해붕의 그 말을, 추사는 석가모니 사상이 공맹의 사상보다 편하다는 말로 받아들였다.

"그 해붕의 자유자재라는 것이 세상을 망치는 것 아닙니까? 세상은 이런저런 뜻에 따라 각이 져야 하고 규모가 있어야 합니다. 그래서 사람들은 집을 지어 살아야 합니다. 가장 이상적인 집은 담을 둘러쳐야 하고, 앞에 넓고 평평한 마당이 있어야 하고, 조용한 후원에 사당이 있어야 하고, 안채와 사랑채와 문간채와 대문이 있어야 합니다. 우주도 하나의 집입니다. 그래서 집 우宇, 집 주宙 자를 써서 나타냅니다. 그 두 글자가 모두 비에 젖지 않도록 관을 썼습니다. 후원 사당에는 집안사람들의 삶을 보살피는 그 집안의 과거 시간이 들어 있고, 그것은 사랑채에 있는 현재 시간인 아버지의 영혼 속으로 뿌리를 뻗고 있습니다. 아버지의 시간이 아들인 나와 나의 아들딸들, 또 그들의 아들딸(미래 시간)에게로 전해집니다. 아버지는 성인에 해당하고 집안을 이끌어가는 주체인데, 집사를 앞세워 하인들을 다스립니다. 아버지는 빛이고 그 빛은 집안 구석구석을 비추어줍니다. 그 빛은 말하자면 하늘神, 그것의 또 다른 이름입니다. 안방과 문간채에 거처하는 사람들의 마음까지도 다 비추어줍니다. 우리들이 '집' 안으로 들어서려 하는 것은 그 집의 아버지, 즉 완성된 인간, 성인을 만나려는 것입니다. 성인은 우리들에게 정심을 가르칩니다. 그런데 해붕은 허허벌판같이 텅 빈 공을 가르칩니다. 중생들에게 허깨비의 넋虛靈을 가르쳐 대관절 어떻게 하겠다는 것입니까?"

해붕이 말했다.

"김 공이 말한 그 집은 사실은 복잡다단한 불집인데, 그것은 본래 텅 비어空 있었습니다. 집 이전의 그 터 또한 비어 있었습니다. 거기에 집을 짓고 들어가 사는 성인도 이 세상에 오기 전에는 텅 빔 속에서 손에 잡히지 않는 바람 같은 것이었습니다. 그 텅 비어 있음 속에서 왔기 때문에 성인은 그 비어 있음이 몸 안에서 회복되어야 힘을 발휘하게 됩니다. 삶의 구경은 비어 있음에 도달하는 것입니다. 그 비어 있음은 하늘에서 왔습니다. 하늘 속에 태극太極,

무량수, 말하자면 영원무궁의 시간이 있습니다. 석가모니 부처님께서 깨달음을 얻은 것은, 그 비어 있음의 경지에 도달한 것입니다. 말하자면 공이 큰 깨달음을 낳는空生大覺 것입니다."

해붕의 말 마디마디들은 마치 저승에 다녀온 자가 저승 이야기를 하는 것처럼 자신만만했다. 그렇지만 해붕은 사실상 아직 저승에 가보지 않고 저승 이야기를 하고 있는 것이고, 사실에 입각하지 않고 추리에 의해서 이야기하고 있을 뿐이라고 추사는 생각했다.

"물론 해붕의 텅 비어 있음에 대한 생각이, 모든 것은 다 비어 있는 것이라는 공이 아니고 색즉시공 공즉시색의 비어 있음임을 알 수 있습니다. 한데, 그것을 어떻게 깨달아야 합니까? 저는 선승들을 우습게 알고 있습니다. 부단히 경전 공부를 통해 알 것을 다 알고 난 다음 그 경전 너머의 더 높은 차원의 깨달음을 얻는 것이 선禪인데, 이 나라의 선승들은 무식 속에서 단박 깨달음을 얻으려 합니다. 무식한 마음이 어찌 진여의 경지를 한순간에 깨닫는다는 것입니까? 달마의 법이 한낱 땔나무꾼(혜가)에게로 전해졌다는 것이 불교를 망하게 한 것입니다. 어느 날 문득 한소식했다고 악喝 소리지르며 주장자나 내리치는 선승들의…… 함부로 저 위대한 신라의 대사 원효의 무애춤 흉내를 내고 까불거리는 것…… 나는 그것이 민망하다 못해 아주 슬픕니다. 이백여 권의 저서를 남긴 원효의 무애란 것은 '부처의 진리로 나아가는 데 있어서 걸림 없도록 경전 공부를 하는 것'이고, '진리를 향해 나아가는 데에는 죽음마저도 걸림(두려움)이 되지 않는다는 것'인데, 엉터리 선승들은 막행막식을 하면서 그것을 원효의 무애라고 강변하고 자기들의 무식과 미망을 호도합니다."

추사는 잠시 심호흡을 하고 나서 말을 이었다.

"달마가 중국으로 와서 한 절로 들어가 구 년 동안 면벽참선을 했다는 말이 떠돌아다닙니다. '바람벽을 향해 앉아 가부좌하고 선정에 들었다'는 것은 잘못 전해진 것입니다. 해붕 스님, 우리들은 '문자'라는 것에 걸리면 안 됩니다. '면벽'이라고 표기할 때의 '벽壁'이란 문자, 그것이 사실은 '바람벽'을 뜻하는 것이 아닙니다. 그럼 무엇인가. 그 '벽'은 가부좌를 하고 선에 드는 수도자의 정신을 산란하게 하는 사바세상, 모든 번뇌와 미망迷妄을 말하는 것입니다. 가부좌를 하고 있는 수도자의 영혼은 바야흐로 강물을 건너가려고 하는 진흙으로 만든 소입니다. 그 어떤 거친 물결을 만날지라도 풀어져 없어져버리지 않는, 금강석보다 강한 진흙 소가 되기 위하여 몸만들기를 하는 것이 선입니다. 사기장들이 흙으로 그릇을 만들어 가마 불에 구워내는 듯한…… 그 견고한 몸만들기를 위해서는 경전 공부를 통해 점차로 깨달음을 얻어야 하고, 그것으로 안 되면 단박에 깨달음을 얻기 위한 화두를 들기라도 해야 합니다. 그런데 우리 조선 선승들은 제자들에게 경전 공부를 착실하게 하라고 주문하지 않고, 가부좌하고 바람벽 쳐다보는 선에만 매달리라 주문하므로 허깨비 놀음만 일삼는 제자들이 양산되고 있는 것입니다. 해붕의 공에 대한 가르침도 또한, 경전 읽기에 확실하게 근거하지 않고 있으므로, 그들과 오십보백보인 것입니다."

해붕이 으흠, 하고 헛기침을 했다. 추사는 거침없이 말을 이어갔다.

"조선에 살고 있는 지식인들은 우물 안의 개구리들입니다. 가령 불교는 천축국에서 중국을 거쳐 조선에 오는 동안 굴절되고 또 굴절되었습니다. 선승이란 자들은, 공부를 깊이 하지 않았으므로, 굴절된 것들이 굴절되었다는 사실을 인식하지 못하고, 자기가 가장 올바른 짓을 하고 있다고 착각하고 있습니다. 또한, 글씨 쓰는 사람 그림 그리는 사람들도 그렇습니다. 먼저 잘못 굴절된 서체를 굴절되었다고 지적해야 하고, 본래의 진짜 글씨를 찾아야 합니다. 저는 중국 연경에 다녀온 뒤로 금석학과 훈고학이 얼마나 중요한가를 알았습니다. 가령 '탄식하고 느낄 희噫'와 '누를 억抑'은 같은 의미인데, 그것은 탄성, '막혀 있던 창자가 홀연히 무엇인가를 토하는 기운'을 표현했다는 점에서 같은 것입니다. 중국에서는 글씨를 쓴다 시를 짓는다 그림을 그린다 하는 사람들은 바람 따라 부유하는 풍조에 따르지 않고 철저하게 근원을 따져 바른길을 찾아갑니다. 실사구시 온고지신의 정신으로요."

초의는 얼굴에 잔잔한 웃음을 담은 채 해붕과 추사의 토론을 듣고만 있었다. 경전을 제대로 깊이 읽지 않고 한소식만 하려고 토굴에서 용맹 정진하는 수좌들을 초의도 안타깝게 생각해오는 터였다. 중은 중다워야 하는 것이다. 벙어리 중이 되어서는 안 된다. 범패도 해야 하고 탱화도 단청도 할 줄 알아야 하고 바라춤도 출 줄 알아야 하고 찻잎도 딸 줄 알아야 하고 차를 마실 줄도 알아야 하고 가마도 메보아야 하고 농사도 지어보아야 하는 것이다. 물론 경전 공부에도 능통해야 한다.

중생들의 아픈 삶을 살아보지 않고 어떻게 중생 속으로 들어간다는 것인가. 선비들을 제도하려면 그들 속으로 들어가기 위해 유학 공부도 해야 하고 시도 지을 줄 알아야 하고 글씨도 잘 써야 하고 그림도 그릴 줄 알아야 한다. 관세음보살처럼 천 개의 손 천 개의 눈을 가져야 한다. 오만한 선비를 제도하기 위해 다가갈 때는 선비 얼굴을 가져야 하고, 선비들이 짓는 시를 지을 수 있어야 하고, 가마꾼에게 다가갈 때에는 가마꾼이 되어야 한다. 기나긴 봄날 보릿고개의 배고픔을 견디면서 찻잎을 따보지 않고 차의 맛을 이야기하는 것은 가마 메는 사람의 고달픔을 알지 못하고 가마를 타는 즐거움에 대해서만 말하는 것과 같다. 쌀 한 톨 보리 한 낱이 농부들의 발짝 소리를 듣고 그들의 비지땀을 마시며 자라고 영근다는 것을 알지 못한 사람은 밥맛에 대하여 아는 체하는 것이 곧 오만이다.

추사는 오만에 빠져 있다, 하고 초의는 생각했다. 추사는 자기가 연경에서 보고 온 것이 최고인 것이고, 조선에 와서 굴절된 것들은 모두 허접쓰레기 같은 것이라고 매도하고, 해붕의 '공'이란 것도 촌스럽게 굴절된 어떤 것이 아닌가 하고 검색하고 따지고 가리고 있다.

그렇지만 초의는 추사의 의심하고 검색하는 태도가 가상스러웠다. 그의 실사구시 온고지신에 대한 생각과 날카로운 감수성이 두려우면서도 짜릿한 매력이 있었다. 절대적으로 사실에 입각하지 않은 것은 인정할 수 없다는 추사의 당당한 생각에 초의는 공감했다. 그렇지만 그것이 전부는 아닌 것이었다. 그게 전부라는 생각은 소수의 작은 진실을 깔아뭉갤 수도 있다. 추사의 그러한 오만을 단한 오라기라도 완화시켜주어야 한다. 그것이 곧 내가 해야 할 책무이다. 그 책무를 다하기 위해서는 추사하고 친해야 한다. 추사 같은 선비 한 사람의 저러한 생각을 바꾼다는 것은 이 세상을 전보다 더 살아갈 만한 가치가 있는 세상으로 바꾸는 일이 될 터이다.

해붕 또한 나름대로의 오만에 빠져 있다고 초의는 생각했다. 해붕의 공에 대한 생각은 해붕 자신만의 것이 아니다. 석가모니의 말씀과 노자나 장자의 생각과 공자 맹자의 주장들을 한데 어우르고 조사들의 말을 끌어다가 자신의 어법으로 윤색을 했을 뿐이다.

한동안 침묵이 흘렀다. 해붕은 추사에게 대꾸하려 하지 않았다. 추사가 그 침묵을 깼다.

"해붕의 공을 저는 납득할 수 없습니다. 해붕의 공은 해붕의 공일 뿐입니다. 텅 비어 있음이 큰 깨달음을 낳는다는 것은 어긋난 해석입니다."

해붕과 추사의 논쟁은 평행선을 긋고 있었다. 큰 절에서 쇠북 소리가 들려왔을 때 초의가 말했다. 일단 논의를 그쯤 해서 끝내놓아야 할 책무가 자기에게 있다 싶었다.

당시 지식인들 사이에서는 '선'에 대하여 남다른 생각을 가지고 있다는 해붕의 명성이 나돌고 있었다. 바야흐로 서른 살인 추사는 오십 대의 해붕을 만나 한번 대토론을 해보고 싶던 차였는데 초의가 해붕에게 와 있다는 말을 듣고 달려온 것이었다.

"빈도가 한 말씀 드리겠습니다. 공맹의 인仁은 전라도 지방의 '짠하다'는 말 한마디로 함축할 수 있습니다. 다산 정약용 선생은 그것을 '효제자孝弟慈'로 풀이했습니다. 인은 어디서부터 왔습니까? 우주가 만들어지기 이전 세상은 텅 비어 있었습니다. 그 세상에는 바람 외에는 아무것도 없었습니다. 우주를 만든 것은 바람이었습니다. 바람의 율동이 우주를 만들었습니다. 땅의 의지는 식물과 동물을 만들었고, 사람은 식물과 동물을 먹고 삽니다. 만물의 영장인 사람이 지금 공을 생각하고 있습니다. 공은 저 쪽빛 하늘, 태허太虛, 노장의 그윽함玄 같은 텅 비어 있음인 것입니다. 우주가 생성되기 이전의 텅 비어 있음 그것입니다. 부처님의 깨달음도 거기에서 기인했고 그리로 돌아가는 것이라는 생각은 타당합니다. 짠하다는 한마디 말로 함축될 수 있는 어짊仁도 텅 비어 있음(본성)

에 바탕을 두고 있습니다. 제가 말씀드리고자 하는 것은, 해붕 스님과 김 공의 토론도 그 비어 있음을 바탕에 두고 있습니다. 날이 밝았습니다. 훗날 다시 만나 논의할 거리를 좀 남겨놓는 것이 어떠하겠습니까?"

초의의 말이 끝나자마자 추사가 말했다.

"오래전부터 하고 싶었던 해붕 노사하고의 공에 대한 논의는 저 한강물에다가 공론으로 흘려보내고, 이제는 날이 셌으므로 초의당을 붙잡아 가야겠습니다. 벼룩 서 말은 잡아가도 중 셋은 못 잡아간다고 했는데, 제가 이 자리에서 중 한 사람을 데리고 갈 수 있을 것인지 못 데리고 갈 것인지 시험을 해보아야겠습니다."

해붕은 빙그레 웃었지만 얼굴에는 불쾌한 그림자가 어렸다. 자기를 노사라고 한 것과, 자기에게 찾아온 초의를 데리고 가겠다고 하는 추사의 오만방자한 태도가 불쾌한 것이었다. 그렇지만 해붕은 강단진 체구인 데다 곰보 자국이 선연한 콧등과 양 볼이 약간의 화색을 띤 추사의 얼굴을 향해 고개를 끄덕거렸다.

말을 끌고 산 아래로 내려간 추사는 초의를 먼저 뒷자리에 태우고 나서 앞자리에 올라탔다.

그들이 간 곳은 기생집이었다. 시종에게 말고삐를 잡혀주면서 달려가 정학연을 불러오라고 했다. 기생방으로 들어와 마주 섰다. 추사가 초의의 얼굴을 건너다보았다. 그의 이슬 함빡 머금은 수선화 같은 여인 초생을 나누고 싶을 만큼 환장하게 좋은 초의였다. 추사는 정 가득한 눈길로 초의의 얼굴을 물끄러미 바라보다가 코를 찡긋하면서 가슴을 한 손바닥으로 탁 쳤다. 초의가 추사의 얼굴을 건너다보며 빙긋 웃었다. 추사가 다시 한번 초의의 가슴을 탁 치면서 웃었다. 그 알 수 없는 웃음으로 인해 초의의 가슴에 뜨거운 전율이 일어났다. 그것이 정수리로 번져갔다. 초의는 자기도 모른 사이에, 추사가 그랬듯 추사의 앙가슴을 손바닥으로 탁 쳤다. 추사가 초의의 두 어깨를 얼싸안으면서 "아하하하하하……" 하고 웃었다. 초의는 추사의 두 어깨를 두 손으로 잡았다. 초의도 따라 웃었다. 몇 년 만에 만난 마음을 나눈 벗이 반가워하듯이 그들은 서로를 끌어안았다. 가슴과 가슴이 닿았다. 그들은 서로의 가슴을 밀어내고 상대의 얼굴을 들여다보고는 끌어당겨 안고, 다시 밀어내고 상대의 얼굴을 들여다보고는 끌어당겨 안기를 거듭했다.

"아니 초의당, 우리 왜 이제야 만났지요?" 추사가 소리쳐 말했고 초의는 소처럼 웃으며

"글쎄, 너무 늦게 만났소. 지나간 세월이 아깝구만이라우" 하고 말했다.

기생이 들어왔다. 초의가 추사의 어깨를 놓고 윗목 쪽에 앉았다. 추사가 초의를 아랫목 쪽에 앉히려고 했지만 초의가 사양했다. 추사는 마지못해 아랫목 쪽에 앉으면서 말했다.

"늙은 해붕이 공空 놀음으로 우리 하룻밤을 통째로 뺏어가버

렸소."

술상이 들어왔다. 서로 무슨 말을 주고받지도 않았는데 그들은
십년지기보다 더 가까워져 있었다.

"진즉부터 만나보고 싶었소이다."

"마찬가지요."

"유산(정학연)이 나보다 초의가 더 좋다고 해서 화가 많이 났소
이다."

"유산거사, 아마 빈도가 입고 있는 먹물옷(풀옷)에 홀린 모양잉
만이라우."

"오늘 밤에 초의당이 그렇게도 잘하신다는 범패 한번 들어봅시
다. 바라춤도 한번 보여주시고…… 아니 그런데 언제 경전 공부
참선 공부는 하고, 또 금어金魚 일이나 어산魚山(범패) 일은 언제
다 배웠소이까? 또 언제 그렇게 글씨는 쓰셨고 그림도 그리셨으
며, 시 쓰시고 차 만들고……. 유산의 말이 초의당은 삼절이라는
말로는 안 된다고, 범패 바라춤 탱화 다론茶論 곡차 마시는 솜씨까
지 계산한다면 칠절 팔절이라고나 해야 할 거라고, 그야말로 입이
닳게 칭송을 하는 바람에 내 초의당 만나게 될 날을 학수고대해오
던 참이오이다."

"아이고, 옛사람이 말했구만이라우. 팔방미인은 사실은 어디 한
곳도 진짜로 이쁜 구석이 없는 법이라고" 하고 말하며 초의는 소
처럼 웃었다.

추사의 말들은 거침없었고 도도하고 줄기차게 흘러갔다. 거기에 번개처럼 번득이는 천재적인 감수성이 그 말들을 현란하게 도배하고 있었다. 시에서 글씨로, 글씨에서 금석학으로, 금석학에서 훈고학으로, 훈고학에서 조선의 우물 안 개구리 같은 지식인들로, 또 그들에게서 연경에서 만난 옹방강과 완원에게로, 다시 거기에서 실사구시 온고지신 이용후생을 바탕으로 해서 세상을 바꾸는 이야기로 자유자재 건너 뛰어다녔다.

"이제 묵은 세상 묵은 인물들을 젖히고, 우리 새 세대의 유능한 인재들이 세상을 싱싱하고 탄력 있게 바꾸어가야 합니다. 절집 안은 초의 같은 스님이, 바람벽 쳐다보며 가만히 앉아 있다가 말이 막히면 악喝 소리나 지르는 허랑한 선승들, 허무맹랑한 공론이나 설파하는 해붕 같은 늙은이들, 선이나 가르치는 백파 늙은이들을 싹 쓸어내버리고 실사구시 선승들의 분위기로 바꾸어야 하고, 마을은 진짜 명명백백한 사실적인 근거들을 제시할 줄 아는 북학파들이 새로이 틀을 짜가야 하오. 내가 초의당을 좋아하는 것은, 다만 입에 붙은 염불만 하지도 않고, 또 주장자 내리치는 엉터리 선승도 아니고, 범패도 하고 바라춤도 추고, 시 글씨 그림도 능통하고, 또 차와 곡차 멋들어지게 마시는 확철하게 트인 스님이기 때문이오."

초의는 과분한 찬사가 버겁고 면구스러운 듯 손사래를 치며 말했다.

"이것저것 잘하는 체하다가 그중 한 가지도 제대로 잘하는 일이 없는…… 그런 땡중이 되지 않을까 걱정스럽구만이라우."

"아니오." 추사는 강하게 부인하고 나서 말했다. "초의당도 아주 내친 김에 범어를 익히시지요. 범어에 눈멀고 훈고학에 눈먼 사람들에 의해서 굴절된 석가모니 부처님의 말씀을 제대로 바로잡아줄 사람은 초의 같은 스님뿐이오. 내가 선승이란 사람들을 신뢰하지 않는 것은 무식한 자들에 의해서 무식한 쪽으로 주도되고 있기 때문이오. 팔만대장경의 참뜻을 읽어내지도 못한 채……."

추사는 관우와 장비가 칼을 쓰듯이 말의 칼言刀을 가로로 세로로 허공으로 휘둘러대고 있었다.

초의는 민망스러웠다. 추사는 사실에 바탕을 둔 개혁이 이루어져야 한다는 뜻을 가졌을 뿐 한 번도 참선을 제대로 해보지 않은 사람이다. 선에 대하여 실제로 참구實參해보지 않은 자는 공허한 논리를 가지고 있다. 세상의 모든 사람은 다 자기 나름의 허깨비 하나씩을 가지고 산다. 특히 유학 도학 불도의 모든 경전과 저서를 탐독했노라고 으스대는 선비들도 다 그러한 허깨비 하나씩을 가지고 살게 마련이다. 그들에게서 그것을 벗겨주어야 하는 책무가 나에게 있다.

유학을 숭상하는 조선 조정은 머리 깎은 자들이 장안에 들어오면 무조건 목을 잘라버리라고 했다. 그러면서도 거기에 몸담은 유학자들은 알게 모르게 고명한 스님들과 가까이 사귀고들 있다. 한

다하는 유학자들은 자기 저서의 뒤에 붙이는 발문을 고명한 스님들에게 부탁하곤 한다. 그들은 두 겹으로 된 얼굴을 가지고 산다. 한 얼굴은 불교를 배척하고 다른 한 얼굴은 부처님의 말씀을 가슴속에 감추고 산다. 천년을 흘러온 부처님의 말씀이 그들의 뼛속 살속 영혼 속에 슴배어 있는 것이다.

초의는 유학자라는 사람, 선비라는 사람, 벼슬살이하는 사람들이 원하면 사귀리라 했다. 그러면서 그들의 이중적인 얼굴을 참되게 바꾸고 그들의 잘못된 생각과 삶을 제도하리라 했다. 그들과 가까이하려면 그들의 체취, 그들의 말법, 그들의 시 짓는 법, 그들의 글씨 쓰는 법, 그림 그리는 법에 능하지 않으면 안 된다고 생각했다.

정학연이 도착했고, 그들 셋은 기생과 함께 술을 마시고 운韻자를 내놓고 거기에 맞추어 시를 지었다. 추사가 청하는 대로 초의는 범패를 부르고 바라춤을 추어 보였다. 초의는 원효를 생각했다. 원효가 어지러운 세상을 구제하려고 들었듯이 자기도 자기 나름으로 지금의 세상을 구제해야 한다고 생각했다. 그들과 삶을 함께하려면 술도 마시고 기생과 마주 앉기도 해야 하고 더불어 춤을 추기도 해야 한다.

소탈하면서도 멋스러운 초의의 모습을 보면서 추사는 자기의 수선화 같은 초생을 초의와 나누고 싶어 환장할 것 같았다. 추사는 문득 정학연에게 귀엣말을 했다. 정학연이 키득거리면서 고개를 끄덕거렸다.

한밤중이 가까웠을 때 그들은 기생에게 가는베 한 필을 얼른 가져오라고 명했고, 초의와 주인 기생을 서로 끌어안게 해놓은 다음 그 베 자락으로 칭칭 동여매놓았다. 초의는 저항하지 않았고, 기생을 끌어안은 채 "어허허허허……" 하고 웃어댔다. 기생은 수줍어하면서, 저항하지 않고 능청맞게 웃어대기만 하는 초의의 어깨를 앙탈하듯이 꼬집기도 하고 두들기기도 했다.

추사는 기생의 시종에게 돈 꾸러미 하나를 던져주며 엄히 명령했다.

"여봐라. 이 방에 아무도 근접하지 못하게 하거라."

백파 마을의 늙은 떡장수

추사는 초의를 등 뒤에 태우고 말을 달렸다. 초의를 연모하는 기
생에게 저녁을 청하여 먹은 뒤였다. 강변의 갈대숲 속을 달리고 들
판길을 달렸다. 개활지 끝에서 자드락길을 따라 달리다가 시냇물
을 건너뛰었다. 빽빽한 적송숲길 사이로 일주문이 보였다. 절 마당
의 당간지주에 말을 묶어놓았다. 공양간에서 개숫물을 버리려고
나온 먹물색 누더기 일복의 행자가 그들을 흘긋 보았다.

"백파 계신 곳으로 안내하여라."

추사의 퉁명스러운 말에 행자가 앞장서서 갔다. 절 뒤편 산신각

옆에 비탈 완만한 자드락길이 나 있었다. 그 길은 골짜기로 내려갔다가 등성이를 치올라, 거대한 불상들 몇이 비스듬하게 누워 있는 듯싶은 바위들 밑의 자그마한 암자 앞에서 끝이 났다. 암자는 삼간 초옥이었다. 부엌이 가운데 있고 방 둘이 양쪽에 한 개씩 있었다. 대문도 없고 마당도 없었다. 두 방 댓돌에 짚신 한 켤레씩이 놓여 있었다.

"큰스님, 손님 찾아오셨습니다."

행자가 서쪽 방 댓돌 앞에서 대오리문을 향해 말을 하자 동편 방문이 먼저 살포시 열리고, 앳된 시봉이 댓돌로 내려서며 어디에서 오신 누구시냐고 물었다. 추사는 무뚝뚝하게

"여기 늙은 강백이 주석하고 계신다 해서 찾아왔느니라" 하고 말했다. 길을 안내한 행자와 시봉 상좌가 당황하여 추사와 초의를 번갈아 보았다. 초의는 소나무숲 사이로 하늘을 쳐다보았다. 가지 색 밤하늘에 붉은 별 푸른 별 노란 별들이 까물거렸다.

시봉이 재빨리 백파의 방문 앞으로 나아가서 "큰스님!" 하고 불렀다.

"모셔라."

백파의 방에서 걸걸한 목소리가 흘러나왔다. 시봉이 문을 열었고, 안쪽 구석에서 기름접시 불빛이 흘러나왔다. 추사가 먼저 안으로 들어가고 초의가 뒤따라 들어갔다.

방 안에는 차향이 맴돌고 있었다. 아랫목이 가득 찰 만큼 몸집이

큰 데다 반백의 머리칼에 잔주름이 생기기 시작하는 얼굴 넓대대한 스님이 반가부좌를 하고 있었다. 앞에 찻상이 놓여 있었다. 찻상에는 다관이 앙증스러운 찻잔들을 거느리고 있었다.

추사는 찻상 앞에 털썩 주저앉기부터 했다. 기름접시 불이 자지러질 듯이 흔들렸다. 초의는 추사를 아랑곳하지 않고 주인을 향해 절을 했다. 삼배였다. 초의가 절을 하는 동안 주인은 반가부좌를 풀지 않은 채 윗몸을 약간 앞으로 숙인 채 합장을 하고 있을 뿐이었다. 추사는 그게 못마땅하여 천장을 쳐다보며 으흠 하고 큰기침을 거듭했다. 자기가 무슨 생불이라도 된 듯 꼿꼿이 앉은 채 초의의 절을 받는단 말인가.

초의가 절을 마치고 좌정하고 나서

"소승은 대둔사에서 온 초의 의순입니다" 하고 말했다.

백파는 고개를 끄덕거리며

"그래그래, 초의가 한번이나 나를 찾아오리라 생각하고 있었네" 하고 반말을 했다.

"나는 한양 숭정금실 주인입니다."

추사가 자기소개를 하자, 백파는 눈길을 천장으로 옮기면서 차갑게

"나는 이 암자의 주인이외다" 하고 말했다.

추사가 백파의 말투를 따라 차갑게 빈정거리듯 말했다.

"장안에까지 선禪 장사로 재미를 아주 톡톡히 보았다는 소문이

175

자자한 백파 강백을 찾아오는데, 이 절 입구에서 한 노파가 쑥떡을 팔고 있었습니다. 한데, 똑같은 쑥떡들을 늘어놓고, 이것은 격외格外떡이고 이것은 의리義理떡이고, 또 요것은 조사祖師떡이고 요것은 여래如來떡이라고 하면서 가격에 차등을 두고 팔고 있더이다. 이것 어디서 배워 온 장사 수단이오? 하고 물으니 이 절의 늙은 강백한테서 배운 것이라고 하더군요."

백파가 선禪을 격외선 의리선 조사선 여래선이라 구분하여 강설하므로 그것을 꼬집은 것이었다.

"그래 그 쑥떡 맛은 어떠하더이까?" 하고 백파가 입가에 알 수 없는 미소를 담은 채 퉁명스럽게 물었고, 추사는 거침없이 말했다.

"백파 강백은 시방 어디서 많이 본 듯한 장삼을 걸치고 계시는데, 아마 어쩌면 이미 오래전에 입적한 일우 노장이 입던 것 아닙니까? 그렇다면 나는 지금 내 앞에 앉아 있는 노장을 백파 강백이라고 불러야 합니까 아니면 일우 노장이라고 불러야 합니까?"

추사는 백파가 일우 스님이 찬술한 책의 주석을 읽고, 그것을 자기의 견해인 양 강설을 하고 있다 했으므로 그렇게 공격을 한 것이었다.

모욕감을 주체하지 못한 백파의 희끗희끗한 두 눈썹 밭이 미세하게 움씰거리고 있었다. 그렇지만 백파는 불쾌함을 감추고 빙긋 웃으며 말했다.

"숭정금실 주인, 차 한잔하시지요."

백파가 선문답을 했다. 그것은 조주의 '끽다거'를 변용하고 있었다. 앳된 시봉이 차 끓일 준비를 했다. 난처해진 초의는 떫은 입맛을 다시며 천장을 쳐다보았다.

추사 또한 지지 않고 선문답으로 대꾸했다.

"노파의 쑥떡으로 이미 배가 불러 있습니다."

백파가 웃으면서 말했다.

"김 공이 몇 년 전에 중국 연경에서 드시고 온 점수라는 기름기 많은 음식이 아직도 소화가 덜 된 모양이구려. 그것은 참선을 해야만 제대로 단박에 소화(돈오)될 터인데……."

추사가 빈정거리듯이 말했다.

"백파는 잘못 넘겨짚으셨습니다. 석가모니 부처님의 경전은 애초에 범어로 쓰여 있습니다. 그것이 중국으로 들어오면서 한문으로 옮겨졌고, 조선 사람들은 그 한문으로 된 경전을 가져다가 사용하고 있습니다. 그 경전도 이 사람이 옮긴 것 다르고, 저 사람이 옮긴 것 다릅니다. 옮길 때마다 옮긴 사람과 전하는 사람의 생각에 따라 이렇게 저렇게 굴절되어 있습니다. 백파 강백은 범어를 아십니까? 모르신다면 결국 이렇게 저렇게 굴절된 것을 굴절되었다는 사실을 알지 못한 채 곧이곧대로 믿으면서, 모든 것을 통달한 듯이 찾아오는 수좌들한테 강설을 하고 있지 않으십니까? 굴절된 것을 또다시 굴절시키면서 자기가 굴절시키고 있다는 사실을 까맣게 모르고 있는 것은 얼마나 어처구니없는 웃음거리입니까? 더구나 굴

177

절되어 있는 일우 스님의 설을 조금도 의심하지 않고 그대로 보도
寶刀 삼아 휘두르고 있는 것은 무엇입니까? 나는 조선 땅의 그 어
떤 학승 못지않게 경전을 공부하는 데 있어 실사구시를 따르려고
애쓰는 사람입니다. 글씨를 쓰는 데 있어서는 비첩과 서첩을 열심
히 뒤적거리며 임모한 다음 확실하게 내 것으로 만들어가지고 씁
니다. 요즘 조선 땅의 뜻있는 젊은이들, 가령 초의 같은 스님들은
다 나처럼 그러는데, 노장 강백들은 자기들이 우물 안 개구리라는
사실을 깨닫지 못하고 삼가지 않은 채, 오만하게 입 바다와 혓바닥
강물 출렁거리는 소리만 내고 있습니다."

추사는 애초에 백파가 백기를 들고 꽁지를 내릴 것이라고 기대
하지 않았다. 아닌 밤중에 홍두깨를 들이밀듯이 공격을 가하면서,
백파가 어떻게 대응하는지 살피고 있을 뿐이었다.

백파는 빙그레 웃으면서 말했다.

"빈도는 숭정금실 주인이 중국에서 수입해 온 금석학이나 훈고
학에 밝은 양반임을 넉넉하게 짐작할 수 있소. 그런데 나는 숭정
금실 주인이 '승가'라는 스님의 성은 '하何(어느)' 씨이고 '하국何國
(어느 나라)' 사람이라고 비문에 기록한 이옹이란 사람처럼 될까,
그것이 걱정스럽소이다."

추사는 눈살을 찌푸렸다. 백파의 말은 모욕적인 것이었다.

기행奇行으로 유명한 승가 스님에게 누군가가 '스님은 어떤 성

씨를 쓰느냐'고 물으니까, 승가는 '하가何哥(어느 성)'라고 대답했고, '어느 나라 사람이냐'고 물으니까, '하국何國(어느 나라) 사람'이라고 우스꽝스럽게 대답했다. 한데 승가 스님이 입적한 다음, 이옹이란 자는 승가 스님의 비석을 세우면서 빗돌에 어처구니없게 '승가 스님은 하(어느)씨이고 하국(어느 나라) 사람'이라고 적은 것이었다. 석혜옹이란 사람은 이 이야기를 소개하면서 "이것이 이른바 바보에게 꿈 이야기를 한다는 것이다"라고 했던 것이다.

그렇다면 백파는 추사에게 '너 같은 놈에게 있어서 금석학이나 훈고학은 미련한 자에게 해준 꿈 이야기일 것임이 분명하다' 하고 말을 한 셈이었다.

추사는 고개를 쳐들고 "어허허허허……" 하고 웃었다. 초의가 따라 웃었고, 백파도 웃었다. 세 사람의 웃음소리가 암자의 방바닥과 지붕머리를 들썩거리게 했다.

차를 한잔 마시고 나서 추사는 두 번째 공격을 시작했다.

"선을 이론적으로 강설하는 사람은 일차적으로 경전 공부에 통달해야 하는 것 아닙니까? 다만 입 바다와 혓바닥 강물의 철썩거리는 소리만 요란하게 할 일이 아니고, 이론을 위한 이론을 만들기에 급급한 '텅 빔空'과 '없음無'의 꼬리잡기만 할 일이 아니고, 실질적이 되어야 하는데 세상에는 그러한 선승들을 찾아볼 수가 없습니다. 선승들은 팔만대장경에 대한 공부 부족, 공맹과 노장에 대한 공부 부족과 그 무식으로 말미암아 말이 막혔을 때 그것을 위장하기 위하여 주장자를 내리치며 악喝 하고 소리나 치곤 하는 것 아닙니까?"

추사는 선승들의 허상을 따졌다. 그리고 선승들 가운데에 경전 공부를 전혀 하지 않는 무식쟁이가 있는 현실, 또한 백파 당신도 그러한 무식쟁이 가운데 한 사람이지 않느냐 하고 윽박질렀다.

백파가 빈정거렸다.

"반딧불 하나로 수미산을 불태울 수는 없을 터인데 김 공은 괜히 헛수고를 하고 계십니다."

추사도 빈정거렸다.

"애초에 반딧불로 인간의 탐욕과 번뇌와 미망을 태워 없애려 하신 것은 백파 노장이십니다."

"유학 선비인 김 공이 선禪이란 것을 알기나 하십니까?"

백파는 이제 직설적으로 도끼질을 하듯 공격하고 있었다. 추사가 기다리던 바였다.

"백파가 알고 있는 선이란 것이, 달마를 따라 중국에 들어온 다음, 이미 그 중국 땅에 유포되어 있던 도교의 선仙으로 말미암아 굴절되었다는 사실을 아십니까? 그 근거가 조선 땅에 있는 모든 절의 뒤란 벽면에 그려진 〈심우도尋牛圖〉에 있습니다. 심우도란 것은 천축국의 선승들이 공부하던 것이 아니고, 중국 도교의 도사道師들이 '나' 찾기를 수행하던 일환인 것인데, 그것을 중국의 선승들이 불교 공부에 차용하였고, 그것을 이 조선 땅에서 건너간 유학승들이 배워가지고 돌아와서 유포시킨 것입니다."

"다른 산에 있는 돌을 가져다가 내 숫돌로 쓸 수 있고, 다른 사람의 칼을 내 칼집에 넣어두었다가 응급 시에 보도로 사용할 수 있는 법입니다."

추사가 허공을 쳐다보며 웃어댔다.

"아하하하…… 조선 땅에 유포되고 있는 선이란 것이 굴절된 튀기라는 것을 결국 실토하고 계시는군요?"

"조선 땅에서 나고 자란 김 공이 쓰는 글씨는 굴절된 튀기가 아닙니까? 원래 '한자'라는 글자와 글씨는 중국에서 들어온 것인데, 김 공은 조선에서 나고 자란 사람입니다."

말꼬리 잡기를 하고 있는 백파의 꼴이 우스워 추사는 허공을 향해 너털거렸다. 한데, 백파 또한 무엇을 생각했는지 추사를 따라 웃어댔다. 초의도 덩달아 웃어댔다. 초의는 그들 두 사람의 입씨름이 아이들의 입씨름과 다르지 않다고 생각했다.

추사가 웃음을 멈추자, 백파가 따라서 웃음을 그치고 말했다.

"평소에 무위자연을 내세우곤 하던 장자가 공자를 공격했습니다. '세상에 어짊仁이란 것이 있을 수 있소이까? 자연은 물방울 몇 개로써 사람들을 죽이는데요?' 그러자 공자가 장자를 공격했습니다. '그대가 찬술한 책의 「양생養生」이란 대목을 보면, 무위자연을 강설한답시고, 백정의 칼이 살코기와 뼈 사이를 지나다니기만 하

181

기 때문에 칼을 갈아 쓸 필요가 없다고 말하고 있습니다. 그 소름 끼치는 잔인한 이야기를, 하는 그대는 전혀 지긋지긋해하지 않는데, 그대처럼 잔인한 사람이 어리석은 세상 사람들을 가르칠 자격이 있습니까?' 공자와 장자의 입씨름을 지켜본 문수사리가 석가모니 부처님께 가서 물었습니다. '그렇게 입씨름하는 공자와 장자 가운데 누구의 말이 옳습니까?' 그러자 석가모니 부처님께서 무어라고 하신 줄 아십니까?"

추사는 허공을 향해 고개를 쳐들고 "아하하하……" 하고 웃어댔고, 백파는 웃음으로 일그러진 추사의 얼굴을 건너다보며 대답을 기다렸다. 초의는 추사와 백파의 얼굴을 번갈아 보기만 했다. 이윽고 추사가 웃음을 그치더니

"석가모니 부처님께서는 이렇게 말씀하셨습니다. '나는 너에게서 아무 말도 듣지 않았느니라'" 하고 나서 다시 "아하하하……" 하고 웃어댔다. 초의가 추사처럼 웃어댔고, 백파도 따라 웃었다.

날이 번히 밝았을 때 추사는 자리를 차고 일어나며 초의에게 숭정금실로 가자고 했지만, 초의는 도리질을 했다.

조선의 왕조는 부처님 제자들의 장안 출입을 금하고 있었다. 그러나 추사는 초의가 한 도리질의 뜻을 장안 출입을 겁내고 있는 것으로 읽지 않고, '호랑이(백파)의 굴로 들어섰으니 호랑이(백파)를 잡아 가야겠다'는 것으로 읽었다.

추사는 말의 등에 올라타며 초의에게 말했다.

"초의당, 백파를 호랑이로 착각하지 마시오. 노회한 백파 늙은 이한테 간이랑 쓸개랑 뽑히는 데 조심하시오. '노회'라고 할 때 쓰는 회獪 자에는 개 견犬이 붙어 있습니다. 개는 여우하고 사촌 간입니다."

七

날아가는 새도 떨어뜨리는 김조순의 유혹

추사는 충청우도 암행어사 명을 받고 나오다가 순조의 장인인 영안부원군 김조순과 그의 아들인 무품직의 부수 김좌근을 만났다. 김조순은 호리호리한 체구인 데다 얼굴이 희고 기름한데, 아들인 김좌근은 체구가 튼실했고 얼굴이 거무튀튀했다. 아버지의 얼굴에는 수염이 듬성듬성하고 구레나룻이 없는데, 아들의 얼굴에는 구레나룻이 성성하고 눈썹 발도 새까맸다. 덩실한 코와 쌍꺼풀진 눈매와 도톰한 입술만 비슷했다. 소문 듣던 대로 김좌근은 남성다운 풍모였다.

그들은 중궁전으로 가고 있었다. 순조 임금의 비인 중전은 김조순에게는 딸이요 김좌근에게는 누님이었다. 그들 부자를 대하는 순간, 추사는 머리끝이 쭈뼛 서고 등줄기에서 찬결이 흘렀다. 오래전부터 대궐 안의 인사가 김조순의 손에 의해서 좌지우지된다는 소문이 파다했다. 세상은 확실하게 김조순의 것이 되어 있었다. 아들 김좌근은 한 해 전, 아버지 김조순의 환갑연에 대한 순조 임금의 축하 선물蔭補로 부수의 벼슬을 하사받았다.

그 선물로 얻은 무품직의 부수 벼슬이어서인지 김좌근의 하늘색 관복은 어색해 보였다. 김좌근의 글공부는 시원치 않다는 소문이 들렸다. 이제 서른 살인 김좌근이 벌써 첩을 두고 있다고 했다. 김좌근의 첩은 나주 출신의 기생인데, 허리가 실버들처럼 낭창거린 데다 상냥하고 애교가 철철 흐른다고 했다. 넘치는 기지로 말미암아 청산유수처럼 말을 잘하여 시아버지인 김조순까지도 그녀의 재치 있는 말주변에 고개를 쳐들고 껄껄거리곤 한다고 했고, 수시로 중궁전에 드나들면서 올케인 중전마마의 우울한 심사를 밝게 풀어주곤 한다고 했다.

속을 아는 사람들은 모두 중전을 싸고도는 김조순 집안사람들의 행태를 우려하고 있었다. 아버지는 아버지대로 아들은 아들대로 첩며느리는 첩며느리대로 장차 무슨 큰일인가를 낼 위인들이라는 것이었다.

아버지 김조순의 힘은 음으로 양으로 작용할 터이므로, 곧 아들 김좌근이 문과급제를 하게 될 것이라고 했다. 과장을 농단해온 아버지는 시험관을 그의 사람으로 내정할 것이고, 그 시험관은 문제를 미리 그 아들에게 귀띔해줄 것이고, 과장에 나간 아들은 한달음에 갈겨쓸 것이고, 채점자는 거침없이 그 답안 머리에다 장원이라고 낙점을 할 것이고, 그리하여 머지않아 아버지의 세도는 아들에게로 물려질 거라는 것이었다.

왕권이 강화되어야 하고, 외척의 세도가 사라져야 하는데, 순조 임금은 모든 것을 장인 김조순에게 의탁하고 있었다. 김조순은 돌아가신 정조 임금의 신뢰를 한 몸에 다 받고 있던 신하였다. 순조 임금은 어려서부터 오로지 김조순만 믿고 따르고 있었다. 사실은 김조순과 그를 둘러싸고 있는 안동 김씨 일파에게 주눅이 들어 있었다. 사실은, 치마폭 속에 폭 빠져 있는 것이었다.

김조순의 하는 일을 생각하면 늘 피가 거꾸로 흐르는 추사였지만, 그는 김조순을 향해 읍을 하면서

"옥체 건안하시옵니까, 영안부원군 대감!" 하고 인사말을 정중하게 건네고 나서 김좌근을 향해

"김 부수의 대궐 나들이를 감축드립니다" 하고 말했다. 이어서 자기도 모르는 사이에 "천하의 영안부원군 대감의 부자가 나란히 대궐 안을 활보하시는 모습을 대하니, 대궐의 전각들이 얼핏 작아 보이옵니다" 하고 빈정거렸다.

김조순은 추사의 말 속에 가시가 들어 있음을 알아채지 못할 리가

없음에도 불구하고 호탕하게 "어허허허……" 하고 웃고 나서 맞받았다.

"김 어사, 암행어사가 되고 나니 직함에 알맞게 아주 근엄해 보이시네. 아마 그대의 학식이나 인품이 깨끗하고 강직하므로, 그 직을 잘 수행하리라고 생각해서, 내가 상감께 적극 주청을 드린 것이네. 암행감찰을 잘 마치고 돌아오시면 아마 무거운 내직이 자네를 기다리고 있을 것일세."

옆에 있던 김좌근이 나서면서 의젓하게 말했다.

"김 어사, 암행어사 명받으신 것을 감축드리옵니다. 예판이던 유당 대감(김노경)께서는 판의금부사가 되시고…… 월성위 가문의 욱일승천이 부럽습니다. 김 어사와 저하고는 사돈지간입니다. 앞으로 많이 우둔하고 부족한 저를 모든 면에서 출중하신 김정희 어사께서 잘 좀 이끌어주십시오. 아버님께서 월성위 집안에 큰 인물이 났다고 입이 닳게 칭찬을 하곤 하시고, 늘 김 어사를 본받으라고 말씀하신 까닭으로, 소졸한 저는 자꾸 질투가 나곤 하옵니다. 어허허허……."

추사는 불쾌함을 억누를 수 없었다. '내가 상감께 적극 주청을 드린 것이니' 하고 말한 김조순의 공치사도 불쾌하고, 무품직 부수일 뿐 아니라 나이가 열 살쯤이나 아래인 김좌근이 촐랑거리는 것도 아니꼬웠다. 김좌근의 말을 아랑곳하지 않고, 김조순을 향해 읍을 하며 "성심을 다하겠사옵니다" 하고 돌아서려는데, 김좌근이 말을 덧붙였다.

"김정희 어사께서는 세자 저하와 아주 가깝다고 들었습니다. 가끔 저하께서 미복 차림으로 월성위궁 숭정금실을 찾으시곤 한다면서요? 세자 저하의 눈에는 김 어사만 보이고, 외삼촌인 이 김좌근은 보이지 않는 모양인지, 저의 대궐 출입을 별로 달가워하지 않는데, 김 어사께서 저에 대해서 말씀을 잘 좀 해주십시오. 제가 생김새와는 달리 참 부드럽고 다정다감한 놈입니다."

추사는 하늘이 빙 도는 듯싶었다. 김좌근의 말 속에는 '당신은 세자를 보듬고 앞으로 무슨 일통인가를 낼 사람'이라는 뜻이 담겨 있는 것이었다. 그렇다면 나와 세자 저하의 내밀한 만남이 안동 김씨 일파에게 이미 모두 알려져 있다는 것 아닌가.

"근거 없는 말을 함부로 하지 마시오!" 하고 꾸짖자, 김조순이 한 손으로 아들 김좌근을 제지하고 추사에게 말했다.

"앞으로 이 나라를 이끌어갈 젊은 자네들이 서로 사이좋게 지내도록 하게나."

추사는 김좌근을 외면한 채, 김조순을 향해 다시 읍을 쳐주고 돌아서려 하는데 김조순이 말했다.

"충청도 인삼이 아주 유명하이. 돌아오면서 육 년 근 몇 뿌리만 좀 가져다주게나."

추사는 '하아, 이 노회한 사람!' 하고 속으로 부르짖으며 김조순의 두 눈을 바라보았다. 대궐의 한복판에서 한낮에, 암행감찰을 나가려 하는 어사에게, 인삼을 구해다달라고 부탁하다니, 그것은 무엇을 뜻하는 것인가.

명을 받으러 갔을 때 임금이 근엄하게 말한 무거운 당부가 떠올랐다.

"충청우도 지방의 삼정 문란과 어염세 포탈과 서해안 지방 수사水使들의 송정松政으로 인한 폐해가 자심하여 백성들의 원성이 자자하므로, 그대는 암행 기찰을 철저히 하여 발본색원하도록 하라."

그런데 임금의 장인인 김조순은 충청우도 암행어사로 나가려 하는 나에게, 마치 가벼운 마음으로 여행하듯 슬쩍 둘러보기 위해 나서는 사람에게 하듯이 농담을 던지고 있다. 그것은 무엇인가.

인삼 몇 뿌리의 거래로써, 나 김정희를 자기의 휘하로 끌어들이는 기화로 삼으려 한다. 김조순은 자기에게 반발심을 가지고 비켜나가는 젊은 인재들을 그렇게 포섭하곤 하는 너그럽고 호탕한 늙은 여우이다. 많은 젊은 인재들이 김조순이 열어놓은 문 안으로 속속 들어서고 있다는 소문이 오래전부터 나돌고 있었다. 어떠한 경우에든지, 호탕한 웃음부터 앞세우고 행세하는 김조순은, 눈에 든 인재들을 일단 한두 해씩 지방관으로 내돌렸다가 불러들여 정부의 요직에 두루 포진시키고 있었다.

추사는 얼른, 이 호탕한 노인에게 걸쭉한 농담을 해야겠다고 생각했다.

"부원군 대감, 명심하겠사옵니다. 저도 이미 충청도 인삼이 개성 인삼 못지않은 대단한 명품이라는 말을 듣고 있사옵니다. 그런데 대감 대단히 송구하옵니다만, 저는 아직 젊었음에도 불구하고 건망증이 아주 심합니다. 경전을 너무 많이 외어 담다보니 더 들어갈 자리가 남아 있지 않은 모양입니다. 그렇지만 하늘 같은 영안부원군 대감의 분부이오니, 절대로 잊어먹지 말아야지, 하고 입속으로 '육 년 근 인삼, 육 년 근 인삼' 중얼거리며 갈 것이옵니다. 그런데 아마 모르긴 몰라도, 개울 하나를 건너뛰다가 그만 깜빡 잊어버리고 말지도 모르는데, 혹시 제가 잊어버리고 대감의 청을 어길지라도 너무 저를 혼내려 하지 마시기를 바라옵니다."

김조순이 허공을 쳐다보면서 "어허허허……" 하고 웃었다. 아들 김좌근도 따라 웃었다. 추사가 다시 읍을 하고 나서 몸을 돌리려 하자, 김조순이 웃음을 그치고 재빨리 말했다.

"그럼, 인삼은 그렇다 치고…… 김 어사의 예서가 장안에서는 물론, 중국 연경에서까지 아주 비싸게 팔려나간다고 소문이 자자하던데, 이 늙은이한테도 한 폭 써주게나."

"저의 글씨는 무값이옵니다."

"무값이라니?"

김좌근의 말에 추사가 대답했다.

"하늘땅을 모두 팔아넘긴 돈을 가지고도 살 수 없을 수도 있고, 엽전 한 닢 주지 않고도 구득할 수도 있다는 말입니다."

화살 한 대로 시골 돼지 두 마리를

추사가 충청우도의 암행감찰을 하던 중에 서천의 한 마을을 지나가는데 아이들의 글 읽는 소리가 들렸다. 목침만 한 돌들로 정교하게 쌓은 담을 넘겨다보니, 열 살 전후쯤의 아이들 여남은 명이 감나무 그늘에 깔아놓은 멍석 위에서 글을 읽고 있었고, 유관을 쓴 훈장은 툇마루 위에서 글씨를 쓰고 있었다.

환갑을 코앞에 둔 듯한 늙은 훈장은 한 아이의 『천자문』책을 만들어주고 있었다. 붓끝 지나가는 품새가 보통 솜씨가 아닌 듯싶어, 수행하는 무장에게 보이지 않는 곳에서 기다리라 이르고, 사립문을 밀치고 들어섰다.

마당을 건너서 툇마루 앞으로 다가가는데도 훈장은 글씨 쓰기에 몰두해 있어, 그가 다가가는 것을 알아채지 못했다. 붓끝을 재빨리 놀리고 있음에도 불구하고 쓰이는 글씨들은 몸을 올바르게 곧추세우고들 있었다.

글씨체를 보아하니 원교 이광사의 그것과 비슷했다. 약간 다르다면, 획의 머리가 말발굽 모양이고 끝이 뽕잎을 기운차게 먹고 있는 누에 머리처럼 살아 있는 것이었다. 그렇다 할지라도 이광사의 그것과 닮아 있음을 피할 수 없었다. 평생 동안 이광사의 글씨를 임모하여온 늙은이임에 틀림없었다.

'조선의 이광사가 완성시켰다는 동국진체, 조선의 글씨를 망치고 있는 그 망령이 여기에도 도사리고 있구나' 하고 생각하며 그는 툇마루 한쪽에 앉으면서 으흠, 하고 헛기침을 했다.

훈장이 흘긋 추사의 모습을 보더니 곧 붓을 놓았다. 빨래하여 마름질한 지 오래된 허름한 흰 두루마기 차림이기는 하지만 테 큰 갓을 쓴 데다 근엄한 표정과 반짝거리는 눈빛으로 보아 보통 나그네가 아니다 싶은 듯 자세를 바르게 하면서 훈장은

"어디서 온 누구신지 모르지만 잠시 올라 앉으시써요. 수인사나 하게라우" 하고 말했다.

아이들은 글 읽기를 멈추고 수상한 남자 추사의 출현에 바짝 긴장을 하고 호기심 어린 눈빛으로 훈장과 추사를 번갈아 살피고 있

었다.

추사는 아이들의 눈도 있고 해서 조용히 툇마루 위로 올라앉았다. 기왕 들어온 김이니, 이광사의 동국진체라는 것은 우물 안 개구리의 장난에 지나지 않음을 알려주고, 중국에서 요즘 한창 들어오고 있는 비첩碑帖을 구해다가 임모하라는 충고를 해주고 가기로 작정했다.

"시골을 떠돌면서 아이들이나 가르치는 이 돌팔이 훈장은, 성은 이李가이고, 이름은 푸를 창蒼에다가 바위 암巖 자, 창암이라 하옵구만이라우."

창암이라면 호이지, 이름이 아니다, 하고 추사는 생각했다. 창암산은 중국 하북성에 있는 산이다. 삐죽삐죽한 산봉우리와 깎아지른 절벽이 절경인 산으로, 어떠한 가뭄에도 맑은 시냇물이 끊어지지 않는 석천이 있다고 알려져 있다. 붓의 기세와 흥취가 그 산의 기세와 석천처럼 활기 끊이지 않기를 희망하여 그렇게 호를 붙인 것임에 틀림없다. 이 사람은 실명을 감추고 살기는 하지만, 자기 글씨에 대하여 대단한 자부심을 가지고 사는 사람이다.

"이 과객의 성은 김가이고, 부르기는 그냥 숭정금산인이라 하는데, 지나가다가 아이들의 글 읽는 소리가 하도 청아하기에 들어왔습니다. 그런데 보아하니, 글씨가 나름대로 어떤 경지엔가 이른 듯 싶습니다."

"아이고, 과찬의 말씀이구만이라우."

훈장은 쑥스러워하면서 추사의 모습을 살폈다. 가능하면 광채를 숨기려고 내리뜨고 있는 추사의 두 눈을 거듭 흘긋거렸다. 훈장은 두려워하고 불안해하고 있었다.

추사는 새삼스럽게 훈장의 얼굴을 주시했다. 이 사람은 전라도 쪽에서 흘러온 떠돌이 훈장이다. 마른 입술에 침을 발랐다.

이광사의 망령이 이 시골 포구 마을에서 살아 꿈틀대고 있다는 사실로 말미암아 짜증스러워졌다.

"보아하니 이광사라는 사람을 흠모하고 그 사람의 글씨를 임모하여온 듯한데…… 세상을 헛살아왔습니다. 이광사 글씨는 겉으로 얼핏 보기에는 예쁘고 힘차 보이지만 속기俗氣 천기賤技 장난기로 가득 차 있습니다. 그 사람의 해서는 미친 병신춤을 추는 듯싶고, 행서 초서는 광취하여 회돌이춤을 추는 듯싶고, 예서 전서는 종년이 상전의 치마저고리를 훔쳐 입고 장옷을 머리에 쓰고 구중 궁궐의 요조숙녀 흉내를 내는 듯싶습니다. 그러는 데에는 까닭이 있습니다. 중국으로부터 이리 굴절되고 저리 굴절되어 건너온 가짜 왕희지 왕헌지 첩, 가짜 구양수 저수량 미우인 첩들을 익힌 까닭이고, 팔꿈치를 들지 않고 쓰는 까닭입니다."

그 말을 뱉는 순간 추사의 머리에 며칠 전 밤의 꿈이 떠올랐다.

머리털 허연 원교 이광사 노인이 바야흐로 흰 종이 위에 글씨를 쓰고 있었다. 한데, 붓을 든 오른쪽 팔꿈치를 방바닥에 붙인 채 썼다. 추사는 그의 앞으로 다가가면서 말했다.

"잠깐 기다리십시오."

이광사가 붓을 벼루에 놓고 그에게로 몸을 돌렸다.

"원교 이광사의 허명을 벗겨주려고 왔습니다." 그의 말에 이광사가 이맛살을 찌푸리고 그를 쏘아보며

"그대는 손바닥으로 해를 가릴 수 있다고 생각하는가?" 하고 빈정거렸다.

"지금 서쪽 하늘로 기울어지고 있는 것은 가짜 해이고, 동편에서 떠오르는 해는 진짜 해입니다."

이광사가 퉁명스럽게 말했다.

"자네의 도깨비춤 같은 기괴한 글씨를, 텅 빈 산에서 흐르는 물이나 피어나는 꽃 같은 순리의 글씨空山無人 水流花開라고 착각하지 말게나."

추사가 힐난하듯 말했다.

"무슨 말씀을 하고 계시는 겁니까? 기이하고 괴상怪하지 아니하면 글씨라고 할 수 없는 법입니다. 붓은 머리와 가슴으로부터 팔목과 손가락으로 흘러내린 힘을 따라 기와 괴를 직조하는 것이고, 그리하여야만 오늘날의 서체인지 옛날의 서체인지 스스로도 분간할 수 없게 무르녹은 글씨를 쓸 수 있게 됩니다. 제 글씨를 기이하고 괴이하다고 흉허물을 하는 사람들이 있지만, 그들은 구양순 글씨의 기괴함에 대해서는 어떻게 말한 자들인가요? 그들은 그것을,

여인의 비녀 모양새(절차고)나 바싹 마른 낡은 바람벽 벌어진 모양새(탁벽흔) 같은 획이나 파임의 괴이함의 극치라고 말한 자들 아닙니까? 『난정서』에서는 아주 많은 깨지고 부서진 다리들을 발견할 수 있습니다. 안진경의 글씨, 소동파 황산곡 미우인 조맹부의 글씨 역시 모두 괴이합니다…… 그럼 그 괴이하다는 것은 무엇입니까? 모두가 괴이하지 않은데 나 홀로 괴이하다는 것은, 시인 굴원이 읊었듯이 '모두가 취해 있는데 나 홀로 깨어 있는 경지'인 것입니다. 그러나 이것을 알아야 합니다. 괴이함을 일부러 가식하면 그것은 이미 괴이함이 아닙니다. 우리 몸이 담겨 있는 우주의 원리와 율동은, 삶과 죽음, 밤과 낮, 썰물과 밀물, 차면 기울고 기울면 찬다는 모순(변수)과 괴이함을 내포한 순리 그 자체이기 때문입니다."

이광사는 그에게 대꾸하려 하지 않고 강물 속에 빠져 일렁이는 달을 내려다보고 있었다.

추사가 추궁했다.

"어르신은 진짜 비석에서 탁본한 왕희지 글씨 구양순 글씨 저수량 글씨를 보신 적이 있습니까? 굴절 변질되고 또 변질된 가짜 왕희지 글씨첩을 진짜라고 여기고 익혀오지 않았습니까?"

이광사가 말했다.

"하늘의 달도 달이지만, 저 강물에 빠져 있는 달도 달이네. 하늘의 달을 읊은 시도 아름답지만 강물에 어린 달과 산 숲에 어린 달

그림자를 보고 쓴 시도 아름답고 향기롭네. 이태백은 강물 속의 달을 길어 올리려다가 죽었다고 하지 않는가?"

추사가 말했다.

"강물 속의 달을 사랑한 이태백을, 이광사 당신과 비교하지 마십시오. 이태백이 건져 올리려 한 것이 부처님의 마음이라면, 이광사 당신이 건져 올리려 한 것은 동국진체라는 허깨비의 환영일 뿐입니다."

이광사는 고개를 저으면서 당당하게 말했다.

"내가 이루어낸 동국진체는, 조선 땅의 산하로 불어온 중국의 바람으로 인해 일어난 구름과 안개와 빗줄기에 비친 해와 달빛으로 인해 피어난 무지개(변수의 결과물)인 거야. 물론 중국 연경에 다녀온 추사 자네가 일으킨 새 물결이 찬란하기는 하겠지만, 자네의 새 물결로 말미암아 한쪽으로 밀려난 이광사의 꽃물결의 춤도 존재할 만한 가치가 있네."

추사는 빈정거리듯이 말했다.

"착각하지 마십시오. 이광사 어른은 평생 글씨를 써오셨으면서도, 붓만 알고 먹을 알지 못했습니다. 붓이 흘러간 종이에는 먹만 남아 있게 마련입니다. 먹물은 글씨의 몸이고 영혼입니다. 붓은 종이 표면에 영원히 남아 있는 먹을 위해 존재할 뿐입니다. 붓은 먹물의 흐름과 번짐과 스며듦의 의지에 따라 흘러가야 합니다. 글씨라는 것은 애초에 먹물 속에 들어 있었습니다. 그것은 사람이 쓰는 것이 아니고, 사람이 먹물 속에 들어 있는 글씨들을 꺼내놓고 있을 뿐입니다. 먹물 속에 들어 있는 글씨, 그것은 우주의 율동, 우주가 신명나게 추는 춤사위에 다름 아닙니다. 저의 글씨는 그냥 기괴함이 아니고, 이제껏 모습을 드러내지 않은 우주의 새로운 물결이 낯선 듯하지만 사실은 아주 낯익은 전혀 새로운 춤사위를 펼쳐 보이고 있을 뿐입니다. 새 물결의 장章은 언제나 헌 물결의 장을 덮어버립니다. 청사 속에서 추사체는 이광사체를 덮어버릴 것입니다."

추사는 근엄하게 훈장을 향해 말했다.

"이광사의 글씨는 요술쟁이들이 부리는 꼭두각시놀음하고 같습니다. 그것은 한때 내리는 빗줄기로 인해 선 무지개처럼 날씨가 개면 금방 사라질 헛것입니다."

훈장이 자기 스승을 비방하는 추사를 쏘아보며 말했다.

"과객께서는 시방 제 스승에 대해서 너무 혹심한 말씀을 하고 계시구만이라우. 소인에게로 이어져 내려온 원교 이광사 선생의 글씨 뿌리를 소인은 잘 알고 있사옵니다요. 멀리로는 왕희지 구양순에서부터 소동파 조맹부 동기창으로 흘러왔고, 가까이로는 김생 한석봉 옥동 공재 백하 윤순을 거쳐 이광사에 이르렀지라우. 이광사 선생이야말로 동국진체를 완성한 분이라 여기고, 소인은 그분을 존경하며 따르면서 임모하여왔구만이라우. 스스로를 겸손하게 그냥 과객일 뿐이라고 말씀하시는 젊은 선비를, 소인은 한양에서 오신 아주 존귀하신 분으로 짐작하고 있습니다요. 과객께서 소인의 글씨를 폄하하심은 백번 지당할 것이제마는, 세상이 이미 신필의 경지에 이르렀다고 평한 바 있는 원교 이광사 선생의 글씨를 그렇듯 혹평하심은 지나친 처사이구만이라우. 살아생전 이광사 선생이 불행하게 고도에 유배되어 지낸 까닭으로 한양의 안목 있는 지사들의 평판을 제대로 받지 못해서 그렇지, 만일 그렇지 않았다면, 그 삶이 좀 더 넉넉하고 자유로웠더라면 훨씬 더 드높은 평가를 받았을 것이라고 소인은 믿고 있사옵니다요."

"훈장은 시방 무슨 말씀을 하고 계십니까? 이 숭정금실 주인이 보는 바로는, 이광사의 글씨보다는 차라리 창암의 글씨가 오히려 더 틀이 잡혀 있고, 고졸하면서도 기굴하다고 생각됩니다. 창암이 쓰는 이 글씨들로 미루어 보건데, 어쩌면 한양에까지 소문이 난 전라도 정읍의 이삼만 명필에게서 배운 바 있는 듯싶습니다. 이후로는 이광사의 글씨가 가지고 있는 허상을 벗어던지고 그 가짜 글씨의 흉내를 내지 말고 독자적인 고졸 기굴한 필풍筆風을 꿋꿋하게 펴나가시기 바랍니다."

八

악연惡緣

반백인 머리털과 갸름한 얼굴 윤곽과 보송보송한 눈매와 보조
개 깊이 파이곤 하는 볼이 안개 속에 묻힌 듯 어렴풋하게 드러났
다. 상우의 어머니 초생이었다.

여인의 미색은 환희와 길상과 복과 앙화를 동시에 불러온다. 모
든 좋은 인연과 행운은 악연과 불행을 곁들여 불러들이기도 한다.

'아, 김우명!' 하고 추사는 그 악연의 이름을 깨물었다.

추사가 충청우도 암행어사 명을 받은 것은 서자인 상우가 열 살

되던 해 유월 하순이었다. 추사는 삼정 문란, 어염세 강탈, 송정 폐해를 발본색원하라는 임금의 당부가 간곡하고 지엄한지라, 발걸음이 무거워졌다. 삼정 문란, 어염세 강탈, 송정 폐해를 바로잡아주지 못하고 방치할 경우 민란이 일어날지도 모르는 것이었다.

지방관과 전라우도 암행어사를 지낸 바 있는 권돈인을 만나 삼정 문란, 어염세 강탈, 송정 폐해라는 것이 어떤 것인지, 어떤 사례들이 있는지 물었다. 권돈인은 그것들을 상세하게 일러주었다.

전정 문란이란, 한양에서 지방으로 나간 벼슬아치들이 아전들을 시켜 주민들에게 갖가지 토지세를 부당하게 착취하듯이 물리는데, 자진하여 납부하지 않으면 포졸들을 이끌고 가서 방 안의 곡식들을 퍼와버리고 세금 대신에 소나 돼지를 끌어와버리게 하는데, 만일 백성들이 앞을 막고 못 가져가게 하면 창대로 사정없이 가슴팍을 찔러버리고 발로 차버린다는 것.

군정 문란이란, 세 살 먹은 아이나 죽고 없는 사람, 심지어는 아직 태어나지 않은 아이에게까지 군대에 나가지 않은 대신의 세금을 거두어들인다는 것.

환정이란, 정부에서 봄에 굶주리는 사람들에게 대여해준 곡식을 가을에 거두어들이는 정책을 말하는데, 대부분의 지방 관아에서 대여해주는 곡식에는 겨가 절반이나 섞여 있는 경우가 허다하고, 한 가마니를 대여해주었을 경우 알곡 두 가마니씩을 받아들인다는 것.

그런 일을 저지르는 부류는 대개 몇천 냥씩의 돈을 주고 벼슬을 사서 부임한 사람들이라, 임기 안에 그 밑천을 뽑기 위하여 그렇게 강탈한다는 것.

어염세의 강탈이란, 해안 지방 백성들이 소금을 구워내지 못하는 장마철이나 흉어 철임에도 불구하고 세금을 뜯어간다는 것.

송정 폐해란, 연안 바다와 섬에 주둔하는 수군들이 산의 소나무들을 군선 짓는다는 명목으로 관리를 하는데, 주민들이 아궁이에 불을 지피기 위해 소나무 가지 하나를 꺾어 오거나, 장례를 치르기 위한 관을 짜기 위하여 나무 한 그루를 베면 끌어다가 곤장을 치고 그 벌로 곡식을 뜯어낸다는 것. 극심한 경우는 소나무 밑에서 낙엽을 긁어오기만 해도 잡아다가 벌금을 물리므로, 견디다 못한 백성들이 밤에 몰래 산에다 불을 질러버리기도 한다는 것.

권돈인이 덧붙여 말했다.

"여항에 「애절양哀絶陽」이란 시가 나돌고 있소이다."

그날 밤, 추사는 하인을 조희룡에게 보내 「애절양」을 구해오도록 했다.

갈밭 마을 젊은 아낙의 우는 소리 끝없구나
관아 문 앞에서 울며 하늘에 하소연하기를
군대 간 지아비가 못 돌아오는 수는 있어도
자고로 남자 양물 자른 건 들어본 일 없네

시아비 상복 이미 입었고 아기 금방 낳았는데
삼대가 군적에 실려 세금을 내야 하다니
달려가 호소하려 해도 호랑이 같은 문지기 가로막고
이장은 호통치며 외양간 소 몰아갔네
남편 칼 갈아 방에 들자 자리에는 피가 가득
스스로 한탄하기를 새끼 낳은 것이 죄다
잠실 음행했다고 불알 찢어내는 형벌을 받는단 말인가
중국 민나라 자식들의 거세도 슬픈 일인데
자식 낳고 사는 이치 하늘이 준 바이고
하늘땅의 아우름으로 아들딸 낳는 법이니
불알 깐 말과 돼지 그도 서럽다 할 것인데
대 이어갈 백성들이야 말 더해 뭣하랴
부호들은 죽을 때까지 풍악을 즐기며
쌀 한 톨 베 한 치 바치는 일 없는데
똑같은 백성인데 어찌하여 불공평한가
객창에서 거듭 고루 사랑 시구편을 외워보네.

蘆田少婦哭聲長 哭向懸門號穹蒼
夫征不復尙可有 自古未聞男絶陽
舅喪已縞兒未澡 三代名簽在軍保
薄言往愬虎守閽 里正咆哮牛去皁
磨刀入房血滿席 自恨生兒遭窘厄

207

蠶室淫刑豈有辜 閩囝去勢良亦慽

生生之理天所予 乾道成男坤道女

騙馬羯豕猶云悲 況乃生民恩繼序

豪家終歲奏管弦 粒米寸帛無所捐

均吳赤子何厚薄 客窓重誦鳲鳩篇

　추사는 시를 읽으며 진저리를 쳤다. 백성의 비극은 중앙정부의
권력자들이 벼슬을 몇천 냥의 돈을 받고 파는 데서부터 시작된 것
이다. 마음을 단단히 하고 나서지 않으면 안 되었다. 무장 하나를
대동하고 수원에서 말을 바꾼 추사는 예산을 거쳐 한산으로 직행
하였다. 충청우도의 아래쪽에서부터 기찰하여 올라오겠다는 것이
었다. 예산 한산을 더듬고 서천을 거쳐 비인으로 들어갔다.

　장배곶 도둔곶을 양옆에 끼고 있는 비인현은 조기 숭어 전복 청
어 조개 민어 농어 낙지 소금 따위의 수산물이 풍부한 곳이었다.
높은 성이 바다를 굽어보고 있고, 푸른 하늘은 바닷물 색이고, 밀
려드는 파도 소리 장엄하고, 해 뜰 무렵이면 푸르고 붉은 빛이 신
기루를 일으켰다. 작은 섬에 뜬 구름과 암담한 연기는 큰 고래 떼
들과 더불어 춤추고 노는 듯했다.

　주막에 말을 맡겨놓고, 들에서 일하는 농부들에게 접근했다. 농
부들 넷이 마침 논두렁에서 새참을 먹고 있었다. 산나물을 섞어 지
은 꽁보리밥. 추사는 그들을 향해 슬쩍 넘겨짚어 말을 걸었다.

"나는 지나가는 이웃 고을 나그네인데, 한 가지 여쭈어봅시다. 이 고을 원님은 아주 자비로워서, 다른 고을보다 세금을 절반씩만 거두어들인다는 소문이 났던데 그것이 사실입니까? 그게 사실이라면 이 고을로 이사를 올까 해서……."

농부들의 눈길이 허름한 옷차림을 한 추사와 무장에게로 날아왔다.

"뭣이라고유?"

얼굴에 곰보 자국이 가득 차 있는 체구 작달막한 사내가 추사를 노려보았다.

"속을 모르면 전라도 청산도로 시집을 가보라고 했시유!" 거무튀튀하게 그은 깡마른 세모꼴의 얼굴이 빈정거리듯 말했다. 곰보 자국 가득 찬 얼굴이 퉁명스럽게 말했다.

"관아에서 미친 개떼같이 달려 나온 육방관속들은, 세금을 못 낸 집들을 발끈 뒤지다가, 만일 곡식 독아지들이 텅텅 비어 있으면 아기들 베갯속을 넣어놓은 좁쌀까지 다 훑어가는 판이유."

"에끼, 아무러면 그들도 사람인데 그렇게 인정사정이 없을꼬!"

추사가 이렇게 말을 하자, 곰보 자국 가득 찬 얼굴이 벌떡 일어서면서

"아니 배불러 터져 죽을 지경이면 곱게 제 집 방구석에서나 죽을 일이지, 시방 어디로 기어와서 울고 싶어 죽것는 사람한테 뺨을 치고 이 지랄이래야?" 하고 추사를 향해 삿대질을 했다.

추사는 얼른 미안하게 됐다며 사죄하고 물었다.

"나락 한 가마니를 가져오면 가을에 얼마를 바치는가요?"

"환곡 없어진 지 오래됐고유, 가을에 이것저것 뜯어가기만 해유. 영전하시는 전관 사또 타고 돌아갈 말 값이다, 신관 사또 부임 잔치 비용이다, 임금님 생신 잔치 비용이다, 관아 지붕 수선 비용이다, 아직 떠나가지도 않은 사또 공적비 건립 자금이다, 암행어사 치성 비용이다, 군대 안 가는 대신 사람 머릿수대로 베 한 필씩을 바쳐라⋯⋯."

몇 개의 농촌 마을 안을 샅샅이 돌며 기찰을 하고 나서 바닷가 쪽으로 말을 달렸다. 산모퉁이에 말을 숨겨놓고 마을로 들어가 민심을 살피고 기찰을 했다. 고기잡이하고 소금 구워 연명하는 해변 마을 사람들의 불평불만도 하늘을 태울 듯했다. 권돈인이 귀띔해준 말들이 모두 현실로 드러났다.

관아로 들이닥쳐 육방관속들을 앞세우고 환곡 창고 군량 창고들을 점검했다. 창고들은 텅 비어 있었다. 환곡 창고는 가을철에 거두어들일 것이므로 비어 있음이 당연한데 군량 창고는 왜 비어 있는가. 군적을 열치고 그것을 기준으로 거두어들이는 세금을 따졌다.

"이렇게 거두어들인 것들은 다 어디에 있는가."

"그것은 오직 사또께서 아실 뿐 소인은 모르옵니다."

육방관속들은 한결같이 모르쇠를 연발할 뿐이었다.

"아니 이 장부마저도 사또가 다 정리한단 말이냐!"

추사는 어처구니없고 기가 막혔다. 하아, 썩어도 너무 속속들이 썩었다. 민란이 일어나지 않는 것이 참으로 신통하다. 비인 백성들은 정말로 순박하다.

뒤늦게 현감 김우명이 달려왔다. 그는 향교나 서원 출입하는 양반들이나 토호들과 강변 정자에서 시회를 즐기다가 통기를 받고 달려온 것이었다. 황혼 때문인지 술기운 때문인지 김우명의 얼굴은 불그레해 있었다.

"반갑소이다. 어사 합하."

김우명은 읍을 하면서 극존칭을 쓰고 있었는데 거기에는 빈정거림이 담겨 있었다.

추사는 비인현감 김우명과 마주 앉아 백성들에게서 암행 조사한 사안들을 하나하나 들어 따지고 시인서를 써달라고 했다.

"현감이 부임한 지 오래지 않아 창고에 들어 있는 것들을 모두 실어냈다는 진술을 얻어냈소이다."

김우명은 두려워하지 않고 빙그레 웃으면서 당당하고 뻔뻔스럽게 말했다.

"어사 합하, 그러한 것들은 모두가 하나의 관례인데, 백성들은 호들갑과 너스레가 너무 많아 몇 배로 부풀리어 말들을 하는 것입니다. 김정희 어사도 언젠가는 지방관으로 나가게 될 터인데, 소관이 시방 행하고 있는 그 이상의 목민을 할 수는 없을 것이오. 비인현에서 암행 기찰한 것들을 들어 이 김우명을 처벌하라고 서계

를 올리려거든 올리십시오. 그와 같이 사소한 것들을 가지고 충청
우도의 목민관들을 처벌하기로 한다면 과연 군수 현감의 모가지가
몇 개나 붙어 있을 것 같습니까?"

추사는 어떠한 말로도 김우명을 수그러들게 할 수 없다고 생각
하고 몸을 일으키면서 말했다.

"나는 내가 본 대로, 기찰을 한 바대로 서계를 올릴 것이고 봉고
파직을 명해달라고 주청할 것이오."

김우명이 따라 일어서면서 거만스럽게 말했다.

"지금의 비인 형편에 대한 책임은 비단 나에게만 있는 것이 아
니오. 구관 사또가 다 말아먹을 만큼 말아먹고 우려 갈 것 다 우려
가버리고 텅텅 비워놓았어요. 내가 부임한 지 겨우 반년인데 그동
안에 어떻게 복구를 해놓는단 말입니까? 생각해보시오. 나도 나를
여기에 내려 보낸 윗사람들에게 떡 한 사발씩이라도 올려드려야
하고, 육방관속들은 관속들대로 가족들하고 살아가야 하고……
나는 다만 김정희 어사께서 너그럽게 해량해주시라는 말을 할 수
있을 뿐입니다. 만일 잘 해량해주신다면, 어사께서 한양으로 돌아
가신 다음 월성위궁으로 서운하지 않게 보답을 해 올려드리도록
하겠사옵니다."

추사는 고개를 가로저으며 말했다.

"내가 올린 서계에 따라 상벌을 시행하느냐 하지 않느냐 하는
것은 어디까지나 임금의 뜻일 터입니다."

김우명이 어떤 말로써도 어사 김정희의 마음을 돌릴 수 없다고 생각한 듯 도전적으로 말했다.

"어사 합하, 한 달이 크면 한 달이 작다는 것을 명심하십시오. 김정희 어사를 뒤에서 밀어주는 사람이 있듯이 이 김우명을 뒤에서 밀어주는 사람도 있소이다. 그리고 이 김우명은 늙어 죽도록 지방관으로만 떠돌지 않을 것이며, 언젠가는 내직으로 들어갈 터이고, 그때 내직에 있는 김정희와 대면을 하게 될 것이오" 하고 난 김우명은 이맛살을 찌푸린 채 분연히 말을 이었다.

"…… 김정희 어사 합하, 나에게서 한 가지 뺏어갔으면 되었지, 현감 목까지 떼어갈 참이오?"

김우명은 자기가 먼저 점찍어놓은 초생을 추사가 뺏어갔다고 생각하고 있었다. 김우명, 이 사람과는 참으로 미묘한 악연이다.

추사는 이를 물었다. 이따위의 일쯤을 처결하지 못하고 미적거린다면 나는 얼마나 한심한 암행어사인가. 더욱 결연한 마음으로 보령을 거쳐 안면도와 태안과 수군들이 주둔해 있는 성보城堡 주위를 돌아다니며 탐문하고 민심을 더듬어 살폈다.

보령이나 태안도 마찬가지였다. 태안의 전 군수 허성이란 자는 포악하게 착취를 일삼았을 뿐 아니라, 이임해 가면서는 부호들에게 아들들의 과거 입격을 위해 줄을 잘 대주겠다면서 벼 백 석씩을 착취해가고 말 세 필을 빼앗아 갔다는 소문이 나 있었다.

안면도 백성들은 울면서 억울함을 하소연했다. 수사들이, 별세한 아버지의 관을 만들기 위해 소나무 한 그루 벤 것을 트집 잡아 끌어다가 곤장을 치고 벼 오십 석을 착취했다는 것이었다. 안흥 굴포에서는 수사가 보낸 장수들이 어염세를 과도하게 착취하고 있다고 하소연했다.

한양으로 가는 길에 날이 저물어, 신례원에서 하룻밤 머무르는데 화살 하나가 날아와서 기둥에 박혔다. 화살 끝에 편지가 달려 있었다. 펼쳐보니 다음과 같은 글이 쓰여 있었다.

"오래 광영을 누리면서 안락하게 살고 싶으면, 임금께 올릴 서계 속에서 김우명과 허성의 이름을 빼도록 하라."

그 협박에 겁을 먹을 추사가 아니었다. 추사는 한양으로 올라가는 대로 임금께 암행감찰의 서계를 올렸고, 그들은 모두 파직되었다.

추사가 올린 서계를 본 김조순이 며칠 뒤 추사에게 말했다.

"자네, 칼로 쳐내는 듯한 서결을 보니, 내가 부탁한 인삼 그것, 틀림없이 개울을 건너다가 깜빡해버렸겠군."

추사는 기다렸다는 듯

"아니옵니다. 절대로 아니옵니다. 제가 천하의 영안부원군 대감의 부탁을 어찌 감히 잊을 리 있겠사옵니까? 여기 이렇게 가지고 왔사옵니다" 하고 말하면서 소매 속에서 흰 봉투 하나를 꺼내주고 공손히 읍을 한 다음 몸을 돌려 총총히 걸어갔다.

김조순은 추사에게서 받은 봉투를 소매 속에 넣고 집으로 돌아갔다. 사랑방으로 들어가자마자 봉투 속에 들어 있는 것을 꺼냈다.

그것은 네 겹으로 접혀 있는 화선지였다. 거기에는 예서체의 글씨 다섯 자가 쓰여 있었다.

膳蔘半神半毒劇

勝雪茶人

선물 받은 인삼은 반은 신약이고 반은 독극약입니다.

승설차처럼 향기로운 사람

'하아! 이놈 보게나!'

봉투 안에 간찰 한 장이 더 들어 있어, 황급히 펼쳐들었다.

영안부원군 대감께

권력자의 호탕함과 너그러움은, 자기 자식에게 혹독했을 때 세상을 경영할 수 있는 선약이 되지만, 두루뭉술한 그것은 세상을 망치는 독극약입니다.

추사 김정희 삼가 올림

'이런 고얀 놈! 나를 감히 훈계하고 있다니!'

그러나 김조순은 허공을 향해 너털거렸다. 그는 어찌할 수 없이 어떤 경우에도 늘 천품이 호탕하고 넉넉한 체하고 사는 사람이었다.

九

차향茶香, 어린 상우에게서 나던 향기

상우가 낸 차의 향기가 추사의 코에 어렸다.

'아, 이 차향!'

"최고 차의 향과 맛은 어떤 것이어야 합니까?"

추사가 묻자 초의가 말했다.

"좋은 작설차의 맛과 향은, 고소함에 배릿함이 한데 어우러져야 합니다. 고소함과 배릿함은 둘이면서 둘이 아니不二지라우."

추사가 물었다.

"매우 어렵습니다. 고소한 향과 맛은 살짝 누른 쌀보리밥의 숭늉의 그것쯤으로 짐작할 수 있겠는데, 배릿한 향과 맛이란 어떤 것입니까?"

"빈도의 감성으로 설명하자면 태허의 맛이라고 해야 할는지, 모르것구만이라우. 빈도가 들어 보일 비유가 마땅히 없구만이라우. 거사께서 맛보시고 느끼셔야 할 것 같습니다."

"아니 부처님의 말씀이나 뜻을 중생들에게 전해줌으로써 단박에 깨닫게 해주는, 점수와 돈오를 다 함께 주물럭거리는 선승으로서, 어찌 그리 무책임한 말씀을 하십니까? 그 향과 맛을 시나 문장으로 설명할 수도 없고, 그림으로 나타낼 수도 없다는 것입니까?"

"조선 땅의 유마거사께서 불가사의한 차의 고소함과 배릿함을 통해 빈도에게 무엇을 추궁하려 하시는 것입니까요? 차가 가지고 있는 신통스러움에 대하여 빈도의 무딘 감성을 꾸짖는 것입니까요? 아니면 차를 마심으로써 유마거사의 '불가사의 해탈'을 경험할 수 있다는 것을 말씀하시려는 것입니까요?"

추사는 허공을 향해 웃었다.

"아하하하하…… 재주넘기에 달통한 손오공의 마음이 부처님에게 들통나고 말았습니다. 저는 지금 갓난아기를 다사로운 물로 멱을 감긴 다음 수건으로 물기를 훔쳐내고 코를 그 아기의 배나 가슴에 대면 맡아지는 고소하고 배릿한 향기와 맛, 그것이 바로 차의 배릿한 향과 맛이냐고 물으려던 참이었습니다."

"아하, 그렇습니까요? 중놈이 어떻게 갓난아기를 다사로운 물로 목욕시키고 나서 수건으로 물기를 닦아낸 다음 그 아기의 몸에 코를 대고 킁킁 향기 맡는 체험을 했겠습니까요?"

"문제는 차에서 맛볼 수 있는 배릿한 향과 맛인데, 그것은 어디에서 온 것입니까?"

"거사의 말씀대로 한다면, 고소하고 배릿한 향기와 맛은 천지간에서 가장 생명력이 왕성한 성분일 것잉만이라우. 그 향기를 갓난아기의 몸이 그것을 증명해주지 않습니껴? 아기의 몸은 어른이 되면서 그 배릿한 향과 고소함을 잃게 되고, 그 몸이 장차 죽음을 앞둔 노인이 되면 구중중한 죽음의 냄새만 풍기게 되는 법이라서…… 그렇다면 차의 고소하고 배릿한 향과 맛은 태극의 시원인 무극에서 오는 것일 터이지요. 무극은 만물이 태동하는 시원 아닙니까요?"

"노쇠해가는 몸이 그 차의 고소하고 배릿한 향과 맛을 섭취하면 소년으로 되돌아갈 수 있다는 것입니까?"

"차는 '알가' 즉 부처님께 바치는 공물이라는 뜻이구만이라우. 부처님과 중생은 둘이 아니기 때문에, 부처님께 바치는 공물은 곧 중생인 나에게 바치는 공물이지라우. 차를 마시면 두 가지 효험을 얻게 되는데, 하나는 몸에 고소하고 배릿한 활성을 공급하는 것이고, 다른 하나는 미망 속에 잠겨 있는 나의 눈에 짙푸른 태허의 빛을 보여주는 것입니다요."

"선재동자가 뜯어다준 풀잎을 들고 문수사리가 했다는 말을 이야기하시려는 것이오? '이 풀잎은 능히 사람을 죽이기도 하고 살리기도 하는 것이다.'"

"아이고, 척하면 삼천리구만이라우. 그래서 선승들이 차를 마시곤 하것지라우. 지금까지 살아온 나의 탐욕과 미망의 삶을 죽이고 (그치게 하고) 깨끗하고 드높은 신성의 삶(고소하고 배릿한 향)을 발견하고 그쪽으로 나아가게 하는 것이 차인 것이지라우. 지관止觀이란 것이 바로 그것 아니것습니껴?"

잉태孕胎

　추사는 차를 한 모금 마시고 나서 오랫동안의 혼침으로부터 깨어
났다.

　상우가 근심스러운 눈빛으로 그를 내려다보고 있었다. 상우는
얼마 전부터 글씨와 난초 친 것을 그에게 보여주려 하지 않았다.
난초 치는 솜씨, 글씨 쓰는 솜씨가 늘지 않는다고 절망한 까닭일
까. 머리에 몇천 권의 경전들을 외어 담은 걸어 다니는 경전이 되
게 하여 규장각의 검서관 노릇을 하며 살도록 도와주려 했는데, 명
필 신필이란 말을 듣도록 길 안내를 해주려 했는데, 상우는 그의

뜻을 따라주지 못했다.

추사는 안타까웠다. 저놈이 초생의 배 속에 들어서면서 집안에 얼마나 많은 좋은 일이 일어났던가.

경상감사로 부임하시는 아버지를 배웅하고 돌아오니 초생이 그의 얼굴을 쳐다보며 한 가지 어려운 청이 있다고 했다. 말해보라고 하니, 그녀는 수줍어하면서 말했다.

"어디서 나주 배를 구득할 수 없을까요?"

초생을 향해 어이없어하면서 물었다.

"이 한겨울에 어디서 나주 배를 구득한단 말이냐? 겨울철에 너무 찬 것을 먹으면 위장에 병탈이 난다고 들었느니라."

초생은 면목 없는 듯 몸을 외틀면서 말했다.

"용서하십시오. 생원께서 소첩을 얼마나 사랑하는지 시험해보고 싶어서 그만……."

월성위궁으로 돌아오다가 문득 걸음을 멈추었다. 검은 구름장에서 눈발이 흘러내리고 있었다. 순식간에 눈이 세상을 하얗게 덮어버렸다. 눈발 흘러내리는 구름장을 쳐다보던 그는 하아, 하고 속으로 부르짖었다. 젊은 여자가 한겨울에 배를 먹고 싶어 하다니, 그것은 태기가 있다는 것일 터이다.

그는 곧바로 시장으로 달려갔다. 눈이 발등을 덮었다. 제찬거리 파는 가게에서 나주 배 둘을 사 들고 달렸다. 골목길을 들어서다가 미끄러져 넘어졌다. 배 둘이 그를 앞장서서 굴러갔다. 허겁지겁 달려가서 주워 들었다. 초생의 방으로 들어서자 초생은 배 둘을 가슴에 안고 발을 동동거렸다. 배 한 개를 깎더니 그에게 한 조각 들어보시라는 말도 않고 혼자서 와삭와삭 다 먹어버렸다.

상우가 태어났을 때 그는 틈만 나면 초생의 방으로 들어가곤 했다. 멱 감겨놓은 아기를 가슴에 안아보기도 하고 코를 대고 킁킁 향기를 맡기도 했다. 보들보들하고 말랑말랑한 젖빛의 살에서 풍기는 배릿한 배냇냄새가 한없이 좋았다.

아랫목 구석에서 황촉 불이 혼자 살아 일렁일렁 춤추고 있었다. 황초의 심지에 붙은 부분은 멍든 살처럼 푸르스름하고 한가운데는 노랗고 위로 올라갈수록 붉어지다가 끝부분은 거무스름하다. 초는 제 몸을 태움으로써 둘러싸고 있는 어둠을 살라먹는다.

그도 그랬다. 선비가 세상을 버티어가는 데는 벼루를 갈아 먹어야 하고 글자를 달여 먹어야 하고 붓을 갈아 마셔야 한다. 벼루를 대관절 몇 개나 갈아 먹었는가. 열 개쯤의 구멍이 뚫어졌으리라. 붓은 천 자루쯤이 몽당붓으로 변했을 터이다. 이광사가 늘어뜨려 놓은 칙칙한 어둠 발을 그렇게 하여 걷어냈다.

뿐만 아니다. 모두가 무학대사를 위한 비석이라고 말한 북한산의 한 비석을 신라 진흥왕의 순수비巡狩碑라고 읽어낸 것, 경주에 있는 문무왕의 업적을 기린 비, 당나라 군사들이 백제를 멸망시키고 세운 탕제비蕩濟碑, 당나라 유인원의 공적비, 진주에 있는 진감

선사의 비, 경주의 무장사비, 문경의 지증대사비를 찾아 읽어낸 것
도 캄캄한 어둠을 살라먹기인 것이다.

벗 조인영과 더불어 석공 하나를 데리고 북한산을 두 번이나 오
르던 일이 떠올랐다. 온몸이 땀에 흠뻑 젖었다. 옷자락이 나뭇가지
와 가시덩굴에 걸려 찢어지고, 얼굴과 귀에 생채기가 나고 소나무
잎사귀에 눈을 찔린 채 눈물을 줄줄 흘렸다. 아픈 눈을 치유하기
위하여 한 달 동안이나 결명차를 마시고 눈에 소금물을 넣었다. 신
라 때의 그 글씨들에서 저수량체를 발견했을 때의 벅차오르던 감
개와 환희가 박하의 맛처럼 피어났다.

타오르는 촛불이 그의 속으로 들어왔고 그가 촛불 속으로 들어
가 있었다. 실사구시 온고지신 이용후생을 위하여 젊음을 다 불태
웠다. 그리하여 이광사의 글씨가 조선 글씨의 본령이 아님을, 반드
시 아니어야 함을 알아냈고 그것을 세상에 드러내 보였다.

상우가 아랫목 구석 바람벽에 등을 기댄 채 자고 있었다. 상무와
며느리와 초생과 상우의 처는 모두 제 방으로 돌아가 자고들 있는
것이었다.

자기를 낳아준 아버지를 떳떳하게 아버지라고 부르지도 못하는
주제에, 그 아버지를 병간하느라고 지친 상우는 천지분간 못 하고
멍석잠을 자고 있었다.

상우는 그림자처럼 그를 따르고 있었다. 봉은사 안의 초가에 머물

때에도 제 집과 절 사이를 무시로 왕래하면서 하루 세 끼의 밥을 가져 나르고, 종이와 먹을 사 나르고, 글씨를 받으러 오는 손님을 맞고 차를 끓여 올리고, 써놓은 글씨를 들고 가서 곡식이나 돈으로 바꾸어왔다.

바깥의 뜨락에서는 스산한 바람이 낙엽을 쓸어가고 있었다. 창문이 희부옇게 변하고 있었다.

목이 밭았다. 상우를 깨우지 않고 물을 마시려고 천근 같은 몸을 가까스로 일으키는데 누군가가 윗몸을 부축해 일으켰다. 놀라 돌아보니 어디선가 본 듯한 얼굴이었다.

"대감마님, 허유이옵니다. 소인을 알아보시겠사옵니까?"

추사는 가쁜 숨을 쉬면서 자리끼를 턱으로 가리켰다. 소치 허유가 자리끼에서 물을 따랐다. 물을 한 모금 마시고 다시 자리에 누웠다.

허유가 그를 걱정스러운 눈으로 내려다보았다. 허유, 이 사람이 언제 왔을까. 허유의 검은 구레나룻과 수염 속의 얼굴은 수척해져 있었다.

허유는 재기 발랄함에도 불구하고, 수레 한 번도 끌어보지 못한 산골의 암소처럼 순하고 우직했다. 초의의 편지를 가지고 월성위 궁에 들어선 허유는 추사 앞에 엎드린 채 방바닥의 한 지점만 응시하고 있었다.

"이놈아, 내 집 방바닥에 구멍 뚫어지겠다. 눈길 좀 들어올려라."

그의 말을 듣고서야 허유는 눈길을 들어 그를 쳐다보았다.

"그사이에 그린 것을 가져왔으면 내놓아라."

허유는 괴나리봇짐에서 두루마리를 꺼내더니 그의 앞에 한 장씩 한 장씩 펴 늘여놓았다.

물속에서 서로 겨르트는 두 마리의 용龍, 은색의 갈기가 찬란한 암컷 말, 안개 서려 있는 하얀 억새꽃 너울 속에서 지팡이를 짚은 채 수염과 머리칼을 늘어뜨리고 있는 신선神仙, 허리에 안개를 휘감은 채 알토란 같은 암벽들을 머리에 이고 있는 산기슭을 굽이도는 강에 배를 띄우고 낚시질하고 있는 어옹…… 그것들은 모두 섬세하게 묘사되어 있었다. 그것들은 모두 공재 윤두서의 냄새를 풍기고 있었다.

"세상에는 공재 윤두서가 단 한 사람이면 족하다. 또 하나의 공재 윤두서가 나타나면 그 사람은 죽어 없어져야 하는 법이야. 누구든지 잘하려면 스승을 임모해야 한다. 그런데 그 스승을 따라잡았다 싶으면 자기 속에 들어 있는 스승을 과감하게 쳐 죽여야 하는 거야."

추사는 근엄하게 말하고 나서 허유가 내놓은 그림들을 한 장씩 한 장씩 찢어 구겨 구석으로 던져버렸다. 허유는 한 장 한 장이 찢어질 때마다 몸을 움츠리고, 놀란 자라처럼 고개를 목 속에 묻으면서 움찔움찔했다.

227

"네가 입고 있는 바지저고리, 두루마기, 갓, 탕건, 머리털에는 시골에서 앉은 먼지들이 부옇구나. 그것들을 깡그리 탈탈 털어버려야 한다. 그것들을 털어내는 데에는 안개구름(연운)이 있어야 한다. 황대치 미우인은 평생 동안 연운만 먹고 살았기 때문에 몸에 한 톨의 먼지도 끼지 않았어. 황대치가 평생 동안 먹은 그 연운으로써 그 먼지를 잘 씻어내면 내 너에게 '소치小癡'라는 호를 주겠다" 하면서 동전 열 닢을 던져주었다.

허유는 동전 주울 생각을 하지 않고 고개를 떨어뜨리고만 있었다. 추사는 그에게 얼른 동전을 주우라고 명했고 허유가 마지못해 동전을 주워 모으자, 미닫이 저쪽을 향해

"상우, 이리 오너라" 하고 말했다.

얼굴 단아한 젊은 상우가 기다렸다는 듯이 "네에" 하며 미닫이를 열고 들어왔다. 상우의 외양은 추사를 빼다 박아놓은 듯 닮았다.

"너희 둘이는 앞으로 가까이서 친히 지내야 할 사람들이다. 서로 인사하여라."

그들은 서로 무릎을 꿇고 맞절을 하고 나서 수인사를 했다. "소인은 전라도 땅 진도에서 온 환쟁이로, 성은 허가이고 이름은 유입니다."

"소인의 성은 김가이고 이름은 상우입니다."

추사가 그들에게 말했다.

"앞으로 이 옆방에서 오랫동안 기식하면서 공부를 해야 할 사람이니, 마음으로써 서로를 형제로 받아들이고 친히 지내야 할 것이야. 오늘은 상우 네놈 잘 다니는 주막에 가서 마음들을 한번 섞어 보아라."

이튿날부터 추사는 허유에게 그림첩을 내주었다. 중국에서 들어온 남종화첩이었다. 추사는 아들 상우에게 준 것과 똑같은 중국 종이와 참먹과 붓을 허유에게 내주었다.

"벼루 열 개가 구멍 뚫어지고 붓 천 자루가 몽당붓 되도록 그려라. 물론 글씨도 쓰고 경전들도 읽고."

예인의 길은 정진에 있다. 허유의 우직한 용맹정진에 대해서는 초의로부터 들은 바 있었다.

"허유 그놈은 그림 그리기에 미친놈입니다. 새벽녘까지도 그리고 밥을 굶고도 그립니다." 그러한 허유를 상우의 옆방에 들어앉힌 데에는 까닭이 있었다. 상우로 하여금 허유의 우직하게 정진하는 모습을 배우게 하려는 것이었다.

허유에게는 과연 지독한 데가 있었다. 허유는 끝없이 되새김의 맘을 씹는 늙은 소처럼 굼떴다. 한번 방 안에서 그림을 그리기 시작하면 끼니때가 되는지 날이 어두워지는지 알지를 못했다. 두 달이 지났을 때, 저고리의 소매가 닳고 팔꿈치와 엉덩이와 무릎에 구멍이 뚫어졌다.

상우의 열성은 허유의 그것에 절반쯤도 미치지 못했다. 허유의 방에는 불이 켜져 있는데, 상우의 방에서는 불이 꺼지고 색색 잠자는 숨소리가 들렸다.

그러한 허유의 열정으로 말미암아, 마침내 바윗돌보다 더 두꺼운 그 아름답고 오묘한 그림의 세계는 허유에게 문을 열어주었다. 사실은 그림이 문을 열어준 것이 아니고, 그리는 그가 그의 속에 들어 있는 그 안개 구슬 같은 오묘를 찾아낸 것이었다.

그가 열친 오묘한 세계에 대한 소문은 헌종 임금의 귀에까지 들어갔고, 그는 임금 앞에서 붓을 휘두르는 광영을 누렸다. 임금은 그의 붓이 그려내는 신선의 모습과 산과 강을 덮는 신비한 연운과 피어나는 꽃과 향기를 따라 모여드는 나비의 날갯짓에 감탄을 연발했다.

헌종 임금 앞에서 그림을 그리고 온 허유는

"모두가 대감의 은덕이옵니다요" 하고 나서 대궐에 들어가게 된 이야기를 호들갑스럽게 늘어놓았다.

"신관호 장군이 벼슬하지 못한 자는 궐내에 출입할 수 없고, 무과에 입격해야만 출입할 수 있다고, 소인을 과장으로 데리고 갔구만이라우. 몸이 부들부들 떨리는 것을 어찌하지 못한 채 따라갔사온데, 소인 보고 활을 쏘라고 했습지요. 소인이 언제 화살을 만져보기나 했사옵니까. 멍해져 있는데, 신 장군이 자기만 믿고 그냥 화살을 잡아 당겼다가 놓기만 하라고 해서 시키는 대로 했더니, 화살이 한 걸음 앞에 툭 떨어졌구만이라우. 아이코, 이것을 어쩐다냐! 정신이 아찔하고 눈앞이 캄캄해졌는데, 저 건너의 과녁 뒤에서 나온 군졸이 '관중!' 하고 소리치면서 깃발을 흔들었구만이라우. 그러자 신 장군이 수고했다고 하면서 관복을 입혀가지고 대궐로 데리고 갔구만이라우."

한데, 헌종 임금이 돌아가신 다음 허유는 어디를 떠도는지 한동안 소식이 끊어졌다.

요즘은 어디에서 무얼 하고 사느냐고 묻고 싶고, 청나라 연경의 옹방강이 별세한 다음 그 가문이 몰락한 이야기를 해주고, 혼자 힘으로 제 앞가림 할 수 없는 가엾은 서얼인 상우를 돌보아달라고 당부하고 싶었다. 한데, 다시 혼침이 시작되었다. 정신을 놓지 않으려고 눈을 부릅떠보지만 바람벽과 상우와 촛불과 허유의 얼굴이 기우뚱거리면서 빙그르르 돌았다. 어지럼증을 주체할 수 없어 눈을 감아버렸다. 숨이 가빠졌다. '이렇게 눈을 감아버리면 안 되는데, 반드시 허유에게 당부해야 할 말이 있는데…….'

발짝 소리가 들리고 누군가가 문을 열고 들어왔다. 그 사람이 추사의 머리맡에 앉았고, 치마 속에 담겼던 바람이 그의 얼굴로 날아왔다. 그 바람에 사향 같은 체취가 어려 있었다. 초생이었다.

추사는 손을 뻗어 옆에 앉은 허유의 손을 잡았다. 허유가 그의 손을 두 손으로 감쌌다. 그는 눈을 감은 채 숨 가쁨과 어지러움을 무릅쓰고 말하기 시작했다.

"청나라 연경 옹담계 선생이…… 평생 동안 피나는 노력으로 모아놓은 수만 권의 경전, 금석학 자료, 비첩碑帖들이 쌓여 있던 '석묵서루'…… 그것은 수만금으로도 바꿀 수 없는 것인데…… 어찌된 일인지 옹담계 선생의 자식들이 모두 먼저 죽어가고 뒤에 쓸쓸하게 선생이 떠나갔는데…… 뒤에 남은 손자가 무슨 사업을 한다고 헐값에 넘겨버렸다는구나."

추사는 어지럼증으로 인하여 눈을 감았다. 이 김정희 일가의 학문과 글씨와 그림도 나의 죽음으로 말미암아 후세에 전해지지 못하고 초토로 변해버리고 말 듯싶은데 어찌하면 좋겠느냐.

허유가 숨을 가쁘게 쉬는 추사의 얼굴을 내려다보았다. 허유는 추사가 무슨 말을 더 하려 하는가를 알아차리고 고개를 끄덕거렸다. 추사가 말을 이었다.

"상우, 저 아이…… 글씨 잘 쓰고 그림 잘 그리고 시 잘 짓고 난 잘 치는 놈으로 만들어 그것으로 먹고살 수 있게 가르치려 했는데…… 아비의 산맥이 높고 험해서 앞길을 가로막아버려서인지 앞으로 거침 없이 툭툭 차고 나가지를 못한다. 공부한 글씨나 그림이나 난초를 가지고 와서 증명받으려 하지도 않는 것으로 보아…… 몇 년째나 제자리걸음뿐인 듯싶다……. 나 죽고 나면 저놈 벼슬은 물론 장사를 하지도 못하고 글씨나 그림을 팔지도 못하고…… 그래서 곡식 한 자루 얻을 수 없을 터인데 제 어미하고 어떻게 살아갈 것인지……."

허유는 울음 섞인 목소리로

"대감마님, 염려 놓으십시오. 산 사람은 어떻게든지 살아갑니다. 소인이 힘은 넉넉하지 못하지만 보태겠사옵니다" 하고 말했지만, 그 말에는 자신감이 없었다.

추사는 생각했다. 헌종 임금 돌아간 다음에는 소치 허유의 그림을 찾는 이가 없다고 들었다. 이제는 자기 한 가족의 목구멍 메우기에도 숨 가빠, 시골구석을 떠돌며 기껏 떠돌이 환쟁이들처럼 세속 사람들이 좋아하는 닭 그림, 공작 그림, 소나무 밑에서 담배 피우는 호랑이를 내려다보는 까치 그림, 모란화 그림이나 그려주는 신세가 될지도 모르는데, 어떻게 상우 모자를 보살펴달라고 할 수 있단 말인가.

초생이 추사의 손 하나를 끌어다가 두 손으로 감싸면서 울먹거렸다.

"소첩 아직 젊사옵니다. 돌팔이 의녀이지만, 소첩을 찾는 사람들이 아주 많습니다. 하다못해 삯바느질을 할 수도 있고, 대갓집 상복이나 혼수 예복을 만들어주고, 잔칫상을 보아주러 다닐 수도 있사옵니다."

상우는 바람벽에 얼굴을 묻고 흐느껴 울었다. 상우의 울음소리가 그의 가슴을 아리게 했다. 저놈을 왜 이 세상에 있게 했을까. 아버지를 아버지라고 부르지도 못하고, 벼슬살이도 할 수 없는 저 가없은 놈. 가슴에 한만 가득 품고 살아가지 않으면 안 될 저놈을 왜 이 세상에 나오게 했더란 말인가.

추사는 손을 뻗어 더듬었다. 추사의 뜻을 알아차린 초생이 상우의 손을 잡아다가 추사의 손에 잡혀주었다.

"대감마님, 상우에게 하실 말씀 있으시면 하십시오" 하고 초생이 말했다.

추사는 눈을 힘주어 감은 채 상우의 손을 잡고 도리질을 하였다. 마른 입술에 침을 바르고 간신히 말했다.

"상무⋯⋯."

상무가 다가앉으며

"소자 상무입니다" 하고 말하자 추사가 말했다.

"상우를 가엾게 생각하고 도와줘라."

상우는 추사의 손 하나를 두 손으로 붙잡아다가 앙가슴에 묻으면서 오열했다.

"대, 대감마님 으흑, 으흑⋯⋯."

초생의 출분

규장각 대교에 임명된 지 며칠 뒤, 복사꽃이 만발한 날 저녁, 퇴청하여 보니 초생의 모습이 보이지 않았다. 물론 아기 상우도 보이지 않았다. 하인에게 물으니, 짐을 싸가지고 용산 친정으로 가버렸다는 것이었다.

추사는 서재 숭정금실 책상 앞에 앉은 채 허공을 바라보았다. 숭정금실 안의 공기가 차갑게 느껴지고, 세상이 텅 비어버린 듯싶었다. 초생이 용산으로 가버린 것은 부인 예안 이씨의 투기 때문일터이다. 부인 이씨가 야속했고, 울화가 치밀었다. 부인 이씨가 시

앗인 초생에게 대관절 어떻게 했는데 짐을 싸가지고 아기를 데리고 가버렸을까.

"대교 나리, 안방마님께서 뵙기를 청하옵니다."

추사는 그 말을 듣지 못한 듯 대꾸하지 않았다.

"대교 나리, 잠깐 들어가게 해주시옵소서."

예안 이씨의 깊이 잠긴 암울한 목소리가 들려왔다.

"들어오시오."

추사가 무뚝뚝하게 말했다.

조심스럽게 들어온 예안 이씨가 추사 앞에 무릎을 꿇었다. 그녀는 체구가 크고 얼굴이 동글납작하고 살결이 보송보송했다. 눈 코입 귀가 크고 이마가 넓고, 전체적으로 후덕한 분위기를 풍겼다. 그 얼굴이 희고 차갑고 어둡게 굳어져 있었다.

"부인은 시방 무슨 짓을 하고 있는 것이오?"

그 말속에는 투기를 부려 시앗을 쫓아내고 그것을 용서받으려하고 있느냐, 투기가 칠거지악임을 모르고 초생을 쫓아 보냈느냐는 뜻이 담겨 있었다.

부인은 눈을 내리깐 채 울음 섞인 목소리로 말했다.

"대교 나리께 무슨 말씀부터 올려야 할지 난감하옵니다. 소첩이 초생에게 했던 말을 한 오라기의 거짓도 없이 그대로 말씀 올리겠사옵니다."

부인은 잠시 터져 나오려 하는 울음을 삼킨 다음 말을 이었다.

"대교 나리, 역정 내지 마시고 들어주십시오. 소첩은 정실부인 으로서의 체통을 잃고 초생에게 통사정을 하듯 말했사옵니다. '초 생아, 들어보아라. 추워 떨고 있는 가엾은 한 여인이 여기 있다. 그것은 누군가가 나에게로 날아오는 햇볕을 가려버렸기 때문이 다. 세상의 모든 여인에게는 남편이 따뜻하게 볕을 쐬여주는 해인 법…… 그런데 그 햇볕을 네가 가려버렸기 때문에 나는 오래전부 터 춥고 외로워서 몸 웅크리고 떨며 살고 있다. 너는 대교 나리와 아들, 두 개의 해로부터 볕을 쐬고 있지 않느냐?' 이렇게 말하고 나서, 부끄럽고 슬픈 일이지만, 정실부인으로서의 자존심도 버린 채 '사흘에 한 번씩만이라도 대교 나리를 내 방으로 건너오시게 해 다오' 하고 통사정을 했사옵니다. 그러자 초생이 무릎을 꿇고 사죄 의 말을 했사옵니다. '마님, 송구하옵니다. 천한 계집이 잠시 대교 나리의 사랑에 눈이 멀어서, 독수공방하는 마님의 고통을 헤아리 지 못한 채 철없이 살아온 죄 죽어 마땅하옵니다.' 오직 그랬을 뿐 인데, 저녁 무렵에 시종으로부터 초생이 용산 친가로 가버렸다는 전갈을 받았사옵니다. 소첩은 대교 나리의 애첩을 투기로써 쫓아 낸 칠거지악의 죄를 지었사옵니다. 소첩을 응징해주시옵소서."

부인 이씨는 두 손으로 얼굴을 가리며 느껴 울었다. 바깥의 하인 들이 귀 쫑그리고 듣고 있을 터인데 이 무슨 짓이란 말인가.

"알았으니 그만 그치시오."

추사는 끓어오르는 역정을 가라앉히고 허공을 쳐다보면서 자책

했다. 남녀 간의 뜨거운 사랑이란 것은 움직이면 움직일수록 빠져들어가는 수렁이기도 한 것. 이때껏 내가 초생과 어린 상우에게 깊이 빠져 있느라고 부인 이씨를 소외시켰다.

그는 이씨와 초생이 똑같이 소중했다. 안방의 이씨가 그를 다사롭게 해주는 듬직한 성곽 같은 보호막이라면, 초생은 숭정금실 안에 들여놓은 향기로운 화분이었다. 그가 어떠한 일을 저질러도 부인 이씨는 그를 큰 품으로 둘러싸고 해량해주리라 믿었다. 한데, 부인 이씨도 어찌할 수 없는 여자인 것이었다.

추사는 심호흡을 했다. 상우를 데리고 용산의 친정으로 가면서 섧게 울었을 초생을 생각하니 가슴이 아렸다. 그는 부인 이씨에게

"잠시 나갔다가 올 테니, 부인은 안에 들어가서 기다리시오" 하고 몸을 일으켰다.

"나리, 용서하십시오. 소첩은 소첩이 지은 죄가 얼마나 큰 것인지 알고 있사옵니다. 후사를 생산하지 못한 채 서방님의 애첩을 투기하여 내쫓은 죄, 서방님의 심사를 불편하게 한 죄…… 앞으로 내내 참회하고 또 참회할 것이옵니다."

부인 이씨는 얼굴을 두 손으로 감싸고 슬피 울었다.

한강의 물너울에 달빛이 질펀하게 깔려 있었다. 그 물너울을 내려다보는 언덕 위에 초생의 친정은 있었다. 역관을 지낸 그녀의 아버지가 그녀를 위하여 마련해준 집이었다. 사립에 말고삐를 매고

있는데 초생이 달려 나왔다.

초생은 그를 방으로 모시고 들어가 엎드려 절하면서 목울음 섞인 목소리로 말했다.

"송구하옵니다. 소첩이 이렇게 출분을 해버린 것은 절대로 마님의 말씀이 서운해서가 아니옵니다. 그동안 소첩이 나리의 다사로운 총애에 눈이 멀어 마님께 너무 많은 죄를 지었사옵니다. 이제 소첩에게는 상우라는 해가 있으므로, 마님께 대교 나리의 햇볕이 올바로 내리쬐도록 해드려야 옳다는 생각을 했사옵니다. 나리께서는 널리 해량해주시옵소서."

추사는 "안 된다!" 하고 단호하게 말했다. "돌아가자. 내가 너의 미색과 상우의 재롱에 들떠 잠시 균형을 잃었느니라. 이제 작은방과 큰방 사이가 불편하지 않도록 집안을 잘 이끌 묘안이 있느니라."

초생은 엎드려 머리를 조아리며 간곡하게 애원했다.

"만일 이 천한 계집의 출분을 용서하신다면, 이후 사흘에 한 번씩이라도 좋고, 열흘 만에 한 번씩이라도 좋고, 한 달에 한 번씩이라도 좋사오니…… 지나쳐가는 바람처럼 소첩을 찾아와주신다면 더 바랄 것이 없겠나이다."

이후 그녀의 말대로 했다. 사흘에 한 차례씩 퇴청하여 용산으로 가서 자고 등청하기도 하고, 열흘에 한 번씩 다녀가기도 했다. 어떤 때는 부인 이씨가 먼저 초생의 말을 꺼내기도 했다.

"나리, 상우가 보고 싶지 않으십니까? 소첩 눈치 보지 마시옵고 보고 싶으시면 언제든지 가서 주무시고 오십시오. 초생이 날이면 날마다 얼마나 목이 빠지게 기다리겠사옵니까?"

한데, 달포 가까이 충청우도 암행감찰을 하고 돌아와보니, 용산 친가에 초생의 모습이 보이지 않았다. 집을 지키는 친정집 일가붙 이가

"상우를 계동으로 보내고 나서 어디로 갔는지 모르옵니다" 하고 말했다.

계동으로 와보니, 숭정금실 책상 위에 편지 한 통이 놓여 있고, 상우는 안채의 하인들이 돌보고 있었다. 초생은 어디로 갔을까. 혹 시 자주 찾아주지 않은 것을 슬퍼한 나머지, 머리 깎고 산으로 들 어가버리지 않았을까.

"대감마님, 미음입니다. 한술 드셔야 혼침에서 깨어나실 수 있 사옵니다. 대감께서는 세상사 훌훌 털어버리시고 부처님께 귀의 하신 뒤에도 걸핏하면 아이들 굶어 죽을까 염려하셨사옵니다. 대 감께서 기운을 차려가지고 글씨 한 자라도 더 써주셔야 쌀 한 됫박 이라도 더 구하게 되고, 그래야 이 가엾은 풋늙은이가 아쉬움 없게 입에 풀칠을 할 수 있을 것 아닙니까요."

초생이 울음 섞인 목소리로 말했다. 그녀의 말에는 억지가 들어 있었다. 추사로 하여금 미음 한술을 잡숫게 하기 위하여 그의 동물

적인 의지에 호소하고 있는 것이었다. 아, 초생, 얼마나 다정다감하고 아리따운 여인이던가. 그런데 초생이라는 꽃에는 악귀 같은 새까만 나방 한 마리가 따라다니고 있었다.

추사는 권돈인에게서 들은 아버지 김노경에 대한 김우명의 탄핵을 떠올렸다.

'…… 전 평안감사 김노경의 죄를 어떻게 주벌해야 하겠습니까?'

추사는 진저리를 쳤다. 김우명은 날아다니는 새도 떨어뜨릴 만큼 무지막지한 힘을 가진 김조순 김좌근 부자를 중심으로 뭉쳐진 안동 김씨 일파와 줄을 대고 있었고, 그들의 사주에 따라 탄핵에 앞장을 선 것이었다.

안동 김씨 일파는 추사와 그의 형제들과 아버지 김노경이 효명세자와 가까워지고 있는 것을 암암리에 사람을 풀어 깊이 살펴보고 있었던 것이다.

十
一

새로운 빛, 덕인(효명)세자

덕인세자는 키가 후리후리한 데다 목이 길고 얼굴이 하얗고 기름했다. 눈썹이 짙고 코가 오똑하고 입술이 도톰했고 눈망울이 새벽하늘에 나타나곤 하는 샛별처럼 초롱초롱했다.

추사가 규장각 대교로 있을 때, 덕인세자가 찾아왔다. 열다섯 살의 소년이었지만, 나이에 비하여 성숙해 있었고, 안면 표정이나 태도가 의젓하고 늠름했다.

덕인은 소리 없이 살랑거리는 미풍이나 그림자처럼 나타나, 경전을 뒤적거리기도 하고, 읽기에 몰두해 있는 검서관들을 휘둘러

보고, 추사 옆으로 다가왔다. 추사가 다른 검서관들의 일을 방해하지 않으려고 목소리를 낮추어

"저하, 소신을 이렇게 찾아주시다니, 하늘과 땅의 광영이 모두 소신에게로 쏟아지고 있는 듯싶사옵니다" 하고 머리와 허리를 조아리자, 덕인세자는 가볍게 손사래를 치고 나서 속삭이듯이 말했다.

"월성위궁의 종손이신 추사는 저하고 형제뻘이십니다. 이따가 퇴청하실 때 잠깐 들러주십시오. 청나라에서 들어온 승설차 맛이 아주 좋습니다."

규장각의 언덕 아래로 계단을 밟아 내려가면 덕인세자가 독서하는 기오헌寄傲軒과 의두각倚斗閣이 있었다. 기오헌과 의두각이란 이름은 어린 덕인세자가 할아버지인 정조 임금을 기대고 의지한다는 의미에서 지은 것이었다.

화려한 궁궐 건축물들 가운데에서 아주 소박한 기오헌은 온돌방 하나와 작은 대청과 누마루로 구성된 작은 전각이며, 의두각은 한 사람이 마음 놓고 몸을 누일 수도 없는 정면 이간 측면 일간으로 구성된 극히 앙증맞은 북향의 전각이었다. 덕인세자는 기오헌에서 미리 차 우릴 준비를 해놓고 추사를 기다리고 있었다.

책상을 앞에 놓고 마주앉아 차를 마시면서 덕인세자는 정중하게 말했다.

"형님께서 앞으로 저를 많이 도와주셔야만 됩니다. 그 부탁을 하려고, 많이 바쁘실 터인데 이렇게 청했습니다."

추사는 망극함을 주체할 수 없었다.

"저하께서는 북학파들에게 있어, 새로 떠오르는 해 같은 희망이십니다. 옥체를 잘 보존하시옵소서. 우리 뜻있는 사람들을 둘러싸고 있는 세상의 한 자락 한 자락이 모두 다 미덥지 않고 의심스럽고, 간이 오싹오싹 저릴 정도로 위태위태합니다. 나라 안의 권력을 독식하려고 똘똘 뭉친 저들(안동 김씨 일파)은 자기들이 하는 일에 방해가 된다고 생각하는 것들을 속속들이 제거하려고 듭니다. 그 제거 방법은 잔혹 무도합니다. 슬픈 일이옵니다만, 어느 때 어디에 가서 드시는 차 한 잔 물 한 모금 약주 한 잔일지라도 세세히 살피고 조심조심 가리시옵소서. 옛날 타 세력들로부터 위협을 받는 임금이나 세자 저하들께서는 방 안에 고양이나 강아지를 키웠다고 합니다. 모든 음식을 먼저 그들에게 먹여보고 탈이 없다 싶으면 드셨다고 합니다."

그로부터 며칠 뒤의 한밤중에 미복 차림을 한 덕인세자가 한 젊은이와 더불어 추사의 서재 숭정금실엘 찾아왔다. 덕인이 함께 온 젊은이를 가리키며

"형님, 이 사람이 누군지 아십니까?" 하고 물었다.

세자를 수행한 체구가 크면서도 강단진 젊은이가 추사를 향해 머리를 깊이 숙여 절했다. 어디선가 본 듯한 얼굴이다 싶었다. 어

깨가 딱 벌어지고, 눈꼬리가 위쪽으로 치켜 올라가고 눈빛이 매서운 젊은이.

"이름이 박규수인데, 연암의 손자입니다."

"아, 연암의 손자 박규수! 아하, 이 무슨 감개무량한 인연인가? 연암 선생은 내 은사이신 초정 선생의 은사일세."

추사는 박규수에게 손을 내밀었다. 박규수가 무릎걸음으로 다가와 두 손을 내밀어 추사의 손을 감싸면서 머리를 조아렸다.

추사는 박규수의 손등을 다독거려주었다. 그의 손으로부터 뜨거운 물결이 가슴으로 거세게 흘러들었다.

추사는 조선의 앞날이 밝다고 생각했다. 총명한 덕인세자와 박규수처럼 북학으로 깨어 있는 젊은 세대가 한데 어우러진다면 안동 김씨 일파들의 세도로 말미암아 찌들어진 세상을 바로잡을 수 있을 것이다.

추사는 술상을 봐오라고 명했다. 덕인세자는 술을 한 잔 들이켠 다음 상기된 얼굴로 말했다.

"열한 살의 어린 나이로 옥좌에 오르신 저의 아버지(순조)께서는 날아가는 새들까지도 떨어뜨리는 안동 김씨 무리, 세도가 하늘을 불태우는 그들 앞에 주눅이 들어 있으십니다. 슬프게도 아버지께서는 이 힘없고 불민한 세자에게 기대려고 하십시다. 그럼 아직 세상일에 어두운 이 세자는 어디에 기대야 합니까? 돌아가신 할아버지(정조)께 기대야 합니다. 할아버지께서 하시려다가 다 이룩하지 못한 것들을 이 세자가 해내야 합니다. 그러는 데는 모든 뜻있는 북학파 어른들의 힘이 필요합니다."

추사는 가슴에서 뜨거운 김이 솟아올랐고 심장이 심하게 두근거렸다. 아직 어린 나이임에도 불구하고, 시를 잘 짓고 궁중의 연회 때에 사용하는 음악과 무용을 창작할 정도로 예술적인 감수성과 재능이 뛰어난 덕인세자, 그가 자기에게 마음을 열어주고 있다는 것이 한없이 고맙고 감개무량했다. 그것은 덕인이 집권할 경우, 그를 크고 무거운 자리에 기용할 것임을 말해주는 것이었다. 그렇다면 박지원 홍대용을 거쳐 박제가로 내려온 실사구시적인 개혁을 그의 손으로 해야 하는 것이었다.

"세자 저하의 뜻이 정말로 갸륵하옵니다. 이제 조선 왕조의 희망은 세자 저하이옵니다. 자고로 모든 성인이 이룩한 성취라는 것은 모두가 하나의 도전이었사옵니다. 청사에 길이 빛나는 성군이신 세종대왕께서는 인자하신 성품이시면서도, 바다를 헤쳐나가는 거대한 전함 위의 도독이 휘하 장수들을 부리듯 대신들을 자비로우면서도 엄히 부리셨사옵니다. 세자 저하께서는 세종대왕 정조대왕께서 하셨듯이, 어떠한 당파 어떠한 외척에게도 휘둘리지 마시고, 성군으로서의 도를 공평하게 이루셔야 할 것이옵니다. 그런데 한 가지 우려되는 일은, 저하께서 이런 미복 차림의 잠행을 자주 하신다는 소문이 돌고 있을 터이옵니다. 저하께서는 안동 김씨 일파들의 눈이 오래전부터 세자 저하의 일거수일투족에 쏠리고 있다는 것을 명심하시고, 밤이고 낮이고 옥체를 지혜롭게 감추셔야 하옵고, 드시는 음식 한 가지 한 가지를 잘 살피고 가리지 않으면 안 될 것이옵니다. 차 한 잔, 약주 한 모금도 믿을 수 없다 싶은 것은 절대로 드시지 않도록 하시옵소서."

"내가 가장 사랑하는 이 벗, 박규수는 장안에서 펄펄 나는 무술인으로 의기 또한 대단한 위인입니다. 박제가 유득공으로 하여금 『무예도보통지武藝圖譜通志』라는 책을 저술하게 한 무예인 백동수의 후예들이 다 이 박규수 밑에 모여들어 있습니다."

박규수가 추사를 향해 두 손을 짚고 허리와 머리를 깊이 숙였다.

추사가 그에게 당부했다.

"이제 보니 젊은 그대들의 등에 조선의 앞날이 얹혀 있네. 세자 저하를 모시는 데 있어서는 한낱 영웅심으로서가 아니라, 조선 왕조의 앞날을 새로이 굳건하게 열어간다는 소명감으로 모셔야 할 것이야."

드디어 순조 임금은 옥좌에 오른 지 이십칠 년째 되는 해(1827)의 이른 봄날 대신들에게 말했다.

"짐은 건강 때문에 여러 해 동안 정사를 소홀히 하고 지체시켰소이다. 이제 내 세자 덕인이 총명하고 영리하므로 대리청정을 명하는 바이오."

덕인세자는 사림파를 중심으로 뭉쳐진 외척 세도가들을 밀어내고 북학파들을 널리 기용하여 왕권을 강화하려 한 할아버지 정조 임금의 통치를 이상으로 삼았다. 덕인이 일차적으로 몰아내려고 한 목표는 외척인 김조순을 중심으로 한 안동 김씨 일파였다.

그때 추사는 충청우도 암행어사 일을 마치고 바야흐로 내직으로 들어와 있을 때였고, 아버지 김노경은 병조판서로 앉아 있을 때였다.

덕인세자의 대리청정 하례식은 순조 임금과 모든 대신과 왕가 종친들이 배석한 자리에서 거행되었고, 그것이 끝나자 연향이 열렸다. 술 두어 순배가 돌았을 때 덕인세자가 몸을 일으키고 순조 임금에게 고했다.

"오늘 삼가, 세자의 몸으로서 대리청정의 명을 받은 저 소자 덕인은, 하늘같이 드높고 하해같이 깊으신 전하께 감히 앞으로의 각오를 말씀드리겠사옵니다. 먼저 할아버지 정조대왕처럼 문文을 무武의 위에 두는 정치와 백성을 하늘처럼 여기는 정치를 펼침으로써 헝클어진 민심을 수습하고자 하옵니다. 시방 백성들은 이런저런 세금에 시달리면서 굶주리고 있다고 들었사옵니다. 요직에 앉아 있는 권세가들에게 바리바리 뇌물을 싸다가 주고 벼슬을 사서 지방관으로 나간 자들의 탐학과 착취로 말미암아 도탄에 빠진 백성들은 하늘과 임금을 원망하옵니다. 그런데 그 목민을 해야 할 지방관들은 육방관속들에게 착취를 명해놓고, 지방의 토호들과 더불어 풍광 좋은 경승지나 찾아다니며 기생들을 끼고 음풍농월이나 일삼고 있사옵니다⋯⋯. 그리하여 소자는 장차 어떠한 정신 어떠한 방법으로 정사를 펴나갈 것인지를, 소자가 마련한 노래와 춤 한 판으로써 보여드릴까 합니다. 이것은 소자가 당악이 아닌 향악을 바탕으로 제작한 정재呈才(대궐 안 잔치에 벌이는 춤과 노래)이옵니다."

말을 마친 덕인세자는 옆으로 한 걸음 비켜 선 채 뒤돌아서 한쪽 손을 높이 치켜들었다.

동편 문이 열리고, 꿩 깃털을 단 빨간 벙거지에 녹색의 장옷을 목에 걸치고, 펄럭거리는 그 옷자락으로 어깨와 등을 가린 한 패의 춤꾼들이 몰려들었다. 모두 기다란 칼 한 자루씩을 들고 있었다. 삼십여 명의 검무단이었다.

순간 연회장 안은 찬물을 끼얹은 듯 조용해졌다. 대신들은 검무단의 위세와 잽싼 몸놀림에 몸을 움츠렸다. 세자가 자기를 지지하는 자들의 힘을 빌려 친위 모반을 시작했는지도 모른다. 그렇다면 눈엣가시 같은 안동 김씨 일파와 그들에게 협력하는 사람파들을 대번에 도륙 내버릴지도 모른다. 안동 김씨인 김조순 김유근 김좌근 김이교 김이익 김이양 김희순과 그들에게 협력하는 영의정 좌의정 우의정 이조판서 호조판서 예조판서 형조판서 공조판서 무리들은 서로에게 불안스러운 눈길을 보내기도 하고, 두리번두리번 달아날 곳을 미리 찾아두기도 했다.

편경과 아쟁과 가야금과 거문고와 피리와 젓대의 급박한 연주가 흘러 퍼지는 가운데, 춤꾼들은 목에 걸친 장옷 자락을 펄럭거리면서 번쩍거리는 칼을 휘둘러댔다.

그들의 춤사위 하나하나는 장안의 최고 무술인인 백동수가 규장각 검서관인 박제가 이덕무 유득공과 더불어 저술한 『무예도보통지』에 기록되어 있는 것들을 기반으로 한 것들이었다.

백동수를 따르는 무예인들은 수없이 많았다. 말 타고 달리면서 활을 쏘고 창을 다루는 무리, 신출귀몰하게 칼을 쓰고 수박치기를 하는 무리, 환쟁이 무리, 인장 새기는 무리, 의술 침술장이 무리, 점쟁이 무리, 남사당패 무리…… 시 잘 짓고 글씨 잘 쓰고 그림 잘 그리는 서얼 무리들.

그들은 신라시대 화랑들이 그러했듯, 풍류로 몸과 마음을 닦은 자들이었다. 그 풍류는 많은 경학을 공부하고 시와 노래를 지어 부를 줄 알 뿐만 아니라 마술 검술 창술 수박치기 표창 던지기를 완벽하게 해내는 일을 말했다.

백동수를 따르던 그 무리들은 연암의 손자인 박규수의 수하로 몰려들어 있었다. 덕인세자의 뜻에 따라, 박규수는 칼과 창 잘 쓰고 수박치기 잘하는 무리들을 모두 끌어다가 궁중의 검무단에 소속시켰다.

만일 이 연회장에 들어온 삼십여 명의 검무단이 하려고만 한다면, 눈엣가시 같은 대신들의 목을 나무토막처럼 동강내어버릴 수도 있을 터이다.

그 춤이 끝난 뒤 수박치기의 대련이 시작되었을 때, 나이 많은 안동 김씨 일파의 대신들은 서로 재빠르게 눈길을 나누면서 조금 전의 검무에 대한 불쾌한 감정을 숨기지 않고 동요하기 시작했다. 연회가 끝나지도 않았는데 자리를 뜨는 대신들이 있었다.

덕인은 대리청정을 시작한 지 사흘째 되는 날, 하례의 연회가 끝나기도 전에 자리를 뜬 안동 김씨 계열의 전직 현직 예조판서와 참판을 감봉 처리했다. 그것을 시작으로 안동 김씨 세력을 정치적으로 제거하기 시작했다.

그 일을 시작하기 전에 덕인은 미리 왕실 호위 병력을 증강시켰다. 그 병력은 칼 쓰기 창 쓰기와 수박치기에 능한 검무단을 중심으로 구성된 것이었다. 덕인은 왕실의 위엄을 보이기 위한 가시적인 조처로, 큰 궁중 연회를 거듭 개최하면서 궁중 연향 행사를 총괄하는 진찬소의 당상인 자기의 외할아버지 김조순을 자기의 측근인 북학파 박대경으로 바꾸어버렸다.

이후에도 덕인은 대신들을 모두 배석시킨 가운데 거듭 연향을 열고 정재를 보여주곤 했다. 그 정재는 가슴 서늘하고 위엄 있는 검무와 수박희를 중심으로, 소리와 춤을 곁들인 것이었다. 그 외에도 이름만 전해오던 춤들을 모두 자신의 새 작품으로 되살려내고,

전승되어오던 정재들은 더 화려하게 채색하고 춤꾼들의 수도 늘려 규모를 확대하여 웅장하고 화려한 대규모의 연회에 적합한 정재의 성격을 만들었다. 그리고 당악 정재와 향악 정재 사이에 있었던 형식적 내용적 차이를 불식시키고, 절도 있는 칼춤을 중심으로 한 향악 정재의 예술적인 장점을 강화하는 방향으로 만들었다.

그것은 왕권의 강화와 시위를 위한 것이었다.

배석한 안동 김씨 일파의 대신들은 정재를 구경하는 동안 내내 얼굴이 창백해져 있었다. 막판에 이르러 검무단원 한 사람씩이 나와서 신출귀몰한 개인 묘기를 보여주었는데, 그들은 어느 한순간에 칼끝으로 대신들 한 사람 한 사람의 목이나 가슴을 겨냥하여 찌르는 시늉을 하곤 한 것이었다.

의정부 검상에 임명된 추사는 연향이 있을 때마다 한쪽의 말석에 앉은 채, 손에 땀을 쥐고 안동 김씨 일파 대신들의 표정들을 살폈다.

이를 계기로, 덕인세자는 안동 김씨 일파를 억누를 수 있는 세력을 속속 등용시키고 있었다. 병조판서였던 추사의 아버지 김노경을 판의금부사로 임명하고, 일가 형인 김도희를 성균관 대사성에 임명하고, 추사의 벗인 권돈인을 예조참판에 임명하고, 김도희를 다시 이조참의를 거쳐 예조참판에 임명하고, 추사를 예조참의에 임명하고, 장인인 조만영의 동생 조인영을 예조참판에 임명했다.

이어 김조순 계열인 심상규를 중도부처하고, 친위세력인 김노

홍기섭 이인부에게 인사권과 재정을 맡겼다.

덕인세자의 외할아버지인 김조순을 중심으로 한 안동 김씨 일파는 불쾌함을 겉으로 드러내지 않았지만 속으로 이를 갈며 역공할 기회를 엿보았다.

김좌근의 첩은 중궁전에 붙어 살면서 자기 시누이인 중전에게 덕인세자를 불러다가 호되게 꾸짖어달라고 간청하곤 했다. 그러나 덕인세자는 이미 어머니인 순원왕후의 손 밖으로 멀찍이 벗어나 있었다.

연회가 있을 때마다 대신들의 뒷전에는 김우명과 허성과 윤상도의 얼굴이 박혀 있었다. 충청우도 암행어사였던 나로 말미암아 봉고파직이 된 저들이 언제 어떻게 내직으로 들어와 있을까. 김조순에게 줄을 대고 있는 그들은 밭아 있는 마른 입술에 침을 바르곤 하면서 앞에 앉은 대신들과 덕인세자의 눈치를 살폈다. 만일 안동 김씨 일파들이 그들에게 앞장서서 나아가 덕인을 지지하는 사람들을 치라고 하면 목숨을 걸고 나아가 칠 사람들이었다.

추사는 덕인세자가 하늘로 향하게 세워놓은 칼날을 줄 타듯이 타고 그 위에서 춤을 추는 신들린 무당 같다고 생각했다. 조선의 앞날을 위하여 저 춤이 성공해야 한다고 추사는 생각했다.

그런데 불안했다. 안동 김씨 일파들에게 줄을 댄 자들이 대궐 안 여기저기에 속속들이 포진되어 있는 것이었다. 덕인은 언제 어느 순간에 할아버지 정조 임금처럼 어떤 일로 인해 병들어 급사하게 될지 모른다. 덕인의 할아버지인 정조 임금은 안동 김씨 일파의 사주를 받은 자들에 의해 은밀하게 독살되었다는 풍문의 꼬리가 흉측한 냄새처럼 사라지지 않고 있었다.

그러한 위태위태함 속에서, 덕인은 연향 정치를 앞세워 안동 김씨 일파들에게 겁을 주고, 그들의 일거수일투족을 트집 잡아 징계하기 시작하면서, 정치적으로 소외당했던 소론과 남인 북인을 등용했다. 그러자 김조순 김좌근 부자를 둘러싼 안동 김씨 일파들은 삼사(사헌부 사간원 홍문관)를 앞세워 덕인세자를 길들이려고 들었다. 어머니인 중전은 중전대로 아들 덕인세자에게 외할아버지 김조순과 외삼촌인 김좌근을 몰아세우지 말라고 압력을 행사했다.

"세자, 정신 차리시오. 세자의 외할아버지와 외삼촌처럼 세자를 감싸줄 사람이 있을 줄 아시오?"

그렇지만 덕인은 눈 하나 깜박하지 않고 그들에게 단호하게 맞섰다. 강력한 왕권을 회복시키려는 의지였다. 그는 먼저 안동 김씨 일파에게 편중된 세력을 약화시키기 위해, 김조순 권력의 중심이었던 비변사 당상을 전부 감봉 조치해 타격을 주었다. 그 덕인세자 주위에는 검무단 활동을 하는 젊은 무인들이 늘 포진되어 있었다.

덕인세자의 갑작스러운 죽음

 희망의 여명이 비치는 듯싶던 궁궐 안을 눈 깜짝할 사이에 밀려든 검은 구름장들이 덮어버렸다.

 할아버지 정조를 본받아 북학파와 뜻을 같이하는 젊은 인재들을 등용하고 개혁 정치를 펼치려 했던 덕인세자는 안타깝게도 삼 년 삼 개월이란 짧은 기간 동안 대리청정을 하다가, 아버지 순조의 희망을 펴지 못하고 스물두 살의 나이에 죽고 말았다.

 덕인세자가 죽자마자 대궐 안팎에는 탄핵의 회오리바람이 불기 시작했다.

김조순을 중심으로 한 안동 김씨 일파는 먼저 덕인세자를 독살했다는 소문을 잠재우기 위하여, 이명운을 비롯한 약원藥院의 의관들을 탄핵했다. 그리고 약원 홍기섭을 '덕인세자를 죽게 한' 정치범으로 몰고, 동시에 덕인세자 대리청정 시절의 핵심 권신들인 김노 이인부를 탄핵했다.

　심약한 순조는 김조순 일파에게 굴복하여, 약원 홍기섭을 삭탈관직하고, 이명운을 절도에 위리안치하고, 나머지는 벽지에 유배시키라고 명했다.

　의금부에서는 그것이 부당하므로, 국청을 열어 문초를 하라고 연명으로 탄핵 상소를 하였고, 대사헌 사간원에서도 들고 일어섰다. 의금부와 삼사에도 안동 김씨 일파가 포진해 있었다. 국청을 열어 문초하라는 것은, 자기들의 눈엣가시인 정적들을 이 기회에 곁들여 싹쓸이하겠다는 것이었다.

　순조는 어찌할 수 없이 장례 책임을 맡은 김노를 장례 당상직에서 물러나게 했다. 그것으로 만족할 수 없는 안동 김씨 일파 중의 영중추부사 남공철, 우의정 정만석이 나서서 국청을 열라고 압박을 했다. 순조 임금은 아들 덕인세자가 아끼던 신하들을 혼자서 가로막으며, 안동 김씨 일파들에게 제발 그 정도로 물러서달라고 통사정을 했다.

　그러나 안동 김씨 일파는 덕인세자의 장례가 끝난 다음, 덕인세자 집권 시절에 자기들을 압박했던 자들을 확실하게 죽여 없애기 위하여 이번에는 김노경과 추사 김정희까지를 탄핵하고 나섰다. 그들은 덕인세자가 미복 차림으로 김정희의 서재 숭정금실을 드나들었다는 것을 속속들이 알고 있었다. 그들은 추사로 인해 봉고 파직된 바 있는 김우명을 앞장세웠다.

…… 김노경, 그 사람은 다른 사람들보다 추호의 장점도 없는데 이때껏 화려한 중요 직책에 두루 올랐습니다. 그는 탐욕스럽고 비루한 성격으로 벼슬을 얻지 못했을 때는 얻기를 근심하였고, 얻은 뒤에는 그 벼슬을 잃어버릴까 근심하여, 내직이나 외직으로 벼슬살이하면서 사사로움만을 따르고, 백성들에게 사나운 짓을 멋대로 하였으며, 평생토록 잘하는 일이라고는 기회를 붙잡거나 이익의 형세를 따르는 것뿐이었습니다……. 정해년(덕인세자가) 대리청정하는 초기에 이르러 계책을 오로지 자기의 지위를 튼튼하게 다지는 데에 두고, 종의 얼굴과 노예의 행동으로써 실권자인 김노를 향하여 가련하게 여겨주기를 바라면서 '안동 김씨 일파들이 무서워 수십 년 동안 죽을 둥 살 둥 모르고 벼슬살이하였다'는 말을 공공연히 하고 다녔는데, 이것이 얼마나 흉측스럽고 사리에 어긋나는 일입니까? 그것을 남의 집안 연회 석상에서 무수히 많은 사람들에게 발설하였으므로, 그것을 들은 자들이 '저 자식은 개돼지만도 못하다. 머리가 하얗게 세도록 많은 나이에 무엇이 부족해서 이런 짓을 하는가!'라고 투덜거렸

259

습니다……. 평안도관찰사 시절에는 그곳 관청과 그곳 사람들의 모든 재물을 자기의 소유물처럼 여겼으니, 옛날의 악명 높은 권력 간신들도 이보다 지나치지는 않았습니다. 그리고 그의 요사스러운 자식들은 항상 정책에 반론을 가지고 교활하게 세상을 살았는데, 특히 사나운 조카(김정희)는 덕인세자를 이용하여 권세를 독차지하여 호기를 부릴 뿐, 악을 구제하는 방향으로 나아가려 하지 않았습니다……. 백성을 좀먹고 나라를 해롭게 하는 어떤 무엇이 이들의 행실보다 크겠습니까? 비단과 음식을 산처럼 많이 준비하여 당시의 권력자들에게 짐바리로 실어 보내며 오래오래 해먹기를 꾀했으니, 세상의 무엇이 이토록 비루할 수 있습니까? …… 삼가 바라건대 빨리 처분을 내려 한 세대에 사죄하게 하소서.

이 김우명의 탄핵 상소에 대하여 순조 임금은 분노하여 이렇게 비답했다.

전 평안도관찰사 김노경의 일을 김우명이가 시시콜콜 나열하였는데, 과연 모두 그대가 듣고 본 것인가? 혹 누군가가 사주하지 않았는가? 중신의 처지는 저절로 다른 데가 있는 법인데, 어찌 그같이 혹독하게 저주할 수가 있는가? 곁들여 자식들(김명희 김상희)과 조카(김정희)를 논급하였는데, 또한 이렇게 심하게 미워할 수가 있는가? …… 이러한 악독한 풍습은 자라나게 놔둘 수 없다. 그래서 김우명 그대를 삭탈관직한다.

순조 임금은 덕인의 장례를 전후한 시기임에도 불구하고, 슬퍼할 줄 모르고 극악하게 탄핵 상소만 일삼는 일을 경계할 목적으로, 그 본보기로서 안동 김씨 일파인 사간원 정원 송성룡을 항리로 방축하고, 신윤록을 함경도 종성부로 귀양 보냈다.

윤상도의 탄핵 상소

순조 임금이 안동 김씨 일파를 몰아붙이는 한편으로 김노경과 그 아들들을 가로막고 나서자, 안동 김씨 일파는 전혀 다른 방법으로 순조 임금을 공격하고 나서기 위하여, 김조순의 사랑방에서 구수회의를 했다.

대사헌 김양순이 김조순에게 앞으로의 대처방안을 묻기 위하여 김우명 김회명 윤상도 허성 등과 더불어 왔다가, 김조순이 극심한 감기 몸살로 누워 있자 김좌근의 서재에서 술상을 가운데 놓고 둘러앉은 것이었다.

중구난방으로 구구한 논의가 일고 있을 때, 술을 따르던 김좌근의 첩 나합이 또렷또렷한 말씨로

"지금은 기둥을 침으로써 보를 울리게 할 때가 아닌 듯하옵니다" 하고 말했다.

김좌근의 첩의 재기 발랄함을 잘 알고 있는 좌중의 눈길이 그녀의 얼굴로 모여들었다. 나합이 눈을 내리깔고 술주전자를 들어올리면서 말했다.

"대들보를 쳐야 하옵니다."

"임금을 직접 옥죄어야 한다는 것이냐?"

김좌근이 물었고, 나합이 말했다.

"그러하옵니다. 여기에 앉아 계신 누군가로 하여금 김정희와 친밀한 누구누구를 싸잡아 탄핵 상소를 하게 하되, 그 상소문 속에 순조 임금을 위협하는 내용을 담아야 하옵니다. '만일 임금도 잘못 처신하면 그 자리에서 쫓겨나 귀양을 가서 죽게 될 수도 있다'는 것을 은근히 알아차리게 해야 합니다."

대사헌 김양순이 무릎을 치며 "그렇소이다! 그 상소문을 내가 쓰겠소이다" 하고 말했고, 이때껏 무슨 일인가로 크게 공적을 세우고 싶어 하던 윤상도가 덩달아

"그렇다면, 그 상소문을 저의 이름으로 쓰십시오" 하고 말했고, 허성이 문득

"그럼 나는 대사헌 댁의 대문 앞에 서 있다가, 그 상소문을 윤상

도에게 가져다주는 파발 역할을 하겠습니다" 하고 나섰다. 그들은
모두 김조순과 나이 어린 김좌근과 그의 첩 나합에게 잘 보이려 하
고들 있었다. 김좌근과 그의 첩 나합은 중궁전을 드나들면서 대신
들의 인사에 일일이 관여하고 있는 것이었다.

김좌근이 고개를 끄덕거리며 말했다.

"이 기회에 아주 임금의 기를 확실하게 꺾어놓아야 합니다."

김우명이 "하늘 잡고 뙈기 치는 비상한 머리 하나를 옆구리에
끼고 있는 김 부수의 앞날은 창창할 것이오" 하고 말했고, 좌중은
나합의 비상한 기지를 거듭 찬탄하면서 술잔을 들어올렸다.

일은 급속도로 진전되었다. 그 이튿날 윤상도가 탄핵 상소문을
올렸다.

…… 아! 호조판서 박종훈, 전 유수 신위, 어영대장 유상량
이 임금의 은혜를 저버리고 자기들이 저지른 악행을 서로 도와
구제하였으니, 그들이 행한 일들은 이 세상의 죄 가운데서는 가
장 큰 흉악한 것입니다. 저 박종훈은…… 타고난 성질이 교활하
고 행실이 요사하고 사특하며 술 찌꺼기 같은 문예로써 한 세대를
속이고 명예를 구하여 현명하고 능력이 있는 이를 질투하고 자기
보다 나은 이를 싫어하여 남을 그르치게 하였고…… 근년에 오
면서, 사람의 살을 뜯어 먹는 이蝨처럼 권력 가진 간신들에게 붙
어 파리처럼 부지런히 이익을 챙기면서 권세 탐하기를 계책으

로 삼아, 권력자의 피고름 흐르는 종기를 빨아주고 치질을 핥아주는 등의 아첨을 자랑으로 여기며 겉으로는 공경하며 경계하는 체하면서 속으로는 간사하고 악독함을 품었으며…… '임금을 정당한 도리로 인도하게 하는 것이 성현의 가르침임에도 불구하고 그는 바로 그것을 뒤집었으며' 임금을 섬기면서 속이지 말아야 한다는 것이 신하된 자의 직분인데도, 그는 그런 것이 전혀 없고 나쁜 부류들과 결탁하여 부정한 방법으로 세력이 있는 사람에게 의지하였고, 꾀하는 모든 일이 비루하고 음험하여 여러 가지의 기이하고 교묘한 짓들이 그의 손에서부터 나와 자못 조정의 창고들을 텅 비게 하는 데 이르렀습니다……. 그 죄범을 추구하면 어떤 형벌로든지 처치하는 것이 적합합니다.

아! 저 신위란 자…… 타고난 모습이 경박하고 타고난 성질이 음탕하고 간사하기 때문에 춘천의 지방관으로 나가서는 백성들에게 사납게 굴고 여색을 탐하여 원망하는 소리가 사람들 다니는 모든 길에 가득하였으며, 강화유수로 나갔을 때에는 백성들의 재물을 걸태질하고 여색을 탐하기를 심하게 하여, 재물이 많은 자는 패망하지 않을 수 없게 하고, 딸이 있는 자는 눈치를 보아 도망하여 떠나게 하였으므로 그 지역이 열 집에서 아홉 집은 텅 비게 되었습니다……. 신위는 술자리를 크게 마련하고는 널리 동류를 맞이하여 금과 옥을 앞에 내어두고 창기들을 끼고 앉게 하고, 구슬과 보석들이 자리에 빙 둘러 있게 해서 해가지도록 음탕하게 농탕질을 하였습니다……. 많은 뜻있는 사람들이 손가락으로 신위를 가리키며 반드시 죽이는 것이 가하다고 말하니, 도저히 그 사람들의 입을 막기 어렵습니다.

아! 저 유상량은 국가의 두터운 은혜를 받아…… 벼슬은 높고 영화는 극도에 이르렀습니다. 그러니 힘을 다하고 정성을 다하여 만에 하나라도 은혜를 보답하려 하여야 마땅한데, 그렇지 않고 주민들이 피와 땀을 흘려 모은 재물을 빼앗아 기이한 보화와 특이한 산물을 수레와 말에다 실어 나르느라 도로가 막힐 지경이었으며, 내직으로 들어와서는 막중한 공금을 제 맘대로 난만하게 사용하면서 계책을 권신에게 아첨하는 데 두었고, 영營에서 저축한 청동을 모두 써버렸습니다. 눈에는 임금과 나라가 보이지 않으며, 권력 있는 간신들과는 폐부처럼 줄을 대고 있습니다.

아! 저 세 흉측한 자들의 죄를 어떻게 주벌할 수 있겠습니까? 그들의 마음을 끝까지 캐어보면 만 번 죽여도 오히려 가볍습니다. 삼가 바라건대 신의 이 글을 삼사三司에 내려서, 만일 신의 말이 털끝만큼이라도 허위가 있으면 신을 다른 사람을 무고한 죄로 처벌해주시고, 신의 말이 정말이라면 박종훈 신위 유상량에게 빨리 처분을 내려 모두 해당 형률을 시행하게 하소서.

상소문을 읽은 순조 임금은 크게 성을 내었다. '임금을 정당한 도리로 인도하게 하는 것이 성현의 가르침인데도 박종훈, 그는 바로 그것을 뒤집었다'는 대목 때문이었다.

그 대목은 곧 '순조 임금이 정당한 도리를 제대로 하지 않고 있다는 것'을 말하고 있는 것이었다. 또한, 대리청정을 하다가 저세상으로 떠난 '효명세자도 임금으로서의 도리를 제대로 하지 않은 사람'이었다는 것이었다.

'아아, 윤상도 이 사람이 이렇듯 무엄할 수가 있단 말인가.'

순조 임금은 윤상도의 뒤를 캐면 반드시 처남인 김좌근과 장인인 김조순이 줄줄이 드러날 듯싶었다. 순조는 승지에게 소리쳐 말했다.

"이 윤상도란 자는 자기 홀로 조선에서 가장 올바른 신하인 체하고 '임금이 이때껏 제 도리를 다하지 못하고 있는 것'이라 말하고 있는데, 저 윤상도가 어떻게 혼자서 스스로 이러한 상소를 올렸겠느냐? 헤아리기는 어렵지만, 반드시 뒤에서 지휘하고 시키는 사람이 있어서 '도리를 다하고 있지 않은 임금'에 대하여 어떤 시기인가를 틈타 반란을 선동하려는 계획(역모)을 하였을 터이다. 사실이 그러한지 엄중히 국문하여 실정을 알아내어 인심을 바로잡고 더 이상의 간사한 말들이 나오지 않도록 하는 것이 마땅하겠지만, 내가 많은 생각을 거듭한 바 만일 저놈의 배후를 밝히려고 들었다가는 도리어 사태를 더욱 악화시킬까 염려되니, 우선 가벼운 법을 적용하여 윤상도 저자를 추자도로 귀양 보내라."

윤상도에 대한 조치를 내린 순조 임금의 말 가운데 무서운 쇠못
이 들어 있었다.

'헤아리기는 어렵지만 뒤에서 지휘하고 시키는 사람이 있어서
어떤 시기인가를 틈타 반란을 선동하려는 계획을 하였을 터이다.'

순조 임금의 이 말을 승지에게서 전해 듣고 난 김조순은 가슴이
저리면서 화가 치밀었다.

'임금이 뒤에서 사주했다고 점찍은 것이 장인인 나와 내 아들이
다. 저러한 임금의 마음을 정적들이 읽는다면 어찌되는가. 벌 떼처
럼 일어나 나와 내 아들을 탄핵할 것이다.'

그렇지만 그는 아무렇지도 않은 체하고 집으로 돌아오면서 허
공을 쳐다보며 거듭 "어허허허······" 하고 웃어댔다. 사랑방에 들
어앉은 채 그는 마찬가지로 웃어댔다. 기발한 생각의 고가 잘 풀리
지 않을 때 그는 그렇게 웃어대는 버릇이 있었다.

아버지 김조순의 그러한 점을 잘 아는 아들 김좌근이 방으로 들
어가서 아버지 앞에 무릎을 꿇었다. 첩 나합이 조르르 그를 뒤따라
들어가 나란히 무릎을 꿇고 앉았다. 이날 그녀는 잠자리 날개 같은
옥색 모시옷을 입고 있었다.

김좌근은 자기가 저질러놓은 일을 수습할 마땅한 방도를 제시
하지 못하는데, 첩 나합이 대수롭지 않은 일이라는 듯이 부채를 들
어 김조순을 향해 바람을 일으켜주며 입을 열었다.

"아버님, 소첩이 그 고를 풀어드리겠사옵니다."

김조순은 빙그레 웃으면서 나합을 향해 고개를 끄덕거렸다.

"그래 말해보아라."

나합이 말했다.

"고양이는 쥐를 잡으면 곧바로 그것을 뜯어 먹지를 않고, 허공으로 던져놓았다가 달아나면 쫓아가서 발로 눌러 잡고, 다시 던져놓고 달아나면 쫓아가서 또 발로 눌러 잡고는 합니다. 쥐를 희롱하는 것입니다. 그렇게 오랫동안 희롱을 해야만 고기가 부드러워지기 때문이옵니다. 소첩이 살던 나주 고을에 늙은 개백정이 있었는데, 그 개백정은 늙은 개를 목 졸라 죽인 다음, 그것을 나뭇가지에 매달아놓고 몽둥이로 머리통에서부터 등허리 배 가슴 네 다리를 가리지 않고 고루고루 짓두들겨 팹니다. 그렇게 패야만 고기가 부드럽고 맛있기 때문이랍니다."

김조순은 나합이 무슨 이야기를 하려 하는지 갈피를 잡을 수 없어 으흠! 하고 목을 가다듬으며 눈을 끔벅거렸다. 나합이 말을 이었다.

"임금님께서 윤상도를 뒤에서 사주한 사람들 속에 장인과 처남이 끼어 있다고 의심을 하면서도 그것을 캐내려 하지 않고 덮어두려 한 것은 무엇이옵니까? 스스로도 두렵기 때문입니다. 이 기회에 임금의 기를 확실하게 꺾어놓지 않으면 앞으로 감당하기 힘든 시끄러운 일이 일어나게 되옵니다. 아버님과 서방님께서는 사간원과 사헌부를 앞장세워 '윤상도를 끌어다가 국문을 하여 뒤에서 그를 사주한 연원을 발본색원하자' 하고 나서게 하십시오. 그리하는 데에는 두 가지 실리가 있는데, 그 하나는 임금을 더욱 압박하는 것이고, 다른 하나는 임금의 속마음을 읽어낸, 효명세자빈을 등에 업은 조씨 문중 사람들을 둘러싸고 있는 정적들을 범접하지 못하게 하는 것입니다……. 일단 윤상도를 국문하자고 한 다음, 임금이 어떻게 나오는지 지켜보았다가, 김정희의 아버지 김노경을 윤상도와 함께 국문하자고 나서십시오."

"아아, 그래, 그렇다! 그렇다!"

김조순은 거듭 고개를 끄덕거렸다. 그리고 이럴 때 쓰자고 심어 놓은 대사헌 김양순을 불러 명했다.

"사헌부로 하여금 '김노경을 국청에 세우자'고 나서도록 하게나."

대사헌 김양순은 장령과 권휘로 하여금 당장에 임금에게 '김노경을 국청에 세우자'는 주청을 하라고 시켰다. 장령과 권휘는 김양순의 뒤에 임금의 장인인 김조순이 버티고 있음을 알고 있었으므로, 두려워하지 않고 임금에게 당당하게 주청했다.

"전하, 윤상도가 탄핵 상소한 연원을 확실하게 밝혀야 하옵니다. 전하께서 '그를 뒤에서 지휘하고 시키는 사람이 있어서 어떤 시기인가를 틈타 반란을 선동하려는 계획을 하였을 것'이라 말씀하신 것은 백번 지당한 말씀이옵니다. 윤상도는 본시 출신이 천박하고 간악한 자인지라, 자기 출세를 위해서 탄핵 상소를 하면서 감

히 돌아가신 효명세자의 권위와 인품까지 무함하고 핍박하였사옵
니다. 그자의 말에 '임금의 도리' 운운한 것으로 미루어 필시 역모
의 기미가 보이옵니다. 그 상소가 혼자 준비할 수 있는 내용이 아
니오니, 추자도에 정배된 역적 죄인 윤상도를 잡아다가 국청을 열
어야 하옵니다."

순조 임금은 몸서리를 쳤다. 체구가 호리호리하고 얼굴색이 창백
한 순조 임금은 마음이 섬약하면서도 사려가 깊었다. 장인인 김조순
과 처남인 김좌근을 둘러싼 안동 김씨 일파의 행태에서 광기를 발견
했다.

추자도로 정배한 윤상도를 잡아다가 국청을 열어 문초하자는
것은 그를 죽여 없애 입을 막겠다는 것이다. 자기들의 사주에 의해
서 자기들을 위해 앞장서준 자를 죽이겠다고 나서는 판이니, 이들
은 장차 자기들의 안위를 위해서라면 이 나라 안에서 못할 일 못
잡아 죽일 사람이 없을 터이다.

순조 임금은 장인 김조순과 처남 김좌근이 무정하고 원망스럽
고 두려웠다. 장인 김조순은 늘그막에 들어 많이 변했다. 자기가
누려온 세도를 아들과 그 아들을 싸고도는 사람들에게 물려주려
하고 있었다.

장인과 처남을 중심으로 한 안동 김씨 일파들이 지긋지긋하게
느껴졌다. 그들은 정적들을 죽이기 위하여 임금의 뜻을 빙자했다.

군왕이 해야 할 도리를 앞세워 군왕도 그 도리에 어긋난 짓을 계속 하면 임금의 자리에서 쫓겨 나갈 수도 있고, 그리하여 죽을 수도 있다고 임금을 협박하고 있었다.

'아, 저들은 임금을 하나의 꼭두각시로 만들어놓고, 자기들끼리 패를 지어 미운 어느 한 놈을 점찍어놓고 저놈 죽여라, 하고 소리 쳐대고, 그 일을 미친 듯이 즐긴다. 그 광기는 점차 도를 넘어 대대 적인 옥사를 일으킴으로써 정적들을 이 잡듯이 색출하여 죽여 없 애겠다는 쪽으로 나아가고 있다.'

섬약한 순조 임금은 대신들에게 통사정을 하고 나섰다.

"제발, 이제는 그만둡시다. 효명세자의 죽음에 관련된 처분이 거의 적당하게 이미 내려진 바이니, 이쯤 해서 그냥 넘어갑시다."

순조 임금의 기가 그와 같이 꺾였다는 말을 들은 나합이 김좌근 에게 말했다.

"서방님, 바로 이때입니다. 사헌부와 사간원과 홍문관의 전 관 료들이 합동으로, 추사의 아버지인 김노경의 국청을 열자고 요구 하고 나서게 해야 합니다."

김좌근은 김양순에게 찾아가서 그것이 아버지 김조순의 뜻임을 말하고, 사헌부 사간원 홍문관의 전 관료들이 합동으로 나서서 김 노경의 국청을 열자는 상소를 올리라고 말했고, 김양순은 그대로 시행했다.

순조 임금은 벌 떼처럼 일어나 왕왕거리는 삼사의 요구를 절대로 들어줄 수 없다고 기각했는데, 이튿날 의정부 삼대신인 영의정 남공철 좌의정 이상황 우의정 정만석이 '역적 윤상도와 김노경'을 함께 국청을 열어 처벌하라는 상소를 올렸다.

　순조 임금은 기가 막혔다. 윤상도와 김노경의 국청을 함께 열자고 하다니, 이것은 정말로 말도 안 되는 미친 짓이다.

　'원래 임금인 내가 안동 김씨 일파들로 말미암아 죄인으로 몰리고 있는 김노경을 가로막고 나서자, 윤상도는 임금인 나를 협박하고 나서지 않았던가. 그럼에도 불구하고 안동 김씨 일파는 그들 둘의 국청을 함께 열자고 하는 것이다. 그들은 윤상도와 더불어 김노경을 함께 싸잡아 역적으로 몰아 죽이자는 것 아닌가.'

　만일 효명세자를 보도하면서 교재 선택을 해주곤 한 김노경의 국청을 연 결과 그가 역적으로 몰려 죽게 된다면, 김노경의 일가친척은 물론 세자시강원 보덕(장차 임금이 될 세자를 올바르게 가르쳐 인도하는 관직)인 김정희와, 효명과 친밀했던 김정희의 형제인 김명희 김상희와, 김정희의 벗인 신위 권돈인과, 효명세자의 손발이던 박규수, 그리고 박규수를 따르던 무예인들, 동궁 요속 출신으로 효명세자 대리청정 시절의 실세들이었던 홍기섭 김재찬 김노가 모두 줄줄이 끌려가 죽을 것이다.

　순조 임금은 절망했다. 이제 더 이상 증조부인 영조의 사위 김한신의 손자 김노경을 옆에 둔 채 보호할 수 없다고 생각했다. 김노경을 한양 땅에 그대로 놔두면, 안동 김씨 일파에 의해 국청으로 끌려 나가 죽게 될 것 같았다. 차라리 멀리 귀양을 보냄으로써 죽음을 면하게 해주고 나서 얼마쯤 뒤에 다시 불러올리자고 작정했다.

순조 임금은 세대를 거듭하여온 충성스러운 신하世臣를 보호해야 한다는 원칙을 깨고, 선수를 쳐

"지돈녕부사 김노경을 먼 섬에다 위리안치시키시오" 하고 명했다. 그리고 그것으로 모든 것을 마무리 짓고 더 이상 대신들의 처벌에 관한 이야기를 하지 말자고, 대신들에게 애원하듯이 말했다.

의금부에서 보낸 금부도사 한 사람과 나졸 두 사람에 끌려 유배길에 나선 김노경은 난을 피해 가듯이 한밤중에 나섰다. 혹시 안동 김씨 일파가 그의 유배길을 가로막고 국청으로 끌고 갈까 두려워하면서 조용히 은밀하게 떠난 것이었다. 시종들이 미리 준비해두었던 피난 짐을 말에 싣고 갔다. 아마 길어야 이 년 쯤 뒤에는 순조 임금이 해배 명을 내릴 것이다.

그러할지라도 가족들은 참담한 마음으로 가장을 보냈다. 추사는 한밤중에 시종의 기별을 듣고 달려갔다. 김명희 김상희가 아버지 김노경을 배웅했다. 그들은 강 나루터까지 아버지를 따라갔다.

먼동이 틀 무렵에 김노경은 나룻배에 올라탔다. 아들들은 강변 모래밭에서 엎드려 절하며 보내고, 아버지는 나룻배 위에서 돌아

보며 어서 들어가라고 손을 내쳤다.

"너무 염려 말아라. 상감께서 이 아비를 곧 부를 것이니라."

추사는 이를 물었다. 동편 하늘이 금빛으로 변했고 강의 수면이 빨간 공단처럼 물들었다. 효명세자의 의문스러운 죽음이 원통하고, 안동 김씨 일파에게 억울하게 당하고 있는 아버지의 유배가 슬프고 한스러웠다.

그는 이를 악문 채 돌아와 아버지가 원통하게 당한 것을 격쟁하기로 작정했다. 역적으로 몰려 국청을 당할 뻔한 아버지를 구하기 위하여 목숨을 건 탄원이었다.

대각 검교대교 겸 시강원 보덕인 김정희는 전하께 삼가 안타까운 저의 사정을 하소연합니다. 저의 아비 김노경은 재작년에 김우명으로부터 터무니없게 꾸며진 사실로써 무함하는 추악한 욕설을 참혹하게 당하였고, 이어서 사실이 없는 두 죄안이 갑자기 대두되었으니, 어떻게 온전히 살기를 바라겠습니까……. 그러나 허다하게 나열한 죄목들은 터무니없게 날조한 것이어서, 진실로 장황하게 조목별로 변명하려면 다만 번거롭고 욕되기만 할 것입니다. 제가 사람의 자식이 되어 아비가 이러한 악명을 안고 있는 것을 보고 아비를 위해 억울함을 벗겨달라고 소송하기에 급하여 이렇게 만 번 죽음을 무릅쓰고 원통함을 호소합니다.

그 격쟁을 이듬해 냈는데 그것은 물시되었다. 그렇지만 아버지 김노경은 그 이듬해 해배되었다.

광기의 재발

김노경이 해배 방송되기 한 해 전 사월에 김조순이 세상을 떠났지만, 그가 누리던 세도는 고스란히 아들 김좌근에게로 넘어갔다. 중궁전에 김좌근의 누님 순원왕후가 버티고 있는 데다, 조정의 요소요소에 김조순이 심어놓은 일파들이 건재한 까닭이었다.

평소에 협심증이 있는 데다가 탄핵 정국을 이끌어가면서 지칠대로 지쳐 병약해진 순조 임금은, 자기의 미래의 삶이 많이 남지 않았음을 느끼고, 자기 처가 편인 안동 김씨 김조순의 집안과 죽은 효명세자의 장인인 조만영(동생 조인영) 집안을 한데 아울러 끌어들이기로 작정했다. 그들 양쪽 집안에게 효명세자의 아들인 어린 세손(헌종)의 장래를 부탁하려는 것이었다.

그것은 순조의 아버지 정조 임금이 죽음을 앞두고, 자기가 가장 신뢰하는 신하 김조순을 불러 옆에 앉히고 말했던 것과 비슷한 것이었다. 정조 임금은 한 손으로 세자인 순조 임금의 손을 잡고, 다른 한 손으로는 김조순의 손을 잡은 채 "너의 앞날을 이 신하에게 맡긴다. 이 신하는 내가 오랫동안 지켜보아온 바, 너를 절대로 비도非道로서 인도하지는 않을 것이니라" 하고 말했던 것이다.

순조는 세손의 보도를 조인영에게 맡기고, 김좌근의 집안에서 세손빈을 간택하도록 했다. 김좌근은 순원왕후의 힘을 이용하여, 자기 팔촌 형인 김조근의 딸을 세손빈으로 삼고, 김유근에게 병권을 맡기고, 그 병권을 돌아가신 효명세자의 장인인 조만영과 공동 관할하게 했다.

그로부터 두 해 뒤의 한겨울로 들어서면서 순조 임금이 죽었고, 여덟 살 된 세손이 왕위에 올랐고, 할머니인 순원왕후가 수렴청정을 했다.

이때부터 병권을 장악한 김유근과 상의원 첨정인 김좌근이 순원왕후를 등에 업고, 모든 국사를 좌지우지했다. 김좌근은 순원왕후의 방을 수시로 들락거리는 재기 발랄한 첩 나합을 통해 정권을 농단했다.

이조판서에 조인영을 앉히고, 조씨 집안의 사람으로 알려진 이지연 박종훈에게 정승을 맡기고, 윤행임 김노 이인부의 죄를 선심 써서 벗겨주고, 유배에서 풀려난 김노경에게 판의금부사 자리를 주고, 조인영과 절친한 권돈인을 청나라에 사은사로 보내고, 추사에게 성균관 대사성의 자리를 주고, 그의 사촌인 김교희에게 대사간의 자리를 주었다. 석 달 뒤에 추사에게 병조참판의 자리를 주었다가, 넉 달 뒤에는 다시 대사성의 자리를 주었다.

이듬해에 아버지 김노경이 영면하는 슬픈 일이 있었지만, 그 두 해 뒤에는 추사가 형조참판이 되었고, 초의의 소개를 받고 월성위궁으로 찾아온 소치 허유에게 사랑채 뒷방을 내주며 그림을 그리게 하였는데, 그 이듬해 유월에 청나라 연경에 사은사로 갈 동지부사로 임명되는 영광을 얻었다.

추사는 이때껏 편지와 선물로만 사제의 정을 주고받던 연경의 스승 완원과 벗들과 만나게 된다는 생각으로 들떠 있었다.

추사를 동지부사로 밀어준 것은 안동 김씨 일파와의 연합세력을 형성하고 있는 우의정 조인영이었다. 북한산 진흥왕순수비를 함께 탐사한 바 있고, 문과급제를 동시에 한 벗인 조인영은 한 사석에서 다음과 같은 말을 한 바 있었다.

"자타가 공인하고 있는 바, 경학과 시서화에 있어서나, 금석학 훈고학에 있어서나, 북학 정통파로서 근대문명을 대하는 안목에 있어서나, 해동 조선에서 추사를 뛰어넘을 사람은 없소이다. 나라를 바로 일으키려면 나이 어린 임금이 북학에 눈을 떠야 하므로, 김정희가 동지부사 소임을 마치고 돌아오면 그로 하여금 임금의 보도와 경연을 맡도록 주선해야 합니다."

이 소문이 안동 김씨 일파 사이에 퍼졌고, 그 말은 김좌근의 첩 나합의 귀에 들어갔다. 나합은 김좌근에게 말했다.

"대감, 김정희를 그대로 놔두어서는 절대로 안 됩니다. 김정희가 연경을 다녀온 다음 임금의 보도를 맡게 된다면, 장차 그가 우의정 좌의정을 거쳐 영의정이 될 것이고, 그렇게 되면 안동 김씨들이 모두 밀려나 죽게 될 것입니다" 하고 말했다.

"한번 동지부사로 결정되었는데 어찌 막는다는 것이냐? 김정희를 밀고 있는 것은 우의정 조인영이고, 조인영을 뒤에서 받쳐주는 것은 익종비 조씨(효명세자빈) 아니냐?" 하고 김좌근이 난감해하자, 나합이

"김정희에 대하여 사감을 가지고 있는 김우명을 불러 의논하십시오" 하고 말했다.

김좌근이 대사간 김우명을 불러, 김정희를 실각시킬 방도를 묻자, 김우명은 대사헌 김홍근을 내세우자고 말했다.

일은 은밀하고 급박하게 진행되었다. 동지부사의 소임을 맡은 추사가 연경으로 출발하기 열흘 전에, 대사헌 김홍근은 '역적모의를 한 윤상도와 김노경의 죄'에 대하여 재론하자고 나섰다.

윤상도는 순조 임금이 선대 영조 임금의 외손인 김노경을 가로

막고 나서자 임금을 협박한 자인데, 어찌하여 그 두 사람의 사건을
함께 묶어 재론하자는 것인가.

그 일은 윤상도가 박종훈 신위 등에 대한 탄핵 상소를 빙자하여
순조 임금을 협박하다가 유배된 지 십 년 뒤의 일이며, 추사의 아
버지 김노경이 사망한 지 삼 년 뒤의 일이었다. 그것은 장차 순원
왕후의 수렴청정이 끝나고, 새 임금이 어른으로 성장하여 친정을
하게 되는 시기를 한 해쯤 앞두고 있는 시점이었다.

김홍근의 상소는 '윤상도와 김노경을 역적으로 몰아 처단함'으
로써 그의 아들인 추사를 함께 영원히 매장시키려는 것이었다.

김정희를 제거하라

······ 대저 국가에 정의와 윤리가 있는 것은, 사람의 몸에 혈기가 있는 것과 같습니다. 혈기가 퍼지지 않으면 사람이 사람다울 수 없고, 정의와 윤리가 밝지 않으면 나라가 나라다울 수 없는데, 정의와 윤리라는 것은 충신과 역적의 분별에 엄정해야 하는 것입니다······. 무례할 뿐만 아니라 감히 무함하여 핍박하고도 혹 천지 사이에서 살고 혹 집에서 편히 누워 죽는 자가 있으니, 바로 윤상도와 김노경입니다. 아아! 두 역적의 천지에 사무치는 죄는 전하께서 어린 나이 때에 있었던 일이기 때문에 미처

환히 굽어살피지 못하셨습니까? 이것은 전하를 위하여 한번 아뢰지 않을 수 없겠습니다. 아아! 윤상도는 시골의 미천한 무리인데 함부로 지껄여댄 말들이 지극히 분수에 넘쳐 지나치고, 김노경은 조정의 영광을 입은 신하이지만 그 죄안에 분명하게 나타난 것이 심히 부도덕합니다⋯⋯. 돌아가신 순조 임금께서 윤상도를 처분할 때에는 '엄중히 국문하여 실정을 알아내어 인심을 바로잡고 삿된 논의를 종식시키는 것이 진실로 마땅하다' 하였으니, 이는 순조 임금께서 그 지극히 비참한 정상을 살피신 것입니다⋯⋯. 저 두 역적은 전하의 죄인이 될 뿐만 아니라 바로 익종(효명세자)의 죄인이 되니, 대대로 흘러 나아갈 임금님들의 만세를 위하여 반드시 징토해야 할 것입니다. 그 두 역적에게 각각 마땅한 율법을 시행하는 것을 어찌 잠시라도 늦출 수 있겠습니까? 이것은 온 나라의 신민이 똑같이 말하여 다른 의견이 없는 것이니⋯⋯ 이러한 공론을 어찌 오래 지체하도록 두어야 하겠는가 하는 생각에서, 저는 이제 늙어 벼슬에서 물러갈 것이므로 서둘러 말하는 것입니다⋯⋯.

김홍근이 이렇게 상소하고 나서자, 약속이나 한 듯 안동 김씨 일파의 세력이 뻗어 들어가 있는 사헌부 사간원 홍문관에서 함께 들고 일어났고, 의금부가 발 빠르게 추자도에 유배 중인 윤상도를 잡아 올려 국문하기 시작했다.

"누가 상소를 하라고 사주했느냐?" 하고 윤상도를 고문하자 윤상도는 허성을 댔고, 허성을 잡아다가 고문하자 허성은 김양순을 댔다. 안동 김씨 일파는 자기 일파의 사람인 허성과 김양순이 줄줄이 걸려 들어가자 당황한 나머지, 김양순이 자기들의 우두머리인 김조순과 김좌근의 이름을 거명할까 두려워 더욱 혹독한 고문을 하라고 명했고, 그 결과 김양순은 고문을 받던 도중에 곤장을 맞고 죽어버렸다.

그들 일파는 서둘러 윤상도 부자를 '효명세자를 무함하였다는 죄명'으로 싸잡아 능지처참하였다. 허성도 서둘러 사형시켜버렸다. 그들의 입을 막아버리자는 것이었다.

여기에서 더욱 큰 문제 하나가 생겼다. 윤상도를 사주한 주체인 대사헌을 지낸 바 있는 김양순에게 고문을 가하자, 김양순이 '그 상소문을 김정희가 써서 나에게 가지고 왔다'고 말을 한 것이었다. 김좌근의 끄나풀인 누군가가 고문받고 있는 김양순에게 다가가서 '만일 김정희가 그 상소문을 써 왔다고 말하면 살려주겠다'고 귀엣말을 했던 것이다.

탄핵으로 미쳐 돌아가고 있는 정국은 사리 판단을 잃어버렸다. 칼자루를 잡고 있는 탄핵 정국 주도세력은 김양순이 진술한 말만 가지고, 추사 김정희를 국청으로 잡아들이라고 명령했다. 그 주도세력 한가운데에 김좌근이 있었고 그 뒤에 나합이 그림자처럼 붙어 있었다.

　권돈인과 조인영의 집 하인들이 거듭 서찰을 가지고 월성위궁
으로 달려오곤 했다. 추사는 서재에 앉은 채 그것을 읽었다.
　'머지않아 의금부 나졸들이 나를 나포해 가려고 몰려올 것이다.'
추사는 그에게 온 모든 서찰을 불태워야겠다고 생각했다. 마음을
나눈 벗이나 제자들의 편지가 국청 안의 증거자료로 들어간다면
애꿎은 조인영 권돈인 초의 신위 신관호 허유 등을 다치게 할 터
이다.
　상우에게 모든 서찰과 조인영과 함께 탐사하고 나서 쓴 책『해
동비고海東碑攷』를 마당에 내다가 쌓으라고 명했다.
　참으로 아까운 것은 『해동비고』였다. 조선 땅 여기저기를 더듬
고 다니면서 선인들의 비석을 찾은 내력과, 그 비석이 누구의 것이
며 그것이 옛 문헌의 기록들과 어떻게 부합되는지를 따져 기록한
것이었다. 물론 거기에 쓰인 글씨들도 탁본하고 그것들의 뿌리를
밝혔다. 문무왕비, 진흥왕순수비, 평백제비, 당유인원비, 경주 무장
사비……。
　상우가 책들과 편지들을 모두 마당에 쌓고 났을 때 그는 말했다.
　"그것들을 다 불태우도록 하여라."
　상우가 굳어져 있는 추사의 얼굴과 쌓아놓은 책들을 번갈아 보
다가 불을 붙였다. 연기가 피어났다. 그것을 보면서 추사는 심호흡

286

을 했다.

서운해하는 스스로를 타일렀다. 학문은 의미가 없다. 예술만 길다. 학문은 먼지 켜켜이 쌓이는 책처럼 답답하고, 예술은 늙은 매화나무에 피는 꽃처럼 영원히 향기롭다. 신산한 삶 속에서 나를 구해준 것은 시 짓고 글씨 쓰고 그림 그리는 일이었다. 그 세계로 들어가기 위해서는 먼저 현실 세계를 버려야 했다. 선정禪定에 드는 사람들은 지관止觀을 거친다. '눈앞을 가리는 꽃나무 가지를 쳐내니 저녁노을에 아름답게 물든 먼 데 산이 보인다'고 읊은 초의의 선시처럼. 아, 바다처럼 넉넉한 초의가 그립다. 초의처럼 산으로 들어가 머리를 깎아버릴까.

그는 서재 숭정금실에 앉아, 금부도사가 나졸들을 이끌고 달려오기를 기다렸다. 운명에 맡겨야 한다. 국청에 끌려 나가면, 벗 조인영이 우의정이고, 권돈인이 형조판서일지라도 나를 구하지 못할 것이다. 역적으로 몰린 자를 편들어 감싸려 하는 것은 죽음의 수렁 속으로 빠져들어가는 자의 손을 잡고 함께 빠져들어가는 것과 다르지 않다. 구하려 하는 자도 역적이 되어 죽게 되는 것이다. 국청으로 끌려 나가면 사람으로서는 견딜 수 없는 참혹한 고문을 당하게 된다. 사람의 살과 뼈를 어육처럼 짓이기는 그 고문을 받고 나서 살아난 자가 없다.

'아, 부처님!' 하고 속으로 중얼거리며 하허 스님이 준 염주를 거듭 굴려도 두렵고 불안한 마음이 가라앉지 않았다. '어머니, 아버지!' 하고 부르고 '하느님! 칠성님!' 하고 불러보지만 허사였다. 높은 곳에 계신다는 그 어떠한 존재도 그를 구제할 수 없다고 그는 생각했다.

이런 때, 마음을 다잡을 수 있는 방편이 있다. 그는 종이를 펼쳐 놓고, 벼루에 물을 붓고 먹을 갈았다. 무엇을 쓸 것인가. 유서를 쓰자. 아니다. 나는 죽지 않는다. 죽지 않을 사람이 유서를 쓰다니 있을 수 없는 일이다. 평상시에 하듯이 글씨를 쓰는 것이다. 글씨를 씀으로써 평상심으로 돌아가는 것이다. 그는 먹을 갈면서 쓸 글감을 생각했다. 그 글감과 그것에 알맞은 글씨의 모양새가 떠오를 때까지 계속 먹을 갈았다. 글감 속에 빠지면 글씨가 시들어지고, 글씨만을 생각하면 글감이라는 물의 흐름과 파도가 시들어버린다. 글감과 글씨는 흐르는 물을 헤치고 오르는 연어나 참숭어 같은 것이다. 물도 죽지 않고 고기도 죽지 않아야 한다.

소매 속에 오천 권의 책의 기운을 담고 붓을 금강 방망이 삼아 무겁게 쓰는 것이다. 우주 속의 가장 큰 새인 금시조가 청룡을 잡아먹듯이, 파도가 수미산을 밀어붙이듯이. 그러기 위해서는 먼저 달콤한 삶의 미련을 심연 속에 가라앉히고, 먼 데 산이 다가오게 해야 한다. 글씨를 그렇듯 힘차게 쓰되, 하늘의 달과 별이 흘러 떠가는 순리에 따라야 한다. 붓을 들고 한 점 한 획 한 파임에 몸과 마음을 실었다. 예서체로 썼다.

구름은 무심히 산골짝을 돌아 나오고
새는 날다가 지치면 다시 제 둥지로 돌아올 줄을 안다.
雲無心以出岫 鳥倦飛而知還

석양은 어슬어슬 서산 너머로 떨어지려 하면서
외로이 선 한 그루 소나무를 끌어안고 어루만지며 안타까이
머뭇거리고 있다.
景翳翳以將入 撫孤松而盤桓

도연명의 「귀거래사」 가운데 가장 마음을 사로잡는 구절을 쓰고
나서 굴원의 시 가운데서 한 대목을 이어 썼다. 글씨는 산란한 마음
을 가라앉게 하고 마음의 자락을 고요한 정심에 이르게 했다. 신통
하게도 글씨를 쓰는 동안 그의 영혼 속에는, 국청에 대한 생각도 그
를 나포하려고 몰려들 금오랑이나 나졸도 없고, 죽음에 대한 공포
도 없었다.

심호흡을 거듭했다. 깊이 들이쉴 숨으로 산란한 생각들을 한데
모은 다음 내쉴 숨과 더불어 그것들을 밖으로 내보내버렸다. 시야
를 어지럽히는 꽃나무를 잘라내고 나자 황혼 물든 먼 산이 보이듯
이, 머리에 신화적인 굴원의 시 세계가 그려졌다.

다시 심호흡을 했다. 눈앞에 하얀 종이만 보이고, 머리에는 오직
쓰려고 하는 시와 그것을 표현할 글씨의 모양새만 그려졌다. 그 순

간을 놓치지 않고 그는 한달음에 쓰기 시작했다. 마찬가지로 예서체
로 썼다.

　　누군가가 산언덕에서

　　줄사철나무 옷에 새삼 덩굴 띠 두르고

　　정겹게 곁눈질하고 눈웃음치는 것은

　　그대의 아리따운 모습 좋아서여라

　　붉은 표범 타고 얼룩 승냥이 데리고서

　　백목련 수레에 계수나무 가지 깃발

　　석란 옷에 족두리 풀 허리띠에

　　若有人兮山之阿 被薜荔兮帶女羅

　　旣含睇兮又宜笑 子慕予兮善窈窕

　　乘赤豹兮從文狸 辛夷車兮結桂旗

　　被石蘭兮帶杜衡

　삼태성이 하늘 중간에 올라 있는 한밤중에 금오랑이 이끄는 나
졸 넷이 월성위궁으로 몰려들었다. 추사는 독수리의 발톱에 잡혀
가는 비둘기처럼 끌려갔다.

　하옥.

　옥사장은 그의 머리에서 망건을 벗겨가고, 도포를 벗겨갔다. 양
쪽의 발목에 차꼬를 채우고 옥 안으로 밀어넣었다. 쇠붙이로 된 발

목 조이개에는 쇠고랑 줄이 달려 있었다. 쇠고랑 줄을 철그렁철그렁 끌며 옥방 한가운데로 가서 주저앉았다.

아, 나는 이제 하릴없는 대역죄인이 되었구나. 무엇이 나를 이와 같이 만들고 있는 것일까. 하늘의 뜻일까. 땅의 뜻일까. 어떤 악귀의 장난일까. 나는 지금 꿈속에서 또 꿈을 꾸고 있는 것인가. 내 몸은 나의 진짜 몸 밖으로 나와 있는 또 하나의 등신인가.

옥방의 입구에는 기름불이 타올랐고, 옥사장이 창을 든 채 지키고 있었다. 옥방 바닥에는 지푸라기들이 깔려 있고, 뽑힌 머리카락들이 섞여 있었다. 음습하고 퀴퀴한 구린 냄새가 맴돌았다. 고문당한 자가 토해놓은 토사물과 배설해놓은 변 찌꺼기들이 묻어 있었다. 고약한 냄새 때문에 숨을 제대로 쉴 수 없었다. 속에서 울컥 구역질이 올라왔다.

이곳은 지옥이다. 추사는 이를 악물었다. 아, 이 지옥 같은 옥방에서 역적으로 몰려 차꼬를 차고 있어야 하고, 또 국청으로 끌려 들어가야 하다니…… 나는 얼마나 비참한 치욕을 선대 조상님들께 끼얹어드리고 있는 것인가.

눈을 감았다. 하느님과 칠성님과 부처님과 관세음보살님을 부르고, 명명한 곳에 계시는 어머니와 아버지와 할머니와 할아버지를 부르고 '이 불효자를 구해주십시오' 하고 하소연했다. 몸이 떨렸다. 국청에서 당할 고문과 죽음에 대한 공포가 밀려들었다. 아, 이러다가는 국청으로 끌려 들어가기도 전에 심장이 멈추어 죽게 될 듯싶었다. 국청에 도열해 있는 대신들의 얼굴들, 안동 김씨들과, 그들과 뜻을 함께하는 얼굴들이 보이는 듯싶었다. 그들 앞에서 부들부들 떨고 있게 될 스스로의 모습이 떠올랐다.

추사는 이를 악물었다.

안 된다. 그들 앞에 끌려갈지라도 조금도 떨어서는 안 된다. 의연해야 한다. 겨자씨 속에 사해의 물과 수미산을 다 집어넣을지라도 여여부동이어야 한다. 눈을 힘주어 감은 채 마음을 가라앉히기 위해 심호흡을 했다. 그러나 뜻한 바대로 마음이 안정되지 않았다. 속으로 하느님 북두칠성님 부처님을 부르고, 아버지 어머니 할아버지 할머니를 불렀다. 그러다가 연약해지는 스스로를 꾸짖었다. 나락으로 떨어지고 있는 나를 구제할 수 있는 사람은 나 김정희뿐이다, 하고 생각했다.

이때는 난을 치거나 글씨를 써야 한다고 생각했다.

그는 옥방 바닥에 널려 있는 지푸라기 하나를 오른손으로 집어 들었다. 붓 대롱만 하게 잘랐다. 그것을 오른손에 든 채 스스로에게 최면을 걸었다. 나는 지금 글씨를 쓰려 하고 있다. 그렇다. 먹을 갈고, 종이를 펼쳐놓고, 바야흐로 붓을 들었다. 머리에는 오직 흰 종이만 보여야 한다. 오른손에 잡은 붓으로 글씨를 쓰기 시작했다. 나졸들에게 끌려오기 전에 쓰던 굴원의 시였다.

향기로운 꽃 꺾어 그대에게 드리고 싶은데

나 하늘 한 조각도 보이지 않는 대숲에 갇혔네

길 험하여 혼자 늦게 와서

산 위에 우뚝 서니

자욱한 구름 아래로 흐르고

아득한 어스름 낮인데도 어둡고

동풍 몰아치고 신령스런 비 뿌려

마음 닦느라 즐거워 돌아갈 길 잊었네

나이 늙어지면 누가 나를 꽃으로 여길까

산간에서 지초를 캐려 해도

너덜겅에 칡덩굴 엉겨 있네.

折芳馨兮遺所思 余處幽篁兮終不見天

路險難兮獨後來 表獨立兮山之上

雲容容兮而在下 杳冥冥兮羌晝晦

同風飄兮神靈雨 留靈修兮憺忘歸

歲旣晏兮執華予 采三秀兮於山間

石磊磊兮葛蔓蔓

　몸과 마음을 다해 글씨를 쓰기 시작하자 신통하게 마음이 가라
앉았다. 굴원을 다 쓰고 도연명의 「귀거래사」를 쓰고, 소동파의 시
와 이태백의 시들을 줄줄이 마음으로 써 내리고, 연경 갈 때 괴나
리봇짐에 넣어갔던 『화엄경』을 암송했다.

새벽 무렵에 국청으로 끌려 나갈 때 추사는 의연한 모습이었다. 그는 줄곧 『화엄경』을 암송하고 있었다. 선재동자가 되어 국청을 구경한다고 생각했다. 추사는 오라에 묶여 있었고 양옆에서 나졸들이 팔 하나씩을 끼고 이끌었다. 중죄인만을 문초하는 노천의 국청으로 들어서는 순간 그는 피의 냄새를 맡았다. 살 썩은 냄새도 맡았다. 여기에서 얼마나 많은 사람들이 주리 틀리고 기절하고, 얼마나 많은 사람들이 피를 흘렸는가. 얼마나 억울하게 고문을 당했는가. 얼마나 많은 사람들이 장살되었는가.

하늘에는 검은 구름이 끼어 있고, 국청 안에는 음습한 안개가 맴돌고 있었다. 곤장을 맞을지도 모르고, 주리를 틀릴지도 모른다. 죽을 때 죽더라도 의연해야 한다. 청룡을 잡아먹는 금시조처럼, 거친 바다를 건너가는 흰 코끼리처럼 거리낌 없이 말해야 한다.

의금부의 동지 지사들이 도열한 가운데서 종일품인 판사가 국문을 하고 있었다. 판사는 사람의 탈을 쓰고 있을 뿐, 사실은 염라대왕(안동 김씨 일파)의 하수인이 되어 있었다.

"죄인 김정희는 이실직고하라. 죄인 김정희는 '순조 임금과 효명세자를 임금의 도리를 다하지 못했다고 비방하고 몰아내려는 역모를 획책하는 상소문'을 써서 허성이란 자에게 주었고, 허성은 그것을 김양순에게 주었고, 김양순은 또 그것을 윤상도에게 주어 상소를 하게 했는데, 그 일을 누구누구와 모의를 했느냐, 털끝만큼도 거짓이 없이 솔직하게 고하라."

말도 안 되는 문초 앞에서 가슴이 꽉 막혔지만, 추사는 가슴을 펴고 심호흡을 하고 나서, 국문하는 판사를 바라보았다. 판사를 훈계하기라도 하듯이 그는 또렷또렷하게 말했다.

"그것은 얼토당토않은 억지입니다. 윤상도는 순조 임금이 선대 임금의 외손인 김노경을 보호하려고 하자, 박종훈 신위 등을 탄핵하는 상소문을 이용하여 순조 임금을 협박한 자입니다. 그런데 어떻게 내가 그 상소문을 써서 허성에게 주었다는 것입니까?"

불행인지 다행인지 추사의 벗인 형조판서 권돈인이 뒤에서 지켜보고 있다가 판사에게 잠시 국문을 중단하게 하고

"죄인이 얼토당토않다고 말한 증거가 윤상도의 상소문에 있을 것이니, 그것을 가져다가 세밀하게 살피고 나서 국문하는 것이 도리입니다" 하고 요구했다.

판사가 잠시 동지 지사들을 불러, 권돈인이 제시한 말에 대하여 숙의를 했다. 동지와 지사가 고개를 끄덕거렸다.

추사는 잠시 다시 하옥되었고, 그러는 틈에 권돈인은 조인영에게 달려가서 말했다.

"조 대감, 아무런 혐의도 없는 추사가 저렇게 국청에 끌려가서 어육이 되어 죽어갈 터인데 놔두고만 있을 것입니까? 당장에 조 정승이 나서야 합니다. 저 악귀들은 추사를 기어이 죽이려고 나섰습니다. 시방 서둘러 해야 할 일은 일단 먼 섬으로의 유배형

을 내려 빼돌리는 것입니다. 한시 바삐 전하께 달려가서 간청하십시오."

조인영은 허둥지둥 임금에게로 달려갔다.

윤상도의 상소문을 가져다가 보고 난 배석 지사 박윤호가

"윤상도의 탄핵 상소문을 세세히 살펴보니 죄인 김정희의 필적이 아니고 사용한 어투도 김정희의 것이 아닙니다. 김정희의 죄를 면하게 해주어야 마땅합니다" 하고 말했다. 박윤호는 조인영의 사람이었다.

그러나 배석한 동지 김인종이 고개를 저으며 부당하다고 말했다. 김인종은 안동 김씨 우두머리인 김좌근의 사람이었다.

"김정희는 역모의 배후로 지목된 자입니다. 시방 박 지사는 역모의 주범인 죄인을 비호하고 있는 것입니까?"

김인종이 박윤호를 노려보았고, 박윤호는 고개를 떨어뜨리며 입을 다물었다. 김인종은 차갑고 단호하게 말했다.

"내일 다시 죄인 김정희를 끌어다가 추국을 해야 합니다. 그자를 살려놓으면 안 됩니다. 그자의 오만한 품성으로 보아, 풀려나면 다시 기회를 보아 어린 전하를 기만하고 희롱할 것이오."

이제 추사는 한 번 더 국청에 끌려 들어가기만 하면 곤장을 맞거나 뼈가 으스러지도록 주리가 틀려 죽게 될 터이었다. 추사의 오랜

벗이자 정치적인 동지인 우의정 조인영은 수렴청정하는 순원왕후를 찾아가지 않고, 어린 왕 헌종에게 달려가서 아뢰었다.

"전하, 시방 한시가 급하옵니다. 동지부사에 임명된 바 있는 죄인 김정희를 먼 섬 제주도에 위리안치하라는 명을 내리시옵소서. 그렇지 않으면 김정희가 국문을 받다가 죽게 되옵니다."

헌종 임금은 자기의 보도를 맡아온 조인영의 자애함과 인품을 믿을 뿐만 아니라, 시강원 보도를 지낸 바 있는 김정희의 덕성스러움과 지혜로움을 잘 알고 있었다. 헌종은 그의 주청을 받아들여 도승지를 불러 그대로 하교했다.

十

三

천리유형千里流刑

추사는 한밤중에 금오랑과 나졸의 호위를 받으며 한강의 나루를 건넜다. 금오랑은 추사를 죄인으로 이끌고 간다기보다는, 혹시 안동 김씨 일파의 사주를 받은 나장과 나졸들이 추사를 국청으로 끌고 가려고 몰려올세라 서둘러 인도했다.

오래전부터 학질을 앓고 있는 아내 예안 이씨는 몸을 부들부들 떨면서, 상우와 몸종의 부축을 받으며 나루터에까지 따라와 유배 떠나는 남편 추사를 배웅했다. 나룻배 위에 오른 추사는 아내와 상우를 향해 어서 들어가라고 손사래를 쳤다.

하인 방이가 옷가지와 동전 꾸러미들이 들어 있는 봇짐을 짊어
지고 뒤를 따랐다.

죄인인 추사는 흰 바지저고리에 망건만을 쓰고 조그마한 괴나
리봇짐 하나를 짊어진 채 걸었다. 괴나리봇짐 속에는 어린 시절에
화암사 하허 스님이 준 『화엄경』과 향나무 염주가 들어 있었다. 연
경에 갈 때도 지니고 갔던 것이었다. 추사는 그 영물을 믿고 마음
을 비우려고 애썼다. 하느님과 부처님과 모든 보살님과 조상신이
나를 사람다운 사람으로 길들이려고 이 죽살이의 시련을 내리신
것일 터이다.

과천을 벗어나면서 안도했다. 여기까지 쫓아와서 나를 붙잡아
다가 국청에 밀어넣지는 않겠지. 햇빛 쏟아지는 들판을 건너고 산
모퉁이 길을 돌았다. 칼을 찬 금오랑이 총총 그를 앞장서서 갔고,
창을 든 나졸 둘이 그의 뒤를 따랐다. 그들이 쓴 벙거지의 술이 찰
랑거렸다. 봇짐을 짊어진 하인 방이가 나졸의 뒤를 따르고 있었다.
금오랑의 등에 걸린 괴나리봇짐 한가운데에 먼 길 가면서 갈아 신
을 짚신 여덟 켤레가 달랑거렸다.

하늘을 쳐다보았다. 흰 구름장들이 북으로 흘러가고 있었다. 벗
권돈인과 조인영의 우정이 가슴을 뜨겁게 했다. 언제 풀려나와서
그들의 은혜를 갚을 수 있기나 할까. 새 임금이 어느 세월에 철이
들어 왕권을 왕권답게 강화시키실까. 권돈인과 조인영이 그 임금

301

을 설득하여 안동 김씨 일파를 젖히고 나를 한양으로 불러올릴 수 있을까. 그것이 언제쯤일까. 나를 못 죽여서 환장들을 하는 무리가 하나씩 둘씩 급살을 당하지 않는 한 나는 이 유배에서 벗어날 수 없고, 그 원악도라 알려진 제주도에서 생을 마감해야 할지도 모른다. 새까만 숯가루 같은 절망이 눈앞을 흐리게 했다.

허무하고 또 허무하다. 그럴지라도 이를 갈면서 살아야 한다. 내 한 몸은 나의 것이 아니고, 내가 사랑하는 사람들의 것이고, 임금의 것이고, 나라의 것이고, 하늘의 것이다. 해야 할 일이 수미산과 같고 바다와 같다.

천 리 길을 걸어가서 고해절도인 제주도로 건너가야 할 일이 아득하고 지긋지긋한 지옥행처럼 느껴졌다. 또 거기에 이르러서는 어떻게 새털같이 많은 나날을 무얼 하면서 보낼까. 오직 참고 견디는 수밖에 없다. 이를 물고 한 걸음 한 걸음 내디뎠다. 생의 반 이상을 유배 생활로 흘려보낸 소동파를 배워야 한다. 동파는 시와 글씨와 선禪을 통해 고통스러운 삶을 이겨냈다. 동파가 그리하였듯이, 나도 나를 정치권역 밖으로 밀어낸 자들의 하늘을 바라보며, 초탈한 마음으로 시를 짓고 글씨를 쓰고 난을 치고 그림을 그리며 살아야 한다. 시서화는 하늘땅의 뜻(율동)을 가슴으로 빨아들이고, 빨아들인 것을 하늘땅을 향해 뿜어내는 일이다.

시간에게 잡아먹혀서는 안 되고, 내가 그 율동을 이용하여 시간을 잡아먹어야 하고, 내 속에 들어온 그 시간을 내가 뜻하는 바대로 강처럼 굽이굽이 하구로 흘려보내야 한다. 조급해하지 말고 느긋해져야 한다. 내 몸과 마음이 시간이 되어야 한다.

삶에서 모角를 없애야 한다. 세상에서 가장 드넓은 동그라미大方廣를 가슴속에 품어야 하고, 그러한 동그라미 속으로 들어가야 한다. 아니 내가 한 개의 거대한 빛 동그라미가 되어 세상 한복판에 장식되어 우주를 감싸야 한다.

들판 가운데에 있는 주막의 나무 그늘 아래에서 점심을 먹었다. 국밥 한술을 먹고 나서 금오랑과 나졸들은 나무 그늘에 놓인 평상 위에서 누워 눈을 붙였다. 추사는 마루에 누워 눈을 감았다. 무상한 잠이 들었다. 멍석 같은 잠이었다.

하인이 흔들어 깨워서야 천근보다 더 무거운 눈꺼풀을 벌려 떴다. 흰 빛살이 망막 속으로 쏟아져 들어왔다. 심호흡을 거듭했다. 가슴속으로 흰 빛살과 시원한 바람이 밀려들어왔다. 그 빛살과 바람이 환희가 되었다. 속으로 부르짖었다. '아, 나 지금 이렇게 죽지 않고 살아 있다!'

금오랑이 길을 재촉했고, 그의 유배 호송의 일행은 부지런히 길을 죽였다. 유배의 길도 길은 길이다. 절망하지 말고 부지런히 걸어가야 한다. 길은 도 닦듯이 가야 한다.

이 유배로 인하여 추사 김정희의 앞길은 끝났다고 사람들은 말하리라. 그러나 막히면 열리고, 끝나면 새로 시작되는 것이 길이다. 사람이 밟고 다니기만 하면 사람의 길이 된다. 악귀에게는 악귀의 길이 있고, 개에게는 개의 길이 있고, 구름에게는 구름의 길이 있고, 새에게는 새의 길이 있고, 추사 김정희에게는 추사 김정희의 길이 있다. 길은 멀고 길다. 길이 도道이다. 도 또한 길고 험하다.

천축국의 위대한 그 왕자는 길에서 태어나 맨발로 길을 걸어 다니면서 사람의 길을 가르치다가 길 위에서 죽어갔다. 그 길을 내가 가고 있다. 깨달음의 길이다. 일찍이 자기의 절대 고독과 허무를 터득한 그 왕자가 그랬듯, 나도 나의 절대 고독의 길을 나만의 깨달음을 성취하는 길로 만들어가야 한다.

날이 저물어, 자룻골의 한 주막에서 하룻밤을 묵었다. 한밤중에 어두운 보라색 하늘에서 찬연하게 반짝거리는 북두성과 눈길을 맞추었다. 그 별에게 물었다.

"이제 어떻게 살아야 잘 사는 것이오."

별이 말했다.

"그대 소동파의 길을 밟아가고 있네그려."

들어와 잠자리에 들면서 〈소동파입극도〉를 머리에 그렸는데 꿈에 소동파를 만났다.

산골짜기 시냇물을 따라 올라가는데 나무 그늘에서 차를 마시던 소동파가 그를 맞았다.

"사람이 한살이의 삶 속에서, 자네처럼 유배자로서의 삶을 얼마

동안 살게 된다는 것은 한편으로 행운이네. 나도 귀양살이를 해보았는데…… 그 삶을 죄짓고 갇혀 사는 삶이라고 여긴다면 지옥살이인 것이고, 천상에 살던 천사가 도를 깨치기 위해 지상의 한곳에 내려와 유랑한다고 생각한다면, 그 사람의 영혼은 하늘처럼 그윽하고 넓고 높아지네. 천 리 길을 걸어갈 때나, 광막한 대해를 건너갈 때에 부디 『화엄경』의 선재동자처럼 만행을 한다는 생각을 하게나. 귀양살이를 지옥살이로 살지 말고, 그것을 즐기면서 살게나. 시 짓고 글씨 쓰고 그림을 그리고 참선을 하면서 자네를 보석처럼 견고하게 연마하게. 유배살이를 견고한 몸과 마음을 만드는 기회로 삼게나."

엎드려 절하고 일어나니 소동파는 간 곳이 없었고, 그는 모기 잉잉거리는 방 안에서 누워 자고 있었다.

이튿날 남쪽으로 길을 잡아 떠나면서 추사는 금오랑에게 말했다.

"금오랑, 나하고 한 가지 내기를 걸기로 하세. 우리 머나먼 천 리 길을 가야 하는데, 그대는 죄인인 나를 이끌고 간다는 생각을 버리고, 나는 죄인으로서 유배를 간다는 생각을 버리기로 하세. 물론 나는 말썽 피우지 않고, 길 잘 든 짐승처럼 그대가 이끄는 대로 잘 따를 걸세. 물 흐르듯이 꽃 피듯이."

금오랑이 잠시 발을 멈추고 그를 향해 고개를 숙여주고 돌아서서 부지런히 걸었다.

추사가 말을 이었다.

"우리 시방 유람을 하고 있는 거야. 이번 유람을 하고 자네는 한양으로 돌아갈 터이지만, 나는 그 마지막에 이른 원악도에서 사약 한 사발을 마시게 될지도 모르지. 그렇지만 나는 지금 살아 있음을 넉넉하게 즐길 생각이야."

금오랑이 허리를 한 번 굽실거리고 나서

"대감! 어인 말씀을……" 하고 망극해하였다.

뒤따르던 하인 방이가 "대감마님!" 하고 말하면서 눈물을 훔쳤다. 추사는 말을 이었다.

"꽃은 지지만 열매를 남기고, 달은 지면서 흔적을 남기지 않네. 누가 흔적을 남기는 꽃의 있음을 들어, 달의 없음을 증명할 수 있는가. 있음과 없음 사이, 그 간극 속에 오묘한 진리는 들어 있네……. 사람은 살아가기를 내일 아침 죽어도 여한이 없게 살고, 영원히 살 것이라는 희망을 가지고 살아야 하느니."

금오랑 안종식은 적당한 기회를 보아 추사에게서 글씨 한 점을 얻을 생각을 곰곰이 품고 있었다. 청나라 사람들은 추사의 예서 한 점을 얻기 위해서 천만리 밖의 해동 조선에까지 찾아온다지 않던가. 예서 한 점을 받아 가지고 가서 팔면 큰돈을 보듬을 수 있을 터이다.

금오랑 안종식은 충청도 땅으로 들어서면서, 나졸들에게

"귀한 어른이시다. 시방은 운이 나쁘셔서 귀양을 가시지만 다시 풀려나시면 영의정에 오르실 분이시다. 불편하시지 않게 잘 모시도록 하여라" 하고 엄히 당부했다.

가다 쉬고 가다 쉬기를 거듭하면서 가고 있었지만 추사는 불안했다. 파발이 먼지를 일으키며 한양 쪽에서 달려오면 가슴이 뜨끔하면서 조마조마했다. 혹시 나를 붙잡으러 오고 있는 사자가 아닌가. 역적 죄인인 나를 빼돌렸다 하여 조인영 권돈인까지를 역적으로 몰고 난 그자들이 나에게 사약을 보내올지도 모른다. 추사는 겁을 내고 있는 스스로를 꾸짖었다.

'죽게 되면 죽는 것이지, 죽음 그것을 무얼 그리도 두려워 떠는가.'

종성 유배 가신 초정 선생의 편지에 쓰였듯, 백낙천의 「자회시自悔詩」에 자기의 호를 넣어 외었다.

"추사야, 추사야, 슬퍼하지 마라, 앞으로는 배고프면 먹고 목마르면 마시고 낮에는 일어나고 밤에는 잠자거라. 터무니없이 좋아하거나 허망하게 슬퍼하지도 말고, 병들면 눕고 죽으면 편히 쉬어라."

모질도耄耋圖

남원의 한 주막에 이르러 쉬는데, 금오랑이 탁배기 두어 잔을 걸치고 나더니, 불콰해진 얼굴로 추사 앞에 무릎을 꿇고 머리를 조아리면서 정중하게 청했다.

"소관은 오래전부터 대감의 온화하고 넉넉한 품성과 하늘의 이치처럼 오묘한 글씨를 우러러 흠모하여왔사온데, 차마 어떻게 간청드릴 기회를 얻을 수 없었을 뿐만 아니라, 소관의 처지로서는 황금 보석보다 더 고귀한 글씨를 사서 품을 수 있는 넉넉한 처지도되지 못했사옵니다. 그런데 소관이 제주도까지 이천 리 길을 대감을 모시고 가게 된 것은, 대감으로서는 끔찍스러운 불행일 터이오나 소관으로서는 하늘이 내려준 기회이옵니다. 소관에게 주는 따끔한 훈시의 말씀이든지, 평생 금과옥조로 삼을 성인의 말씀이든지를 손바닥만 한 종이에다가 자잘하게 간찰체로 쓰시든지, 큰 글씨로 한 자만 덩그렇게 써주시든지…… 만일 그리해주신다면, 감히 소중하게 간직하여 대대손손 가보로 물려주고 싶사옵니다. 삼가 허락해주시옵소서."

그 청을 받고 나자, 추사는 금오랑이 오히려 고맙게 느껴졌다. 그의 청대로 한두 글자나 간찰체로 몇십 자를 써주는 것쯤이야 어렵지 않은 일이었다. 그것을 써준다면, 이 사람이 뇌물을 받은 듯 앞으로 이천 리 길을 곰살갑게 모셔줄 것이 아닌가.

"자네가 글씨를 아는가?"

추사는 금오랑의 얼굴을 건너다보며 물었다. 금오랑이 얼굴을 붉히고 부끄러워하며

"소관도 어린 시절에 『맹자』 중간까지는 읽었고, 글씨라는 것을 괴발개발 그려보기도 했사옵니다" 하고 말했다.

"그럼 어짊仁을 알겠군그래. 지필묵을 가져오게나."

추사의 말에 금오랑은 얼씨구나 하고 자기 괴나리봇짐 속에서 두루마리 종이와 붓과 자그마한 벼루와 한 뼘쯤의 누름 막대 두 개를 내놓았다. 무릎을 꿇은 채 두루마리 종이를 반듯하게 펴고 누름 막대 둘로 다시 말리지 못하게 눌러놓았다.

"하아, 이 사람, 아주 주도면밀하군그래."

추사가 탄성 어린 소리로 말하자 금오랑은 수줍어하며 두 손을 마주 비볐다. 수줍은 웃음이 담긴 금오랑의 얼굴은 칠팔 세 소년의 얼굴처럼 귀여웠다.

그때 뒤란 대밭에서 연한 잿빛의 고양이 한 마리가 걸어 나오다가 평상에 앉아 있는 추사를 바라보았다. 고양이의 날카로운 눈빛과 투명한 광망처럼 사방으로 뻗어나간 수염들을 보며 그는 순간 모질도耄耋圖를 생각했다. 오래전부터 그의 지기들 사이에서는 동물들의 그림을 그려 보냄으로써 어떤 긴 이야기를 암유로 표현하는 일이 유행하고 있었다.

그것은 당나라 소정방이 김유신에게 암호로 그려 보낸 그림, 난새鸞와 송아지犢 그림에서부터 비롯된 것이었다. 뒤쫓아 오는 고구려 군사를 피해 신속하게 강을 건너갔다가, 다음 날 새벽에 강변의 고구려 군사를 합동으로 역공하자는 뜻으로 그려 보낸 그 그림 편지의 뜻을 원효는 속히 회군하라고 읽어냈다고 기록되어 있었다(『삼국유사』 김유신조의 설화).

추사는 붓을 잡고 종이에다가 몸을 웅크리고 있는 고양이 한 마리를 그렸고, 그림 오른편에다가 내리글씨로 '이 모질도를 남원을 지나는 길에 그렸다'고 썼다.

모耄자는 중국 발음으로 '마오'이고, 그 소리는 고양이를 말하므로 실제의 고양이를 그린 것인데, '모'의 뜻은 칠십일 세의 노인을

310

말하고, '질'의 뜻은 팔십이 세의 노인을 말한다. 그 그림은 오래 살라는 축수祝壽의 뜻을 담고 있는 것이었다.

그는 그 그림을 자그마하게 접어서 금오랑에게 건네주면서

"이것을 장차 한양에 돌아가는 대로 형조판서(권돈인) 합하에게 틀림없이 전해주겠노라고 약조를 하면 내 그대의 청을 들어주겠네" 하고 말했다. 금오랑은 머리를 숙이고 두 손으로 받아들면서

"아이고, 어떻게 한 치라도 어긋남이 있겠사옵니까요!" 하고 말했고, 추사는 앞에 놓인 종이를 가로로 기다랗게 펴 늘인 다음 붓을 들어 쓰기 시작했다.

衆人皆醉我獨醒

사람들이 다 취해 있을지라도 나 홀로 깨어 있으리라.

예서체의 큰 글씨로 이렇게 쓴 다음 왼쪽 끝에다가 자잘한 글씨로 적었다. '넓고 아득한 대지에 비린내 흐린 내 코를 지르는데, 눈 속의 묘한 향기의 신비함을 뉘라서 찾아낼 것인가.'

추사는 글씨를 다 쓰고 난 다음 손으로 짚어가면서 새겨주었다. 금오랑은 두 손을 짚고 이마를 평상 바닥에 대면서 황송해하였다.

"이 은혜를 어떻게 갚아야 하올지 망극하고 또 망극하옵니다."

추사는 이어서 종이에다가 '나무아미타불 관세음보살'이란 주문을 석 장 쓴 다음

"이것은 주문이다. 자네 바랑 속에 넣어 가지고 다니면 어떠한 곳에서도 횡액을 만나지 않는다" 하고 말하며 두 나졸과 하인 방이에게 한 장씩 나누어주었다. 나졸들과 하인 방이는 감개무량하여 머리를 깊이 조아렸다.

그때 추사의 등 뒤쪽에서 컬컬한 목소리가 "정읍에 가면 참말로 귀신이 곡할 정도로 글씨를 잘 쓰는 사람이 있는디……" 하고 말했다.

깜짝 놀라 뒤돌아보니, 바랑을 짊어진 키 작달막하고 늙수그레한 누더기 옷의 거사였다. 쥐의 머리를 확대해놓은 듯한 누더기 거사의 얼굴에는 깊은 주름살들이 많았다. 누덕누덕 기운 장삼이 우중충하고 괴죄죄했고, 머리에 쓴 칡덩굴 모자 또한 허름했다. 깎은 지 오래된 거뭇거뭇한 귀밑 머리털과 터불터불한 구레나룻과 턱수염과 코밑수염 속에서 취할 수 있는 것은 반짝거리는 눈 하나뿐이었다.

금오랑과 나졸과 방이의 눈길이 누더기 거사에게로 날아갔다. 추사는 내심 불쾌했다. 죄인의 몸으로 유배 가고 있는 자기가 천하의 명필 추사라는 것을 알지 못하는 누더기 거사를 향해 그는 빙긋 웃으면서 물었다.

"그 사람이 누구요?"

거사는 동문서답하듯이 대꾸했다.

"그 사람이 부적 글씨를 담벽에 써 붙여놓으면, 신통하게도 근처의 뱀들이 싹 달아나뿐당만이라우."

거사는 이 말을 남기고 몸을 돌리더니, 제멋대로 몸통과 다리를 이리저리 외틀며 자라난 꼬불꼬불한 명아주 지팡이로 길바닥을 거칠게 찍으면서 제 갈 길을 총총 가버렸다.

추사에게서 받은 주문 쓰인 종이를 고이 접고 있던 허우대 큰 나졸이 누더기 거사의 뒤통수를 향해 화가 난 듯한 목소리로

"여보시게, 중!" 하고 불렀다. 금오랑이 그렇게 '중'이라고 부르면 안 된다는 듯 근엄하게 "여보시오, 스님!" 하고 불렀다.

"저런, 저런…… 글씨가 뭣인지 쥐뿔도 모른 중놈……" 하고 방이가 투덜거렸다.

누더기 거사는 뒤돌아보지 않았다. 들판길 저쪽으로 이미 백여 걸음이나 가버렸다.

키 작달막한 나졸이 주문 쓰인 종이를 얼른 바랑 속에 넣고 나서 금오랑과 추사의 눈치를 재빨리 살피며

"지가 퍼뜩 가서 잡아 올깝쇼?" 하고 물었다. 금오랑이 무뚝뚝하게

"그래, 저 못된 중도 속도 아닌 놈을 잡아 오너라" 하고 명령했다. 허우대 큰 나졸과 작달막한 나졸이 창을 집어 들었다.

"놔둬라" 하고 추사가 말했다. "학은 학의 눈을 가지고 살고, 뱁새는 뱁새의 눈을 가지고 사는 법이다."

313

괴나리봇짐을 지고 주막집을 나서는 추사의 머리에 누더기 거사가 내뱉고 간 말이 들어앉아 벌레처럼 꼬물거리고 있었다. '부적 글씨를 담벽에 써 붙여놓으면 신통하게 근처의 뱀들이 싹 달아나 뿐당만이라우.' 부적 글씨가 과연 그렇게 신통스러운 주술을 가지고 있을까. 그러한 글씨를 쓰는 사람이 누구일까. 혹시 '욱욱호문 郁郁乎文'을 '도도평장都都平丈'이라고 가르치는 시골구석의 훈장이 아닐까. 글줄깨나 읽는다고 읽었지만 과거에는 거듭 낙방하고, 도포 자락 펄럭거리며 풍광 좋은 강 머리 정자에서 풍월이나 하고, 시 자랑 글씨 자랑이나 하고 다니는 선비일까.

추사는 고개를 저었다. 부적 글씨를 담벽에 써 붙이면 근처의 뱀들이 모두 달아난다는 그 사람을 만나보고 싶었다.

사립문 밖으로 나서다가 추사는

"한양으로 올라가실 때에도 들려주십시오이. 아주 진한 국물로 올려드리께라우" 하고 금오랑을 배웅하는 텁석부리 주인에게 물었다.

"부적 글씨를 담벽에 써 붙이면 근처의 뱀들이 모두 달아난다니…… 어디 사는 누구를 두고 하는 소리요?"

텁석부리가 추사를 향해 굽실하면서

"아, 그 사람, 쩌그 정읍에 사는 이삼만이를 두고 하는 소리잉만이라우" 하고 말했다. 땅딸막한 중노미가 팽당그르르 달려 나와서 아는 체를 했다.

"달리 그런 것이 아니고라우. 이삼만이란 영감 아부지가 젊어서 약초를 캐러 댕기다가 독사에 물려 죽었는디, 이삼만이는 아부지 원수를 갚는다고 뱀이 눈에 뵈기만 하면은 때려쥑일 뿐만 아니라, 어디에 뱀이 나타났다 하면은 오 리 아니라 십 리 밖까지도 쫓아가 갖고 쳐 쥑이기 땜에, 뱀들이 그 사람 냄새만 나도 줄행랑을 치지 라우. 그런께 뱀이 들끓는 다른 동네들에서는 이삼만 영감한테서 글씨를 받아다가 붙여놓는당만이라우."

금오랑이 참견을 했다.

"아, 그러니까 그 이삼만이라는 사람의 글씨가 무서워서 달아나 는 것이 아니고, 그 사람이 뱀들 씨를 말리려고 하기 때문에 달아 난다, 그 말이네?"

텁석부리 주인이 고개를 젓고 나서

"그것이 아니고라우. 그 사람, 아주 뱀 잡아 쥑이는 일하고 글씨 쓰는 일에 미쳐뿐 사람이어라우. 애시당초에 아부지 돌아가신 뒤 로는 똥구멍이 찢어지게 가난해서, 종이를 구할 수가 없은께 모래 를 퍼다가 마당에 부어놓고 작대기로 글씨를 쓰고, 품을 들여서 한 푼이나 생기면 한지하고 먹만 사다가, 마른 칡덩굴을 잘라서 끄트 머리를 이빨로 씹어서 붓같이 만들어갖고 글씨를 쓴 사람이라우. 그래서 진작부터 맹필이라는 소문은 났지라우."

중노미가 또다시 아는 체를 했다.

"대국(중국)에서도 그 사람 글씨를 구득하려고 건너온당만이

315

라우."

 턱석부리 주인이 마른 입술에 침을 바르고 말을 이었다.

 "말이 나온 김에 아주 이야기를 다 해뿌려야것구만이라우. 남원
에서 대구 약령시藥令市까지 댕기면서 약재 거래를 하는 무식한
놈이, 지가 쓴 글씨로는 대구 약재상들이 알아보지를 못하니께 이
삼만이를 찾아가서 약재 이름 하나하나를 부르면서 목록을 써달라
고 했던갑습디다. 그 약재상이 그것을 가지고 대구 약령시에 갔는
디, 거기 온 대국 약재상이 이삼만이 쓴 목록의 글씨를 아주 비싼
돈을 주고 사갔당만이라우. 그 뒤로는 그 소문이 대국까지 쫙 퍼진
모양입디다."

글씨로 뱀을 쫓는다

해 저물 녘에 정읍의 한 주막에서 묵게 되었을 때, 부르튼 발을 찬물로 씻고 난 추사가 금오랑에게 말했다.

"글씨로 뱀을 쫓는다는 사람을 좀 불러줄 수 없겠나?"

금오랑은 사람을 놓아 이삼만을 불러오게 했다.

밥 한술을 먹고 나자 날이 어둑어둑해졌고, 노독에 지친 추사는 봉놋방에서 잠이 들었는데, 이삼만은 한밤중이 겨워서야 왔다. 혼자서 온 것이 아니고, 글씨를 배우기 위해 따르는 제자들 몇 사람과 더불어 왔다. 협수룩한 의관을 정제한 이삼만은 고희를 이미 넘긴 늙은이였다.

금오랑은 주막집 주인에게 촛불 여러 개를 방 안 여기저기에 밝히라고 명했다.

이삼만은 추사가 들어 있는 방으로 들어가 수인사를 나누었다.

이삼만을 바라보는 순간 추사는 깜짝 놀랐다. 그 노인은 어디에서인가 본 듯한 사람이었다. 얼굴과 목줄의 주름살들이 깊어져 있고, 눈썹과 수염들이 파뿌리처럼 희어졌지만, 얼굴 윤곽 눈매 눈빛 입모습 코가 눈에 익었다. 이 사람을 어디에서 보았을까. 기억을 더듬던 추사는

"아아, 이 영감!" 하고 탄성을 질렀다. 그 노인은 추사가 충청우도 암행감찰을 하던 중 서천의 한 마을에서 만난 서당 훈장이었다. 그때 그 훈장은 자기를 '이창암'이라고 소개했었다.

"노인장은 창암 선생 아니시오?"

이삼만은 추사를 향해

"그렇소이다" 하고 나서 추사의 안색과 행색을 살피고 안쓰러워하며 말했다.

"대감, 참으로 고초가 많소이다."

이삼만은 오면서 추사가 제주도로 유배를 가고 있음을 들은 것이었다.

추사는 서천에서 보았던 창암의 글씨들이 눈에 그려졌다. 창암의 영상은 늘 그 글씨를 바탕으로 머리에 떠오르곤 했다. 획의 첫

머리가 누에의 머리 같고, 파임이 말발굽처럼 단단하게 뭉쳐지고 획이 힘 있게 뻗어나가던 글씨. 원교 이광사에게서 배운 듯한데, 현기와 요기로 꾸며진 이광사의 경지를 이미 훨씬 초월해버린 청출어람의 글씨라고 느꼈었다.

추사는 고개를 저으면서

"고초라니요? 저는 금상께서 잠시 남도 땅 여기저기를 유람하면서 수양을 하라는 말미 명을 주셨으므로 이렇게 훨훨 구름처럼 바람처럼 천리유행天理流行하는 길이요. 천상의 옥황상제께서도 신임이 두터운 신하에게는 잠시 이승 유람을 하라고 명하곤 한다지 않습니까?"

이삼만은 천장을 쳐다보며 고개를 끄덕거렸고, 추사는 이삼만의 주름살 깊은 얼굴을 건너다보며 입을 열었다.

"세월이 살갖에 금색의 무늬와 은색의 물결을 만들어주었을 뿐, 옥체는 오히려 더 견고해지신 듯싶습니다. 겉모양이 이러시다면 시풍詩風이나 서풍書風 모두 더욱 그윽한 지경에 이르러 있지 않을까요? 남도 유람하는 동안 저는 이제 명필들의 필치나 구경하고 돌아갈까 합니다. 밤이 늦기는 했지만, 정읍의 명필께서 일필휘지로써 고단한 나그네를 위로해주시지 않겠습니까?"

말씨 속에 진정성과 간곡함이 어려 있었다.

"천하의 추사 대감 앞에서 부끄럽기는 하제마는, 원악도까지 험한 기행을 하시는 대감의 발걸음을 가볍게 해드린다는 핑계로 한

번 괴발개발 그려볼랍니다요."

그 말이 떨어지기 무섭게 문밖에 있던 제자 하나가 지필묵을 대령했다. 테 좁은 갓을 쓴 체구 작달막한 중년의 제자가 두루마기 자락을 여민 채 조심스럽게 종이를 이삼만의 무릎 앞의 방바닥에 세로로 펼쳐놓는 동안 촛불들은 몸을 이리저리 꼬면서 호들갑을 떨어댔다.

제자는 벼루에 천천히 먹을 갈았고, 방 안에는 침묵이 흘렀다. 촛불의 일렁거림을 따라 거무스레한 바람벽의 그림자들이 도깨비들처럼 우쭐거렸다.

먹과 붓과 종이는 전주와 남원에서 생산되는 싸구려들이었다. 붓은 황모로 된 것이고, 먹은 버드나무 재와 연기 그을음으로 제조한 조악한 것이고, 종이는 번짐이 심한 창호지였다. 추사는 의아했다.

'저 지필묵으로 어떻게 좋은 글씨를 쓴다는 것인가.'

추사의 심사를 읽은 듯 이삼만은 정좌한 채 팔짱을 끼고 맞은편 바람벽을 바라보며 겸허하게

"지가 사실은 붓을 놀려온 지 육십 년이지만, 아직까지도 점 찍는 법, 건너긋는 획이나 파임을 확실하게 터득하들 못했구만이라우. 양해해주십시오이" 하고 말했고, 추사가 받았다.

"지나치게 겸손함은 그 또한 예의가 아니라고 했습니다."

이삼만이 재빨리 팔짱을 풀고 손사래를 치며 말했다.

"절대로 겸손이 아닝만이라우. 중국에도 다녀오시고 한양에 사시는 대감의 글씨하고 벽촌 향반의 데퉁맞은 글씨하고는 천양지차일 수밖에 없것지라우. 눈 뜨고는 차마 볼 수 없는 지경일지라도, 너그럽게 보아주시기 바랍니다요. 지가 시방 제 글씨를 천하의 명필이신 대감께 보여드리고자 하는 것은, 만일 어느 정도 잘 쓴다면 잘 쓴다는 증명을 받고자 하는 것이고, 혹시라도 잘 못 쓴다면 어디 어떤 것을 잘 못 쓰는지 한 수 배우려는 것이란 것만 염두에 두시고 지켜봐주십시오이."

말을 맺고 나서 이삼만은 붓에 먹을 묻혀가지고 한 자 한 자씩 정성을 다해, 그러나 대번에 재빠른 필치로 써 내렸다. 한지에서의 빠른 번짐을 막기 위해서였다.

제자는 이삼만의 옆에서 한지를 두껍게 접어 들고 있다가, 이삼만이 한 자를 쓰고 나면 재빨리 글자 위를 눌러 수분을 뽑아냈다.

강물이 푸르니 새가 더욱 희게 보이고
산이 푸르니 꽃 빛이 불타는 듯싶어라
금년 봄도 또 건듯 속절없이 지나가는데
어느 날이 바로 고향에 돌아갈 해일까.
江壁鳥逾白 山青花欲然
今春看又過 何日是歸年

두보의 시였고, 그것은 추사의 유배 길에 오른 심사를 빗대어 표현해주고 있었다. 이삼만은 그 종이를 옆으로 들어내놓고 이어 쓰기 시작했다.

지금은 꽃이 아닐지라도 좋아라
장차는 영원한 삶을 누릴 터이니.
今不華也好 將享無量壽

추사는 가슴이 뭉클했다. 누에의 머리처럼 앙당그러진 획에는 한이 서려 있는 듯하고, 말발굽처럼 뻗어나간 파임에는 밝은 빛이 담겨 있었다. 번짐이 재빠르고 심한 데다 면이 고르지 못한 창호지에 이러한 글씨를 쓸 수 있다니 참으로 놀랍다. 거기에 두보의 시와 '지금은 꽃이 아닐지라도 좋아라, 장차는 영원한 삶을 누릴 터이니'라는 위로의 말. 나의 신산한 삶이 먼 훗날 화려한 꽃으로 확실하게 평가받을 것이라는 말이지 않은가. 한낱 향반일 뿐인 늙은 명필의 글씨와 단단한 사념의 망울들이 그의 가슴속에서 꿈틀거리고 있었다.

'그래 모름지기 글씨라는 것은 저렇듯 사람의 가슴을 동요하게 하는 주술적인 힘을 담고 있어야 한다. 이삼만의 스승인 이광사의 글씨에는 부처만 들어 있는데, 이삼만의 글씨 속에는 부처도 들어 있고 중생도 들어 있다.'

그렇지만 슬픈 생각이 들었다. 한 가난한 시골 향반의 이런 글씨를 누가 보석으로 알아줄 것인가. 요기妖氣로 위장된 현기玄機가 가득한 이광사의 글씨를 대하면 환장들을 하지만, 창암의 글씨는 그저 시골 사람의 글씨치고는 잘 쓰는 글씨쯤으로만 알 터이다. 눈에 돈독이 오른 시골의 부호들은 기껏해서야 곡식 두어 됫박씩이나 가져다줄 뿐일 터이다.

추사가 말했다.

"창암의 그 팔랑개비 글씨라는 것을 좀 보여주십시오." 초서를 써 보이라는 것이었다.

이삼만은 어린 시절부터 가난하여 종이를 구할 길이 없으므로 모래 위에 작대기 끝으로 글씨를 썼는데, 그 작대기가 몇 개 닳아 져버렸는지 알 수 없다는 소문, 중국산의 값비싼 붓을 사서 쓸 수 없으므로, 칡덩굴 앵무새 털 대나무로 붓을 스스로 만들어서 썼다는 소문이 나 있었다.

이삼만은 거침없이 썼다.

하늘의 이치 따라 살아가니
밝은 달이 스스로 내려와 나를 비추어주고
물욕을 씻어 없애니
흰 구름마저도 잡아다가 손님에게 줄 수 있다네.
天理流行 明月自來照人

物慾淨盡 白雲亦可贈客

이삼만이 다시 이어서 썼다.

　바다를 발로 차서 산을 옮겨놓고
　파도를 일으켜 큰 산을 무너뜨린다.
　蹴海移山 飜濤破嶽

　바다를 발로 차서 파도를 일으키고, 그 파도로 하여금 산을 밀어
옮김으로써 그 산을 무너뜨린다고 써야 하는데…… 늙은 이삼만
은 그 말들을 거꾸로 뒤집어엎어서 희롱하듯 즐기고 있었다.
　쓰고 있는 글의 뜻처럼, 그의 글씨는 마치 봉황이 춤을 추는 듯
싶고, 청천의 용이 뛰어오르는 것 같았다. 산은 우뻿쭈뻿 기복이
있어 힘을 얻고, 물은 굴절로 인하여 세를 얻듯, 붓은 빙글빙글 돌
리는 맛이 있어야 세를 얻는 법이다.
　추사는 한동안 이삼만의 글씨를 보고 있다가 고개를 끄덕거리
며 말했다.
　"창암 선생, 듣던 대로 정말 명필이십니다."
　이삼만은 두 손을 짚고 고개를 떨어뜨리면서 말했다.
　"조선 제일의 통유通儒이시고 명필이신 추사 대감께서 과찬을
해주시니, 감개가 깊고 또 깊습니다."

추사는 오랫동안 이삼만이 써놓은 글씨들을 내려다보다가 말했다.

"창암 선생, 그렇지만 오해하지 마시고 들으십시오. 슬픈 일이기는 하지만, 이 글씨로 인해서 남은 여생 동안 그렁저렁 대접받으시면서 밥은 굶지 않고 사실 수 있을 듯싶습니다. 세상 사람들은 원교 이광사의 요기와 속기 가득한 글씨에 홀려, 그 어른의 글씨만이 최고 경지에 오른 것이라 여기고 있기 때문에 창암의 이 신기어린 글씨를 덜 높이 쳐줄 겁니다."

정읍을 벗어나면서 추사는 금오랑에게 말했다.

"해남 대둔사에 초의라는 스님이 이 죄인을 기다리고 있을 터인데, 완도에서 배를 타기 전에 들러 하룻밤 신세 지고 가는 것이 어떻겠는가?"

금오랑이 정중하게 말했다.

"대감 마음 가는 대로 하십시오. 제주도에 이르기까지 잘 모시라는 이재(권돈인) 대감의 신신당부가 계셨사옵니다. 그래서 미리 우수영 수사에게 기별을 해두었사옵니다."

추사는 하늘을 쳐다보았다. 하늘을 바라볼 때면 늘 '태허'라는 말을 떠올렸다. 왜 하늘을 태허라고 부르기도 하는 것인가. 하늘은 무엇인가를 애타게 바라는 사람에게 신묘한 주술을 걸어준다. 그 주술이 걸린 사람은 가슴에 하늘을 들이켜고 하늘 같은 마음을 가지게 된다. 그는 심호흡을 했다. 들이쉴 숨은 지금까지의 답답한 마음을 거두게 하고 내쉴 숨은 먼 곳의 툭 트인 산과 하늘을 바라보고 그 하늘마음을 가지게 한다.

하늘이 나를 원악도에 보낸 다음 다시 나오지 못하게 할지라도, 저 하늘의 마음 땅의 질서를 따라 살아야 한다. 내일 죽어도 좋다는 생각과 영원히 살 수 있다는 생각, 그 둘을 다 가지고 시방 최선을 다하자. 하늘마음을 들이켜는 사람의 의지로써 되지 않는 것은 없다. 바다를 발로 차서 산을 옮기고 파도를 일으켜 산봉우리를 무너뜨리는 기세로 글씨를 쓰듯이, 나는 나의 삶을 그러한 기세로 이끌어가야 한다.

나주에서 하룻밤 머물고 아침 일찍이 길을 나섰다. 봉우리들이 금강산의 그것들처럼 우뼷쭈뼷한 산이 멀리 바라다보이는 들판길 한가운데 주막에서 점심을 먹었다. 그 산의 형세를 보자마자 추사는 강신무降神巫의 춤사위를 생각했다.

"저것이 영암靈巖 고을 월출산月出山입니다" 하고 금오랑이 말했다.

추사는 그 산의 형상과 '월출산'이란 이름이 어울리지 않는다고 생각했다. 알토란 같은 주봉들 셋을 중심으로, 수백 명 선비들의 정자관을 올려놓은 것 같은 산봉우리들, 현란한 족두리 모양의 산기슭들을 거느리고 있는 그 산의 모퉁이를 돌아 남으로 내려가면서 추사는 그를 남여에 태우고 비로봉을 오르던 젊은 스님들의 박박 깎은 민머리들을 생각했다.

　푸르스름한 이내嵐 서려 있는 그 산은 금강산의 한 부분을 떼어다 옮겨놓은 듯싶었다. 가슴이 우둔거렸다. 그 기괴하면서도 고졸한 산의 정기가 가슴속으로 밀려들어왔다. 그 산 모양의 글씨를 쓰고 싶고 그림도 그리고 싶었다.

　"산의 형세를 보니, 월출 고을 영암산靈巖山이라 했어야 하는데 서로 바꾸어놓았구나. 작명한 사람이 달과 땅과 산을 희롱했구나."

　이름은 그것의 존재를 증명해준다. 아버지는 왜 내 이름을 정희正喜라고 지어주었을까. 바를 정正 자는 하늘一(태허)에 머물러 있다止는 뜻이고, 기쁠 희喜 자는 북鼓 치고 노래하니 즐겁다는 뜻이다. 정희라는 이름은 나로 하여금 '태허의 세계에 발을 묻은 예술의 길을 신명나게 가도록' 운명 지어놓고 있다.

　월출산에 떠오른 해와 달, 그것과 영암산에 떠오른 해와 달은 전혀 다르다. 만일 애초에 영암산이라고 이름 지어 불렀다면, 이 고을에는 거역하는 자들이 많이 나지 않았을까. 그런데 달을 솟아오르는 산, 월출산이란 이름이 저 산의 기괴함과 기굴함과 신성함을 고졸하게 누그러뜨려준다. 그렇다, 글씨는 모름지기 견고한 영암을 가슴에 품은 채 월출동령月出東嶺하듯이 써야 한다.

해남의 우람한 두륜산은 연보라색의 이내를 너울처럼 쓰고 있었다. 영암 고을의 동남쪽에 우뚝 선 월출산이 뿔 달린 유관을 쓴 영험한 강신무의 춤사위 같은 산이라면, 두륜산은 나비춤을 추는 비구니 같고 장옷이나 머리처네 쓴 여신 같은 산이다.

두륜산頭輪山, 머리가 수레바퀴처럼 둥글고 원만한 원융의 산. 대방광, 땅의 만다라를 표현한 산이다. 그리하여 품속에 서산대사를 낳은 대둔사大屯寺를 안을 수 있었으리라.

세상을 쪼개버릴 듯한 뇌성벽력이 구름 속에 있지만, 크게 진동할 만한 기세를 얻지 못하고 있는 것이 '둔屯'이다. 둔, 그것은 정체를 의미하고, 정체는 움직여야 할 것, 장차 크게 움직이고야 말 힘이 어떤 제약 때문에 사화산처럼 움직이지 못하고 있는 것을 의미한다.

저 두륜산의 대둔사 안에 내 사랑하는 벗 초의가 도를 닦고 있다.

추사가 해남에 이르렀을 때는 피처럼 타던 저녁노을이 스러지고 어슬어슬 땅거미가 내렸다. 지쳐 쓰러질 것 같았지만 초의를 만난다는 생각으로 이 악물어 참고 대둔사를 향해 걸었다. 다행히 두륜산 위로 달이 떠오르고 있었다.

산모퉁이에서 말 한 필이 달려와 추사 일행 앞에 멈추어 섰다. 말에는 군복을 입은 장수가 타고 있었다. 말이 앞의 길을 가로막은 까닭으로 추사 일행은 멈추어 섰다. 말에서 내린 장수가 추사와 금오랑에게 예를 하고, 금오랑에게 다가가서 귀엣말을 했다. 금오랑이 고개를 끄덕거렸다. 산모퉁이에서 가마 한 채가 달려왔다. 가마꾼들의 머리가 달빛을 받아 반들거렸다. 젊은 스님들이 가마꾼 노릇을 하고 있었다.

금오랑이 추사를 향해 말했다.

"대감, 수사가 대감마님 모실 가마를 보내왔습니다."

"죄인이 가마를 타고 가다니…… 금오랑은 지금 누구를 죽이려고 이러는가?"

추사는 고개를 저었다. 만일 유배 도중에 가마를 타고 갔다는 말이 한양의 안동 김씨 일파에게로 들어간다면, 그들이 나에게 사약을 내리라고 임금을 겁박할 것이다.

금오랑이 말했다.

"두륜산 주변에는 무도한 산적들이 많아 혹 명필이신 대감을 납치하고 무엇인가를 요구할지도 모르므로 취한 부득이한 조치라 하옵니다. 그 산적들은 완도 근해의 해적들하고 손을 잡고 있어 힘이 막강하다고 하옵니다. 어서 타십시오."

추사는 손사래를 치며 말했다.

"만일 이 일이 한양 쪽에 알려지면 금오랑이 무사하지 못할 것일세. 가마를 그냥 보내시게나."

"소관은 오직 죄인을 무사히 호송하기 위해 수사의 계책에 협조를 하고 있을 뿐입니다. 그러므로 모든 책임은 소관이 지겠습니다.

어서 타십시오."

"어서 타십시오."

"만일 산적들에게 대감을 뺏긴다면 저희 졸개들은 살아남지 못
합니다요."

나졸들이 말했다. 다시 금오랑이 강권했고, 추사는 마지못해 가
마에 올랐다. 그때 금오랑이 시퍼런 칼을 빼어 들면서 가마꾼들에
게 말했다.

"시방 죄인을 안전하게 호송하려고 너희들을 불렀음을 명심하
고, 나졸들의 보폭에 맞추어 걷도록 하여라. 알겠느냐?"

대웅전에는 불이 환하게 켜져 있었다. 창호지로 바람막이를 해놓
은 장명등이 달그림자를 밝히고 있었다. 초의와 주지가 일주문 앞에
서 기다리고 있다가 추사를 맞이했다. 가마가 멈추자 추사는 가마
문을 열치고 밖으로 나가려고 했다. 한데, 초의가 먼저 가마 문을 열
고 윗몸을 안으로 들이밀어 추사를 끌어안았다. 추사는 가슴에 뭉쳐
진 뜨거운 울음덩어리가 목구멍으로 솟구쳐 올라와 말을 뱉어낼 수
없었다. 초의도 입을 열지 않았다. 두 사람은 격정 어린 숨만 뜨겁
게 뿜어내고 있었다.

얼마쯤 뒤 초의가 속삭이듯이

"내리시지 말고 가만히 계십시오. 우리 아이들이 주무실 곳까지
모실 것입니다" 하고 말한 다음 가마의 문을 닫고, 금오랑에게 합

장을 하며 말했다.

"대감의 잠자리는 빈도가 거처하는 곳에 마련했고, 금오랑의 일행은 객실에 묵을 수 있게 준비해두었습니다."

추사를 태운 가마가 가파른 자드락길을 타고 일지암으로 올라갔다. 가마꾼들의 숨결이 가빠졌다. 추사는 눈을 감은 채 생각했다. 나는 정말로 큰 죄를 짓고 있다. 수도하는 저 스님들에게 못할 짓을 하고 있다.

가마 문 밖으로 가지색의 밤하늘이 보였다. 눈을 초롱초롱 뜬 푸른 별 누른 별 붉은 별들이 이 나뭇가지에서 저 나뭇가지로 건너뛰고 있었다. 추사는 가슴이 수런거렸다. 초의 스님의 체온이 슴배어 있어서인지 두륜산 안골의 숲이 훈훈하게 느껴졌다.

졸졸 흐르는 샘물 소리가 들리는 언덕 안쪽에 띠집 암자 한 채가 앉아 있었다. 암자 마당에서 가마가 멈추었다. 추사는 노독으로 인해 아픈 다리를 절름거리며 가마 문밖으로 나왔다. 초가삼간의 암자였다. 오른쪽에 부엌이 있고 왼쪽으로 방 두 간이 잇대어 있는데 두 방에 모두 불이 환히 켜져 있었다.

뒤따라 올라온 초의가 댓돌 앞에 서 있는 추사에게 다가가 얼싸 안았다.

"대감, 이 어인 고초이십니까!"

서둘러 추사를 안으로 들이고 나서, 상좌 선기에게 방이를 턱으로 가리키고

"멀리서 오신 귀한 손님이니 각별하게 모셔라" 하고 말했다.

추사는 방 안으로 들어가 앉으면서

"내 초의 보고 머리를 깎아달라고 하려고 이렇게 왔소이다" 하고 농을 했다.

초의는 아우의 고통을 안쓰러워하는 형처럼

"조선 땅의 유마거사로 하여금 천 리 길을…… 한 땀 한 땀 바느질하듯 걷게 하시다니…… 우리 부처님도 참 무정하옵니다" 하고 말했다.

"석가모니 부처님은 맨발로 천축국 전역의 길을 걸어서 다니셨는데, 나는 발싸개 하고 짚신을 신고 왔고, 해남에 이르러서는 가마를 멘 수좌들의 진땀 덕분에 편히 왔습니다."

초의는 추사의 두 손을 잡아 흔들면서 안타까운 목소리로 "나무아미타불 관세음보살!" 하고 중얼거렸다.

추사는 웃으면서 말했다.

"하늘이 나를 보고 동파의 길을 밟아 제주도로 가서 유마거사처럼 칭병을 한 채 살라고 명했소이다. 그러니 이 삶을 즐길 수밖에."

초의는 상좌를 불러 어서 밥을 들이라고 말했고, 상좌가 부엌으로 나갔다.

"초의하고 추사하고는 전생에 아마 형제였던 모양이고, 그래서 그 인연이 한양에 사는 추사를 두륜산과 가까운 제주도에 와서 살게 한 모양이오."

"한 달쯤 전부터 마음이 가라앉질 않았구만이라우. 눈을 감으면 대감의 얼굴이 자꾸 머리에 그려지곤 했어요……. 그것이 바로, 대감이 빈도 옆으로 오시게 될 거라는 부처님의 예시였던 것을…… 이상타 이상타 하고 생각하기만 했으니 이 얼마나 미욱하고 또 미욱한 일이오?"

"초의 스님. 내가 어떻게 이렇듯 살아서 제주도로 가고 있는지 아시오? 바로 이것 때문이오."

추사는 괴나리봇짐 속에서 거무스레하게 손때 묻은 향나무 염주와 너덜너덜 닳아진 『화엄경』을 꺼내 두 손으로 받들어 올렸다.

추사가 올벼 쌀로 지은 밥을 된장국물에 말아 먹고 나자 초의는 차를 끓여냈다. 방 안에 작설차의 향기가 맴돌았다.

"가만있자, 초의 스님이 말하기를, 차는 '알가'라고 했소이다."

"차는 부처님께 바치는 마음입니다."

초의는 먼저 차 한 잔을 부처님께 올리고 나서 말했다.

"부처님께로 날아간 내 마음이 부처님 마음하고 만난 다음 다시 내게로 날아와 나의 새 마음이 되지라우. 무애한 일심, 그것은 우리들의 시원으로 날아갑니다."

"그렇다는 것을 무엇으로 증명할 수 있습니까?"

"이 차향을 내가 느끼면 곧 선정에 들게 된다는 것이 그 증명이지라우."

추사는 차의 배릿한 향과 고소한 맛 속으로 빠져들어갔다. 차의 향은 부처님의 마음의 맛이고 향기이다.

"초의 스님, 나 제주도에 가서 그곳 풍토병으로 죽게 될지도 모르는데, 죽어가면서 차향과 차 맛에 푹 젖은 채 죽게 되도록 차를 계속 보내주어야 합니다. 차의 향기와 맛이 곧 부처님의 마음이라고 하셨으니까. 부처님의 마음 안에서 죽어간다면 그 자리가 곧 극락일 거니까."

밤이 이슥해졌고 초의가 곡차를 내놓았다.

추사와 초의는 호로병의 곡차를 서로에게 권하며 마셨다. 추사는 날이 새면 해남 관두포에서 나뭇잎 같은 배를 타고 제주도를 향해 떠나야 하는 것이고 초의는 그를 보내주지 않으면 안 된다.

"초의 스님, 우리 언제 다시 만날까!"

추사는 술에 취하자 격앙된 목소리로 말하고 허공을 쳐다보았다. 그 허공에 어둠이 서려 있었다. 해남에서 제주도까지의 바다는 몇 억만 격랑의 험악한 물너울일까. 지옥이 따로 없다. 그 짙푸른 바다 격랑의 물너울이 지옥이다.

초의는 추사의 두 손을 모아 잡았다. 강진에서 유배살이를 하던 정약용도 문득 불안해하는 경우가 있었다. 바야흐로 어느 정적이 자기에게 사약을 내리라고 소를 올리고 있지나 않을까. 가뜩이나 추사가 제주도에서 살게 될 집은 가시울타리로 둘러쳐놓으라고까지 한다지 않는가.

추사도 사약을 두려워하고 있을 터이다. 안동 김씨 일파는 추사의 제주도 위리안치만으로는 성에 차지 않아 사약을 내리라고 임금을 들쑤셔댈지도 모르는 일이다.

초의가 말했다.

"대감, 이 빈도, 이글거리는 해를 입에 물고 잠수하여 바다를 건너가는, 진흙으로 버무려 만든 소 한 마리를 알고 있구만이라우."

"아아! 그 진흙 소 한 마리를 나한테 구해주시오. 그놈을 타고 간다면 칼산지옥 길처럼 험악한 수억만의 격랑일지라도, 한걸음에 건너뛸 수 있는 개여울보다 더 작은 물목이 될 것이오."

"그 진흙 소는 어디에도 없고, 대감이 몸소 그 진흙 소가 되어야 합니다요. 불가사의 해탈(몸으로부터 벗어나 마음이 자유로워지는 일)이 그 방법잉만이라우."

추사는 초의의 손을 잡아 흔들었다.

"선기야, 곡차가 떨어졌느니라."

초의가 옆방을 향해 말했다. 바람이 숲속을 어지럽게 우왕좌왕 달려가고 있었다. 밖으로 나간 선기의 발짝 소리는 그 바람 소리와 함께 산 아래로 사라지고 있었다.

이튿날 아침 길을 뜨려 하면서 추사는 대웅전의 부처님께 절을 하고 가겠다고 했다. 초의가 추사와 나란히 대웅전 마당으로 들어갔다.

대웅전 마당에 선 추사의 눈에 '大雄殿(대웅전)'이라는 현판이 들어왔다. 첫눈에 이광사의 글씨라는 것을 알아챘다.

'아, 저 글씨! 허리와 다리 야들야들한 요녀가 구중궁궐에서 걸어 나온 요조숙녀인 양 성장을 한 채 정절을 과시하는 음전한 춤사위를 드러내 보이고 있다.'

추사는 불쾌한 마음으로 그 현판을 오랫동안 쳐다보았다.

부처님께 삼배를 하고 나오는 추사의 마음을 그 현판의 글씨가 어지럽혔다. 추사는 단호하게 초의에게 말했다.

"저 현판 글씨 틀렸소이다. 부처님께서 계시는 이 법당에 저렇듯 속기 범람한 글씨가 걸려 있어서 되겠소이까? 당장 떼어버리시오. 이광사의 글씨에는, 중생을 진실로 사랑하는 부처님의 마음과 부처님을 우러르는 중생의 마음이 들어 있지 않습니다. 저쪽에 있는 극락전의 현판도 속된 현기로만 가득 차 있어 아니 되겠습니다. 시방 내가 써줄 터이니 그것을 각해서 걸도록 하시오."

초의는 추사의 말을 듣고 새삼스럽게 현판을 쳐다보았다. 아닌 게 아니라 속기가 넘쳐난다 싶었다. 초의는 곧 수좌들에게 지필묵을 준비하라고 명했다. 추사는 제주도에서 다시 나오지 못할지도 모른다. 추사가 이곳을 다녀간 흔적을 남겨야 한다.

수좌들은 요사채의 툇마루에 자리를 깔고 그 위에 종이를 펼쳐 놓은 다음 먹을 갈았다.

추사는 한동안 반가부좌를 하고 눈을 감은 채 천천히 심호흡을 하며 지관止觀에 들었다. 옆에서 구경하는 사람들은 모두 숨을 죽였다.

이윽고 눈을 뜬 추사가 일필휘지로 '大雄寶殿(대웅보전)'이라고 썼다. 금시조가 날아오르려는 청룡을 한입에 잡아먹고, 거인이 바다를 발로 차서 파도를 일으킴으로써 산을 흔들어 봉우리를 무너뜨리는 기세로, 오동통하면서 무거운 점과 획과 파임을 과감하게 써냈다.

이어 '无量壽閣(무량수각)' 네 글자를 머리에 그렸다. 그것은 '영원한 시간(무량수)'이 담겨 있는 극락전에 걸어야 할 현판이므로 영원을 품고 있도록 써야 한다. '無(무)' 자 대신에 '无(무)' 자를 써야 한다. '無(무)' 자가 섶을 쌓아놓고 불 질러 소멸시키는 뜻의 없음이라면, '无(무)' 자는 이 세상을 있게 한 시원으로서의 없음을 뜻한다. 그것은 하늘 천天 자를 변형시킨 글자로, 텅 빔空을 내포한다. 극락의 영원한 시간은 하늘의 시간인 것이다. 우리의 삶은 그 시원(거대한 구멍인 태허)에서 왔다가 다시 시원으로 되돌아가는 것이다. 그 시원 속에 영원은 존재한다.

생각이 거기에 이르렀을 때 그는 붓을 들었다. 이 세상에 없는 추사만의 글씨로써 영원의 시간을 형상화시켰다. 그것은 신통하게도 상고시대로부터 흘러내려온 적통 글씨의 모양새를 하고 있었다. 구경하던 사람들이 추사를 향해 그리고 그가 형상화시켜놓은 글씨들을 향해 합장을 했다.

그는 붓을 놓으면서

"서각은 오규일이가 아주 잘합니다" 하고 나서 금오랑에게 지체해서 미안하다고 말하고 길을 떴다.

체구 장대한 한 수좌가 포구로 가는 산길을 안내하겠다고 앞장섰고, 그 뒤를 금오랑 추사 초의가 따라가고 두 나졸과 방이가 뒤따랐다. 다른 수좌들이 말없이 추사를 배웅했다.

초의가 추사의 소매를 잡고 가면서 백낙천의 시 한 수를 읊었다.

꽃이면서 꽃이 아니고 안개이면서 안개가 아닐세

한밤중에 왔다가 날이 새면 떠나가고

올 때는 봄꿈처럼 살짝 왔다가

갈 때는 아침 구름처럼 흔적 없이 사라지니.

花非花 霧非霧 夜半來 天明去

來如春夢幾多時 去似朝雲無覓處

추사가 응대했다.

꿈이면서 꿈 아니고 생시이면서 생시 아니고

가지만 가지 않고 머무르되 머물지 않네

꿈속에서 꿈을 꾸어 몸 밖의 몸을 보니.

夢非夢 生非生 去非去 留非留

作夢中夢 見身外身

十
四

원악도로 가는 바람

아침부터 가을 날씨답지 않게 눈물처럼 궂은비가 내렸다. 밤새 두륜산 골짜기에 머물러 있던 흰 안개가 봉우리 쪽으로 거대한 짐 승처럼 기어올라갔다.

관두포로 넘어가는 고개 중턱에 이르렀을 때 초의가 맨 앞장을 섰고, 추사가 뒤를 따랐다. 그 뒤를 선기가 따라갔고 맨 뒤에 시종 방이가 따랐다. 금오랑과 나졸 둘은 네댓 걸음 뒤처져서 갔다. 마 치 초의와 추사가 다섯 사람의 죄인을 압송하고 있는 것 같았다.

고개 꼭대기에 이르렀을 때 비가 그쳤고 시계가 맑아졌다. 가파른 고개 아래로 푸른 바다가 펼쳐졌다. 먼 바다에는 묽은 안개가 끼어 있었다. 바다에는 돛단배들 서너 척이 어디론가 제 갈 길들을 가고 있었다.

정오쯤에 관두포에 이르렀다. 포구로 들어서자 뜻밖에 수사가 직접 장수와 군졸들 셋을 이끌고 나와 있었다. 연안에는 추사를 싣고 갈 배가 정박되어 있었다. 돛배들 네댓 척이 그 배 옆에 머물러 있었다.

수사는 신낙신이었다. 전날 밤 추사로 하여금 일지암에서 머무르도록 주선한 것도 그였다. 신낙신은 시인으로 초의의 시서화에 반해 있었고, 제주도로 유배되어 오는 추사를 위해 여러 가지 편의를 제공하려고 작정하고 있었다. 그는 진즉부터 조선 제일의 경학자이자 시서화 삼절인 추사 김정희를 흠모하고 있었다.

신낙신이 먼저 금오랑에게

"먼 길에 노고가 많소이다" 하고 말했고, 금오랑이 황송해하며 "아니올시다. 벽지를 지키시는 수사께서 더 노고가 많으시겠지요" 하고 받았다.

신낙신이 금오랑에게

"추사 대감께 본관이 점심을 드시게 하고 싶은데 허락해주십시오. 주막에 국밥을 시켜놓았습니다" 하고 청하자 금오랑이 허리와 머리를 숙이며

"장군 뜻에 따르겠사옵니다" 하고 말했다.

추사와 초의가 겸상을 하고 수사와 금오랑이 겸상을 했다. 선기는 방이 나졸들과 더불어 바깥 평상에서 먹었다.

수사는 금오랑에게

"초의 스님과 대감의 우의는 각별하다고 들었습니다. 두 분께서 이별주를 드실 수 있도록 허락해주십시오" 하고 말했다.

"이르다 뿐이겠사옵니까. 사실은 소관이 먼저 간절하였사온데 감히 청하지를 못하고 있었사옵니다."

주모가 탁배기 한됫병을 양쪽 상에 놓아주었다. 나졸들에게도 한 병을 안겨주었다. 수사가 추사의 잔에 먼저 따르고, 이어 초의의 잔과 금오랑의 잔과 자기의 잔에 술을 따랐다.

"대감의 옥체 강녕을 비는 술이옵니다."

세 사람이 술잔을 들어 비웠다. 초의가 추사에게 말했다.

"대감, 진흙 소가 제대로 바다를 건너려면 얼근해져야 합니다이."

"남의 횡액을 보고 춤춘다는 시쳇말이 있는데, 소장이 그렇습니다. 대감께서 적거 명을 받고 오시지 않았다면 오지에 사는 소장이 감히 어떻게 대감을 모실 수 있었겠사옵니까? 오늘 소장이 제주도까지 건너가서 대감께서 계실 곳을 살피고, 목사나 현감을 만나 당부를 하고 오겠사옵니다."

초의가 감개무량해하며

"빈도가 그 은혜를 입은 듯 황감합니다요" 하고 말했다.

추사는 고개를 저으며

"뜻은 고맙지만…… 혹 수사에게 누가 될까 두렵습니다. 역적 죄인을 감싸준다고……" 하고 진정으로 말했다.

수사가 근엄한 목소리로

"아닙니다. 대감의 죄가 워낙 중하므로, 중도에 혹 해적들이 대감을 빼앗아갈까 걱정이 되어 호송을 하고 있는 것이옵니다" 하고 말했다.

"과연 임금님으로부터 오히려 후한 상을 받아야 할 것 같사옵니다" 하고 금오랑이 말했고, 초의가 추사에게 술을 거듭 권하며 말했다.

"대감, 멀미를 하면은 관세음보살님을 부르시오이. 그러면은 관세음보살님이 추사를 이글거리는 해를 입에 물고 바닷물을 대번에 건너는 진흙 소로 만들어버릴 것이오."

추사는 술잔을 비웠다. 먼 바다에서 달려온 파도들은 갯바위와 모래톱에서 재주를 넘으며 철썩철썩 하얗게 부서지고들 있었다.

초의가 농을 했다.

"저 파도란 놈들이 지금 대감에게 참고 또 참아야 한다고 '참을 성! 참을성!' 하고 소리치고 있구만이라우."

추사가 비운 잔에 초의가 술을 또 주르르 채워주었고, 비우고 나자 또 채워주었다. 추사는 말없이 술을 들이켰다. 초의가 그를 달래듯이 말했다.

"대감, 허유가 한양에서 내려오는 대로 보내 수발을 들게 하기도 하고, 빈도가 건너가서 동무를 해드리기도 하겠으니 조바심하지 말고 느긋하게 기다리시오이."

추사는 고개를 숙인 채 머리를 끄덕거렸다. 그가 속으로 울고 있음을 초의는 다 짐작하고 있었다. 그들은 동갑이었지만, 아우처럼 투정을 하는 쪽은 추사이고 형처럼 달래는 쪽은 초의였다.

"배릿한 향 나는 맛 좋은 차 달라고 보채는 사람 멀리멀리 떠나가버리니 이제 초의당 혼자서 그 차 다 마시겠네."

"아따, 염려 마십시오이. 성인의 말씀(주역)에, 깊은 곳으로 들어가면 반드시 쉬 나오게 된다고 했어요. 우리 추사 대감도 제주도로 깊이 들어가니까 금방 나오게 될 것이고, 그렇게 나와가지고는 또 빈도가 아끼는 작설차 다 빼앗아다가 마시게 될 것잉만이라우."

추사가 배에 올라탔다. 달려와서 들이받는 파도로 말미암은 배의 기우뚱거림 때문에 몸의 균형을 잡지 못하고 비틀거리다가 이물(뱃머리)의 덕판 앞으로 가서 앉았다. 배는 돛대가 둘인 중선이었다. 수사가 특별하게 배려한 결과였다.

뱃사람은 둘이었다. 한 사람은 앞쪽에서 삿대로 배가 돌아가지 못하게 짚고 있었고, 다른 한 사람은 금오랑과 나졸이 배에 오르도록 도와주고 있었다.

모래톱에서는 초의와 선기와 방이가 나란히 서서 배웅했다. 추

사는 방이를 그냥 돌려보내고 있었다. 한양 월성위궁으로 달려가
서 그가 무사히 제주도로 건너갔음을 전하라는 것이었다.

금오랑이 재촉을 했고, 뱃사람들은 서둘러 배를 바다 쪽으로 띄
우고 돛을 올렸다. 서쪽 산 쪽에서 바람이 불었고, 돛은 바람을 불
룩하게 담았고, 배는 살같이 달려 나아갔다.

"대감!"

초의가 불렀다. 김정희가 일어나서 앞 돛대에 몸을 기대선 채 모
래밭의 초의를 향해 두 손을 저어댔다. 가슴속에서 뜨거운 바람이
솟구쳐 올라 소리쳐 말했다.

"초의당, 나 금방 꾀꼬리 소리 같은 신명 하나를 생각해냈소이다.
내 옆에 시방 초의당의 넋을 태우고 가고 있는 것이오. 그 모래밭에
남아 있는 것은 초의당의 등신일 것이오, 어허허허허ㅎㅎㅎ……."

파도 소리의 갈피갈피를 헤치고 날아온 그 울음 머금은 웃음소
리가 초의의 가슴을 흔들고 있었다.

초의는 손을 젓기만 했다. 그러는 초의의 머리에 불길한 예감이
회오리바람처럼 일어났다. 추사를 태운 배가 바다 한가운데 이르
렀을 때, 불바람이 일어나면서 파도가 높아지고 배의 돛이 찢기고
돛대가 꺾이고 배가 파도 속으로 기울어지고 추사가 허우적거리다
가 죽어가는 모습이 눈앞에 그려졌다. 나무아미타불 관세음보살,
하고 속으로 부르짖었다. 이 무슨 악귀의 장난으로 말미암은 죄와
벌인가.

추사를 실은 배가 멀어져가고 있었다. 그것은 황소만 해졌다가 송아지만 해졌다가 삽살개만 해졌다가 마침내, 고개를 모로 외튼 불곰처럼 생긴 섬 뒤쪽으로 사라졌다.

초의는 하늘을 쳐다보았다. 홑이불 자락 같은 흰 구름 한 장이 추사의 배가 사라진 섬 쪽으로 흘러가고 있었다. 초의는 평정을 찾을 수 없을 때 늘 하늘을 쳐다보곤 했다.

'아, 외롭고 답답하고 슬플 때면 하늘을 쳐다보라는 말을 추사에게 해줄 것을 깜빡 잊었구나. 텅 빈 하늘, 태허, 그것은 얼마나 좋은 위안처인가. 우리들이 온 곳도 그 텅 빈 곳이고 돌아갈 곳도 그 텅 빈 자리 아닌가. 텅 빔은 큰 깨달음을 낳고, 큰 깨달음은 텅 빔을 향해 나아가는 것인데.'

신통하게도 배에 실려 가고 있는 추사 또한 마찬가지로, 초의가 생각하고 있는 텅 빈 태허에 대한 생각을 하고 있었다. 텅 빈 하늘, 초의가 시방 저 하늘에서 내 마음을 읽고 있을 터이다. 저것은 얼마나 좋은 위안처인가. 그대와 내가 온 곳도 그 텅 빈 곳이고, 우리 둘이 돌아갈 곳도 그 텅 빈 자리 아닌가.

흰 물새 한 마리가 텅 빈 하늘을 배경으로 돛대 머리 위를 선회했다. 초의의 마음이 짙푸른 태허를 싣고 시방 나를 따라오고 있다. 돛폭에 바람을 그득 담은 채 드높은 파도들을 으깨 부수며 달려가는 배의 갑판에 앉은 추사는 멀어져가는 관두포의 산봉우리에 걸려 있는 하늘을 바라보며 시를 읊었다.

꽃 사라진 곳에는 열매가 남는데
달 사라진 곳에는 텅 빈 하늘만 남았네
석별하는 우리 가슴 얼마나 쓰라렸으면
하늘은 퍼런 멍이 든 채 저렇듯 수런거리느냐.
落花處餘實 月落處餘空
惜別心心痛 靑傷痕搖搖

관두포를 떠난 배는 돛폭에 서풍을 받기도 하고 남풍을 받기도
하면서 뱃머리로써 거대한 갈지자를 그리고 나아갔다. 정오를 지
나면서부터 동북풍이 배의 뒤쪽에서 거세게 밀어주어 배는 갈지자
그리기를 멈추고 제주도를 향해 곧바로 천방지축 현기증 나게 달
려갔다.

동북풍으로 인해 파도는 드높았고, 파도 덩어리가 요동을 치는
배의 갑판으로 날아들었고, 금오랑과 나졸들은 멀미로 인해 왈칵
왈칵 토하고 나서 비틀거리며 선실 안으로 들어갔고, 돛을 잡은 뱃
사람들마저 멀미를 했다.

키를 잡은 도사공이 추사에게

"대감마님, 선실 안으로 들어가십시오" 하고 말을 했지만 추사
는 아랑곳하지 않고 덕판 위에 꼿꼿이 앉아 이를 앙다물고 괴나리

봇짐을 끌어안았다. 그 속에 『화엄경』과 향나무로 된 염주가 들어 있었다. 그는 속으로 『화엄경』을 외었다. 그는 선재동자와 더불어 문수보살을 찾아가서 가르침을 받고, 이어 여러 장자들을 찾아가서 깨달음의 말들을 들었다.

오래지 않아 그도 어질어질해지면서 속이 메스꺼워지기 시작했다.

'아, 멀미다. 바다는 물을 무서워하고 겁내는 자를 골려주기 위하여 어지럼증을 일으켜준다. 하늘을 쳐다보고 심호흡을 하면서 대범해지자. 겨자씨가 바다를 삼킬지라도 아무런 동요가 없어야 한다. 이 격랑의 바다를 이겨낼 좋은 약이 내게 있다. 글씨를 쓰는 것이 최선의 약이다. 저 푸르게 비어 있는 태허라는 푸른 종이 위에 글씨를 쓰는 것이다. 그렇다. 태허, 노자의 그윽함玄으로 가득 차 있는 저 푸른 종이에 글씨를 쓰자.'

바다의 마음은 하늘의 뜻을 닮고
하늘의 눈빛은 상서로운 바다코끼리의 모습이네.
海神心如太虛意 太虛眼若海象相

즉흥시 한 대목을 예서체로 쓰고 나서, 머리에 떠오르는 소동파의 시 한 대목 한 대목을 푸르른 하늘 바다에 마찬가지로 썼다.

어지러운 암석들은 구름을 무너뜨리고
놀란 물결은 기슭을 찢어놓고
수많은 눈덩이들을 감아올리니
강산은 그림 같은데
한때의 호걸들은 그 얼마던가
(……) 인생은 꿈같으니
강물 속의 달님에게 미리
내 저승 간 다음의 제삿술 한 잔을 따른다.
亂石穿空 驚濤拍岸(……)人間如夢 一樽還酹江月

　청청 푸른 하늘 자락에다 글씨 쓰는 일은 신통하게 멀미를 앗아
갔다.
　'인생은 꿈같으니 강물 속의 달님에게 미리 내 저승 간 다음의
제삿술 한 잔을 따른다'를 쓰고, 다시 쓰고, 또다시 거듭 쓰고 나
서, 굴원의 「어부사」 가운데서 '모든 사람이 다 취해 있지만 나 홀
로 깨어 있다衆人皆醉我獨醒'를 해서체로 쓰고, 그것을 다시 전서
체로 쓰고, 또다시 예서체로 쓰고, 그리고 새로이 행서체 초서체로
거듭 썼다. 도연명의 「귀거래사」를 천천히 예서체로 쓰고 새로이
행서체로 썼다.
　수사 신낙신이 수사로서의 체면 때문에 멀미를 견디며 추사를
향해

"대감의 근력이 젊은이들보다 더 강건하십니다" 하고 말했다. 추사가 웃으면서 말했다.

"내가 강건한 것이 아니고, 내가 저 하늘 자락에다가 쓰고 있는 글씨들이 나를 그렇게 만들고 있는 것이오. 언제 어느 때든지 내 외롭고 신산한 삶을 견디게 하고 즐기게 하는 것은 '글씨'요."

서쪽 하늘에서 황혼이 타오를 무렵에 제주성의 화북진에 당도했다.

"한낮에 나서가지고 그새 왔다니, 아주 날아와버렸네."

"뒷바람이 얼마나 때려쳤으면 그랬을까."

"배에 탄 사람들 파김치가 다 됐겠구만!"

"이 배에 탄 사람들 가운데 누군가를 돌본 신령님이 계셨는가 보네."

사람들은 추사가 타고 온 배가 한나절 만에 건너온 것에 대하여 혀를 내두르며 놀라워했다.

신기하게도 눈에 보이는 모든 돌이 진한 검은 보라색이거나 거무스레한 자주색이었다. 길바닥의 흙도 그러했다.

검은 보라색의 돌들로 쌓은 화북진의 성은 별로 크지 않았다. 높이는 열 척 안팎이고, 둘레는 삼백여 보쯤 될 듯싶었다. 문루도 문짝도 없는 번한 동문을 통해 성안의 모든 것이 훤히 들여다보였다.

한가운데에 기와를 얹은 자그마한 객사가 있고, 그 옆에 무기고 마방 스무남은 채의 여염집들이 옹기종기 어울려 있었다. 성가퀴 위에 한 수군 초병이 올라앉아서 망을 보고 있을 뿐이고, 서너 발 길이의 부두 앞에는 군선 한 척이 파도를 따라 너울거리고 있었다.

황혼이 스러지면서 땅거미가 검은 숯가루들처럼 사방으로 퍼졌다.

성안의 한 어가에서 저녁밥을 먹자마자 새벽녘까지 멍석잠을 잤다. 이튿날은 바람이 너무 드세어 성안의 고한익이란 아전의 집으로 옮겨가서 하루를 더 묵었다. 그날도 방 안에서 누워 자기만 했다. 그동안 노독이 얼마나 극심했던지 오줌을 누고 들어가면 누울 자리만 보였다. 이제 도달해야 할 곳 무사히 도달해 있는데 조급해할 게 무엇인가.

자고 또 자다보니 해 저물 녘이었다. 고한익은 마음이 따뜻하고 자상한 사람이었다. 자리돔 물회와 곁들인 저녁밥을 정성스럽게 차려주어 포식을 했다.

이튿날 아침 일찍이 수사, 금오랑, 나졸들과 더불어 대정현을 향해 걸었다. 팔십 리 길이라는데, 검은 보라색의 화산석들이 깔려 있는 엉성한 돌길이었다. 이십여 리 걸어갔을 때부터는 무성한 숲길이 나왔고, 이때부터는 길바닥이 평평해 걸어가기가 쉬웠다. 숲 속에 간혹 울긋불긋하게 단풍 든 옻나무와 싸리나무들이 있어 지

루함을 덜어주었다. 벌써 가을이 시작되었다. 아, 세월은 꿈결처럼 덧없고 빠르다.

수사가 집 주위에 가시울타리 둘러치고 머무를 집으로, 대정현의 군교 송계순이란 자의 집을 얻어주고, 대정현의 관아에 신고를 해주었다. 송계순의 집은 읍내에서는 그중 나은 것으로, 정밀하게 닦아놓은 흔적들이 역력했다.

온돌방은 한 간인데, 남쪽으로 향하여 가느다란 툇마루가 있고, 동쪽으로는 작은 부엌이 있으며, 그 부엌의 북쪽에는 큰 부엌이 있고, 그 옆에 창고 한 칸이 있었다. 그것은 바깥채이고, 안채가 따로 있었다. 안채는 주인더러 예전대로 들어가 살도록 하고, 추사는 바깥채만 쓰기로 했다.

바깥채는 두 쪽으로 나누어놓았으므로 손님을 맞기에 넉넉했다. 작은 부엌을 장차 온돌방으로 개조한다면 손님이나 하인들이 들어가 거처할 수 있을 것인데, 그 일은 변통하기가 어렵지 않다고 했다. 그것을 모두 수사가 뛰어다니면서 주선하여주었다. 수사는 은밀하게 주인 여자에게 엽전 한 꾸러미를 안겨주며 추사의 끼니와 잠자리를 부탁했다.

집 주위로 가시울타리를 치는 일은 집의 형편과 모양새에 따라 들쭉날쭉하게 했으므로, 마당과 뜨락 사이를 마음대로 오고 가기도 하고 밥도 편히 먹을 수도 있었다. 주인이 순박한 데다 그를 지극히 조심해주는 까닭으로 그로서는 지내기에 마음이 아주 편하고 고마웠다.

수사와 금오랑 일행이 돌아간 다음부터, 노독이 덜 가신 데다가 긴장이 풀리고 몸살이 난 것인지, 온몸에 맥이 풀리면서 입맛이 없어 밥이 들어가지 않았다. 무엇이든지 잘 먹어야 한다며 억지로 먹으려고 들지만 구역질이 나서 더 먹을 수 없었다.

마음을 놓아버려서인지, 피로가 덜 풀려서인지, 잘 먹지를 못해서인지 눈이 흐리고 사물이 확실하게 보이지 않는 증세가 일어났다. 그와 더불어 정신마저 흐려지려고 했다.

여기서 이렇게 쇠잔해져서는 안 된다고 생각하며 밖에 나가서 맑은 공기를 쐬면서 심호흡을 하고 기운을 차렸다. 이 원악도에서 건강하게 살다가 뭍으로 돌아가야 한다. 반드시 살아 돌아가야 한다. 내 한 몸은 내 것만이 아니다. 상우와 상무, 두 아들의 것이고 세상의 것이다.

그는 천천히 거닐기도 하고, 팔을 휘두르기도 하고, 고개를 양 옆과 앞뒤로 젓기도 하고, 오금을 오그렸다가 폈다가 하기도 했다. 아암, 건강하게 살아 나가야 하고말고. 깊이 들어가면 깊이 들어간 만큼 얼른 쉬이 나가게 되는 법이다.

이 지옥살이 같은 삶이 꿈인가 생시인가. 마음이 산란해지면 눈을 감고 망막에 펼쳐진 검은 장막 속의 서판에다가 글씨를 썼다. 소동파의 시 가운데 개울물 소리를 파도 소리로 바꾸어 썼다.

파도 소리가 부처님의 길고 관광한 설법이니

어찌 산색이 해맑은 깨끗한 몸 아니겠는가.

濤聲便是長廣舌 山色豈非淸淨身

그것을 해서로 쓰고, 전서로 쓰고, 예서로 쓰고, 행서와 초서로
썼다. 해서 전서 예서 행서 초서를 한데 버무려 야릇하게 써보기도
했다.

남으로 가는 짐꾼들

　허유와 상우가 지필묵 따위와 추사가 보곤 하는 비첩들과 경전들과 자기들의 옷가지 넣은 괴나리봇짐을 지고 나루를 건넜다. 그들 뒤에는 이불 짐 옷 짐을 짊어진 하인 둘이 따랐다. 그들은 감발에 신들메를 하고 각자의 봇짐 뒤에 짚신 여남은 켤레씩을 달고 갔다.

　늦가을의 서풍이 불고 있었지만 하늘은 맑았다. 청계산 산모퉁이에서 그들은 잠시 짐을 부려놓고 쉬었다. 상우는 한양 쪽 하늘을 바라보았다. 이제 한양 땅에 남아 있는 것은 아무것도 없었다. 월성위궁은 김좌근의 것이 되어버렸다. 상우가 마님이라고 부르는 추사 부인 예안 이씨는 과천 초가에서 하룻밤을 머물렀다가 충청도 예산 집으로 쫓겨갔다.

무뢰한 여남은 명이 교동의 월성위궁 안으로 몰려들어 살림살이를 모두 대문 밖으로 끄집어낸 것이었다. 하인들이 이게 무슨 짓들이냐고 소리쳐댔지만, 무뢰한들은 하인들을 두들겨 패고 발로 차면서 밀어 넘어뜨렸다. 지나가는 포졸들에게 하소연을 했지만, 그들은 나 몰라라 하고 지나가버렸다.

세상은 무법천지가 되었다. 아무 데도 하소연할 수가 없었다. 밤새도록 짐을 챙겨가지고 새벽녘에 남부여대하고 떠나가야 했다. 얼굴이 창백해진 예안 이씨는 입술을 깨물면서 가슴을 쓸어안은 채 탄식했다.

"내가 복이 없어 집안이 이런 화를 당하는구나!"

본부인 한산 이씨가 시집온 지 얼마 되지 않아서 죽고, 예안 이씨를 맞아들이자, 주위 사람들은 곰살갑고 다소곳하고 예절바른 새 부인의 행실을 보고, 추사가 은반지를 잃어버리더니 곧바로 금반지를 얻었다고들 했다. 한데, 그녀가 들어오고 나서 집안이 그렇게 되자 그녀는 그것을 모두 스스로의 박복으로 돌렸다.

"아이고, 월성위궁 강탈당한 것을 대감이 아시면 얼마나 원통해하실까."

허유가 중얼거렸다.

"대감께는 아무 말도 하지 않아야 합니다" 하고 상우가 말했다.

한양 쪽의 하늘에는 암운이 서려 있었다. 상우는 얼굴을 일그러뜨린 채 앞장서서 갔고 허유가 뒤따랐다. 그 뒤를 하인들이 따랐다.

상우는 철이 들면서 자기를 낳아준 대감이 원망스러웠다. 생각하면 할수록 복장이 터질 것 같았다. 사람이면 다 사람이지, 왜 적자가 있고 서얼이 있단 말인가. 벌거벗으면 다 똑같은 몸뚱이인데 거기 어디에 태어날 때부터 너는 적자, 너는 서얼이라는 표가 각인되어 있는 것인가. 서얼은 왜 자기 아버지를 아버지라고 부르지 않고 대감이라고 불러야 하는가. 왜 과장엘 나가지 못하고 벼슬을 하지 못하는 것인가. 첩의 몸을 통해 자식을 낳아놓으면 불행한 처지의 서얼이 될 줄 번연히 알 만한 어른이 왜 서얼 자식을 두었단 말인가. 아, 자식이지만 자식 노릇을 할 수 없는 짐승 같은 처지의, 사람 아닌 사람의 너울만 쓴 새끼.

그러한 세상을 일시에 팍 엎어 바삭바삭 깨뜨려버리고 적자와 서자를 구별하지 않는 세상을 새로이 만들 수 없을까. 당파 싸움 하지 않고 사는 세상을 만들 수 없을까. 자기 파 아닌 사람을 탄핵하여 죽이고 귀양 보내고 하는 세상을 쓱싹 갈아엎어버릴 수는 없을까.

"세월아 네월아 한시 바삐 가거라아. 우리 대감님 원악도에서 어서 빨리 풀려나시게."

청승스러운 목소리로 〈육자배기〉를 부르며 가던 허유가 목이 컬컬한지, 산골짜기 바위틈에서 흐르는 물을 손바닥으로 받아 마셨다. 상우도 하인들도 그 물을 마셨다.

"소치 어르신, 제가 옛날이야기 하나 할까요?"

　앞장을 선 상우가 들판 건너의 먼 데 산을 바라보며 말했다. 그 산 위로 바위로 된 산봉우리 같은 흰 뭉게구름이 솟아오르고 있었다.

　허유가 뒤따르며

"그래그래, 인자부터는 꿀물 같은 이야기로 길을 죽이드라고잉"

하고 말했다. 한동안 말없이 발걸음만 재촉하던 상우가 입을 열었다.

"한양 용산에 사는 한 역관의 딸이 있었는데요, 미색이 참으로 출중했던 모양인데, 그 딸이 소문으로만 듣고 한 젊은 양반 벼슬아치를 은밀하게 사랑했던 모양입디다요. 그런데 그 딸이 참으로 불행한 팔자였어요. 그 역관이 서얼이었는데, 서얼인 처지에 역관 노릇을 하면서 살림살이가 넉넉해지자, 첩을 얻어 살림을 차렸지요. 다름 아닌 그 역관의 첩이 낳은 딸이 바로 그 미색 출중한 딸이었어요."

　허유가 하늘을 흘러가는 구름을 쳐다보며

"하아, 서얼인 역관이 첩을 얻어서 낳은 미색 출중한 여식이 소문으로만 들은 한 젊은 양반을 은밀하게 사랑했다아, 이 말이렷다!

360

흐흠, 그래서?" 하고 맞장구를 쳤다.

상우는 입을 굳게 다물고 한참 동안 걷기만 했다. 궁금증으로 좀
이 쑤신 허유가

"그러면 그 젊은 양반 벼슬아치는, 그 미색 출중한 여인이 자기
를 은애한 것을 알아차렸는가?" 하고 다그쳤다. 상우가 대답했다.

"서로 멀리 떨어져서 살았는데 어떻게 눈치를 챘겠어요?"

"하아, 그것 슬픈 일이로세잉!"

"아마 그 처녀의 역관 아버지는 대단한 인재였던 모양으로, 가
엾은 여식을 금이야 옥이야 하고 귀하게 키우고, 글도 읽히고 글
씨도 쓰게 하고 난도 치게 하고 그림도 그리게 하고 시도 짓게 하
고, 수놓는 것 칼 쓰는 것 말 타는 것 수박희까지도 모두 익히게 했
답니다. 그런데 불행이 닥쳐왔어요. 아버지는 아주 많은 재산을 남
겨놓고 급사를 했어요. 아버지의 삼년상을 치르고 난 그 처녀는 어
느 날 꼭두새벽 녘에 패랭이를 쓴 앳된 소년 차림을 한 채, 소문으
로만 듣고 은애하던 그 젊은 양반 벼슬아치를 막무가내로 찾아갔
어요."

"하아! 처녀가 패랭이 소년 차림을 한 채로? 막무가내로? 하아,
이거 일통이 나뻤렀구만이잉."

허유가 탄성 어린 소리로 추임새를 먹었다. 상우가 마른 입술에
침을 바르고 말을 이었다.

"그때 그 양반 벼슬아치는 규장각 대교 일을 보고 계셨던 모양

인데, 패랭이 차림을 한 처녀는 그 양반의 몸종 노릇을 하게 해달라고 통사정을 하는 것이었어요. 그 양반은 그 초립동의 생김새가 하도 귀엽고 참하고 순해 보여서 '그럼 글을 어디까지 읽었느냐, 글씨를 써보았느냐, 그림을 그려보았느냐' 하고 물었어요."

허유가 고개를 갸웃거리면서

"아무렴! 그런디 처녀가 패랭이 차림을 했다 할지라도 여자 티가 완연했을 터인디…… 그 양반이 눈치를 챘을까 못 챘을까?" 하고 의문을 제기했다.

"그것은 알 수가 없고요. 눈치를 챘을 수도 있고 채지 못했을 수도 있지요. 좌우간에…… 패랭이 차림을 한 처녀는 '소인이 사실은 대교 나리께 글씨 공부, 난 치는 공부, 그림 공부를 하고 싶어 왔사옵니다' 하고 말했어요. 그러자 그 양반은 이렇게 말했답니다. '그래, 그럼 내 옆방에서 기거하면서 방 소제하고 차 끓여주고 먹이나 좀 갈아주도록 하여라.'"

"하하, 그 일판 참말로 재미있게 되아뿌렀네이!" 하면서 허유는 군침을 삼켰다. 한동안 말을 끊고 먼 데 산만 보며 가던 상우가 말을 이었다.

"다섯 달쯤이 지난 어느 날, 밤늦게까지 벗들과 어울려 선유를 하고 들어온 대교 나리는 안채로 들어가지 않고 사랑방으로 들어왔어요. 많이 취한 듯 비틀거리면서, 소년 차림을 한 채 시종 노릇하는 처녀에게 명령했어요. '글씨를 쓰고 싶으니 먹을 갈아라.' 소년 차림을 한 처녀는 양반의 도포를 받아 걸고 먹을 갈기 시작했어요. 먹을 갈 때는 오직 그 먹을 가는 일에만 몰두하라고 했으므로 그 처녀는 먹물만 내려다보고 있었어요. 그렇지만 그 처녀의 머리와 가슴에는 나리에 대한 원망이 새록새록 솟아나고 있었어요. 다섯 달 동안이나 옆에서 어릿거렸는데, 어쩌면 그렇게 매정하단 말인가. 그 사이에 도포를 받아 걸기도 하고, 소쇄할 물을 떠다가 바치기도 하고, 이불을 펼쳐드리기도 하고, 차를 끓여 올리기도 하고…… 그러느라고 이리저리 운신을 할 때마다 체취가 풍겼을 터인데, 왜 그렇듯 자기에게 무관심하단 말인가. 눈물이 흘렀고, 그 눈물 한 방울이 먹물 위로 떨어졌어요. 터져 나오는 흐느낌을 감추기 위해 조심스럽게 심호흡을 했어요. 그러면서 갑자기 두려운 생각이 들었어요. 만일 자기가 안방마님에게 여자임이 들통나게 되면 쫓겨나게 된다는 생각……. 눈물을 감추려고 한 가지 꾀를 내어 손가락에다가 먹물을 묻혀버렸어요. 그것을 씻으러 나가서 눈물을 씻어 감추고 들어오려고요. 그런데 나리가 먹을 갈고 있는 소년 차림을 한 처녀의 섬섬옥수를 내내 들여다보았어요. 처녀는 흠칫 놀라 먹물 묻은 손을 다른 손으로 감싸면서 나리의 얼굴을 흘긋 쳐다보았어요. 순간, 나리가 허공을 쳐다보면서 '어허허허허허……' 하고 웃었어요. 소년 차림의 처녀는 더 이상 사랑의 마음을 감추지 못하고 나리 앞에 무릎을 꿇으면서 흐느껴 울어버렸어요. 그러자 나리가 처녀 옆으로 다가오더니 상체를 끌어안으면서 속삭였어요.

'네가 그날 꼭두새벽에 나를 찾아온 순간에 네 마음을 다 읽었느니라.'"

하늘을 쳐다보는 상우의 눈에 흥건하게 물이 괴어 있었다. 하늘에는 흰 구름이 흘러가고 있었고 그 구름 속으로 새 한 마리가 날아갔다.

"하아, 그 사랑 이야기 참말로, 참말로 기가 막히네이!"

허유가 탄성 어린 소리로 말했다.

그 이후 상우는 입을 더 열지 않고 먼 데 산만 보고 걸었다. 뒷이야기가 궁금해진 허유가

"그래서 어떻게 됐어? 그 양반하고 소년 차림의 처녀하고?" 하며 다그치자 상우는

"옛날이야기 너무 좋아하면 가난하다요. 고만합시다" 하고 퉁명스럽게 말했다. 허유가 지지 않고 대들듯이 말했다.

"에이, 옛날이야기 중동을 잘라묵는 사람은 삼대 빌어묵는다는디? 싸게 끝을 맺어불드라고잉."

상우는 매정스럽게 이야기를 잘라버렸다.

"글쎄, 나도 그 이야기를 어떤 사람한테서 거기까지만 들어놔서요. 나중에 더 들어가지고 마저 해드릴게요."

강이 굽이굽이 흘러가고 있었다. 한양으로 올라가는 제주도 전라도 충청도 경상도 사람들이 건너곤 하는 곰나루 주막에서 하룻

밤 묵어가기로 했다.

 허유와 상우는 국밥을 한 그릇씩 먹고 강변에서 발을 씻고, 발싸개를 빨아 울타리에 널어놓고 봉놋방에서 누웠다. 아직도 몇백 리는 가야 해남 관두포구에 이르러 제주행 배를 탈 수 있을 터인데, 벌써 발과 다리가 이렇게 아파 어찌할까. 젊은 나도 이렇게 힘든 길을 대감은 어떻게 가셨을까. 발병이 나서 절름거리며 가시지 않았을까. 대감의 절름거리며 가는 모습이 눈에 그려졌고 가슴이 쓰라렸다.

 '아, 아버지!' 하고 상우는 속으로 불러보았다. 슬프고 억울하고 분했다. 아버지를 아버지라고 부르지 못하는 신세가 서럽고, 안동 김씨 일파에게 몰려 유배 간 대감의 신세가 서러웠다. 대궐 같은 월성위궁의 저택들을 김좌근에게 빼앗긴 것이 억울하고 분했다. 그 월성위궁을 모두 김좌근의 첩 나합이 차지했다던 것이고, 그 집의 마당과 창고에 뇌물들이 바리바리 쌓이고 있다던 것이었다.

 아득하게 먼 곳에서 누군가가 섧게 우는 소리를 듣고 퍼뜩 깨어났다. 오줌보가 터질 것 같아 자리에서 일어나 밖으로 나가 괴춤을 까고 소피 통에다가 오줌을 누었다. 괴춤을 여미고 울음소리 나는 곳으로 귀를 기울였다. 어디에서 누가 이 한밤에 무슨 일로 울고 있을까. 숨소리를 죽이며 귀를 쫑그렸다.

 '으으! 흐흥! 으으 흐흥……'

그 울음소리는 강 한가운데서 들려오고 있었다. 귀신이 우는 것일까. 한 많은 귀신은 한밤에 강의 물너울에서 운다고 들었다. 온몸에 소름이 돋았다. 저 귀신은 어떤 삶을 살다가 죽어간 것일까. 나처럼 서얼이었는지도 모른다. 상우는 그 울음소리 들려오는 곳을 바라보았다. 물너울은 보얀 안개에 덮여 있었다. 소름이 쭉 끼쳤다.

방 안으로 들어가려다가 정신을 가다듬고 다시 귀를 기울였다. 그는 '아!' 하고 속으로 소리쳤다. 그것은 귀신 울음소리가 아니고, 강의 여울목이 내는 소리였다.

'그래 강물도 운다. 이 세상에서 울지 않는 것은 없다.'

방으로 들어가며 생각을 바꾸었다. '강물이 왜 운다고 말하고 있느냐. 사실은 울지 않고 무슨 말인가를 외치고 있는 것이다. 내가 서얼의 운명을 투덜거리곤 하듯이.'

이튿날 일찍이 나루를 건넜다. 이날 허유는 진도아리랑을 부르면서 갔다.

"십오야 밝은 달 구름 속에 놀고 이팔의 숫처녀가 내 품 안에서 논다. 아리 아리랑 스리 스리랑 아라리가 났네. 아리랑 끙끙끙 아라리가 났네. 노다 가소 노다 가소 저 달이 떴다 지도록 노다 가소……."

바삐 걸었지만 강경에 들어서면서 해가 기울어졌다. 허유가 투덜거렸다.

"익산까지는 길을 죽이고 나서 자자고 할락 했는디 뜻대로 안 되네이. 좌우당간에 가는 데까지는 가보드라고."

산그늘 내린 들판을 건너가면서 상우는 전날 중단했던 이야기를 이어 했다.

"그 패랭이 소년 차림을 한 처녀가 말이오."

"응, 그래 그 처녀!"

허유가 반색을 하며 추임새를 넣었다. 상우가 말을 이었다.

"어느 날 그 양반 댁에서 몸을 풀었는데 아들이었어요."

"하아! 그 양반 벼슬아치의 서재 옆방에서 아들을 낳았것다! 진즉에 안방마님한테는 들통이 났을 것이고잉?"

허유가 맞장구를 쳤다.

"그런데 젊은 양반 벼슬아치의 사랑이 그 여자하고 갓난아기한테 쏠리니까 안방마님이 투기를 했어요."

"그래그래! 구박이 아주 심했것구만잉?"

"그러니까 어느 날 그 여자가 아기를 보듬고 어디론가 달아나버렸어요."

"하아, 안방마님 투기 때문에? 그래 어디로 갔을꼬잉?"

"강굽이가 내려다보이는 용산 마을 친정집으로 간 것이지요."

뒤따르는 허유가

"그래서 그 여자는 친정집에서 혼자 그 아이를 길렀단 말이여?"

하고 밑을 받쳤다. 상우는 이야기를 더 이어 하지 않고 한동안 걷기만 했다. 허유가 짜증을 냈다.

"아니 자네 시방 누구한테서 들은 이약을 하고 있는 것이여, 아니면 한 대목씩 지어가면서 하고 있는 것이여, 잉?"

상우는 대꾸를 하지 않고 먼산바라기를 하면서 걷기만 했다. 산굽이를 다 돌고 나서야 다시 이야기를 계속했다.

"다섯 살 때부터 서당엘 보냈는데, 여섯 살 되는 해에 『천자문』을 떼고 일곱 살 되는 해에 『소학』을 떼었어요."

"아하, 신동 났네이!"

허유가 추임새를 먹였고, 상우가 말을 이었다.

"그 아이가 아홉 살 되는 해 봄에 또래 동무 한 놈하고 서로 보듬고 뒹굴면서 코피가 터지게 싸웠어요."

"아, 그래 그 동무가 자꾸 애비 없는 호로새끼라고 놀려댔는갑구만그래, 잉?" 하고 허유가 밑을 받쳤다.

상우가 말을 이었다.

"그래가지고 울면서 집으로 가서 어머니보고 '나는 왜 아버지가 없어요?' 하고 물으니까 어머니 말이 '네가 왜 아버지가 없다는 것이냐?' 하면서 부지런히 책만 읽으라고 했어요. 그리고 하는 말이 '네 아버지는 다섯 수레로도 다 싣지 못하는 많은 책을 읽은 양반이니까, 그 양반의 아들 노릇을 하려면 그 양반 못지않게 책을 많이 많이 읽어야 한다. 동무들이 놀리더라도 눈 딱 감고 책만 읽어야 한다'

고 했어요."

허유가 궁금한 것을 이기지 못하고

"그런데 그 여자는 혼자 대관절 무엇을 해서 먹고살면서 그 아이를 가르친 것이여?" 하고 물었다. 상우가 말했다.

"친정아버지가 역관으로 청나라에 드나들면서 돈을 많이 벌었는데…… 그 여자가 첩 자식이기는 하지만 하도 똑똑하고 영리해서…… 남모르게 유산을 많이 물려주었던가봐요."

"그래서? 그 여자는 혼자 그 아이를 키우고 가르칠 수 있어서 그 양반한테 데려다주지 않고 종래 장성하도록 키웠단 말이여?"

허유가 성급하게 물었다. 상우는 또 말없이 걷기만 했다.

"하이고, 자네 참말로 사람을 환장하게 하고 있구만잉!"

허유는 짜증을 냈다.

날이 저물어 더 걷지 못하고 구문천변 주막에서 짐을 풀고 묵었다. 이튿날 김제 들판으로 들어서면서 상우가 다시 그 이야기를 이어 했다.

"그 아이가 아홉 살 되는 해 섣달 그믐날 아침에, 그 여자가 장문의 편지 한 장을 써서 그 아이의 괴나리봇짐 속에 넣어 어깨에 걸어주면서 말했어요. '너 이제 이만큼 컸으니까, 나하고 헤어져야 한다. 너는 네 아버지를 찾아가고, 나는 나 갈 길로 가고.' 그러고는 그 아이를 데리고 그 양반의 집으로 갔어요. 그 여자는 아이에게 '대문을 두들기면 하인이 나올 것이니까, 그 하인에게 봇짐 속에 있는 편지를 꺼내 보이고, 그 양반에게 데려다달라고 하여라' 하고는 골목길 저쪽으로 총총 사라져버렸어요."

허유가 숙연해지면서

"아하, 그렇게 해서 그 여자하고 그 아이하고는 영영 이별을 하고 말았는가?" 하고 다그쳐 물었고, 상우가 고개를 끄덕거렸다. 그리고 두 사람 사이에 침묵이 흘렀다. 얼마쯤 가다가 상우가 말했다.

"그 편지의 사연이 참으로 기막히고 슬픈 것이었어요. '참판 나리 보십시오. 이 아이는 참판 나리의 피를 받기는 했습니다만, 서얼인 까닭으로 자식 노릇을 제대로 할 수 있는 처지가 아닐 것이옵니다. 그러할지라도 참판을 닮아 머리가 탁월하므로, 잘 거두면 잘 가르친 양자보다 나을 수는 없을지라도, 짐승을 거두는 것보다는 백배 천배 나을 것이옵니다.'"

상우의 말속에는 슬픔과 분노가 어려 있었다.

며칠 뒤 관두포구에서 제주도로 들어가는 배를 타고 가면서 허유가 상우에게

"그 아이를 그 양반이 받아들였는가?" 하고 물었다.

상우가 말했다.

"그 양반은 겉으로 보기에는 냉정하지만 속으로는 다정다감한 사람이어서, 아버지를 아버지라고 부르지 못하는 그 아이를 자꾸 안타까워했어요. 아무리 글공부를 부지런히 해도 과장에 나갈 수

없으니까. 그래서 택한 것이, 그 아이로 하여금 경학에 능통하도록 읽히고, 시 짓고 글씨 쓰고 난초 치고 그림 그리게 하고, 그래가지고 기회가 닿으면 역관이 되게 하든지 규장각 같은 데서 검서관으로 일을 하게 하든지 하려고 하는데, 그 아이가 그 양반의 뜻에 맞게 부지런히 하지를 않고 절망하고 좌절만 하고…… 그래서 무기력하고 게으르고…… 그러한 까닭으로 어떤 일이든지 앞으로 툭툭 차고 나가지를 못하고…… 시다운 시도 못 짓고, 글씨다운 글씨도 못 쓰고, 그림다운 그림도 그리지 못하고, 난초다운 난초도 못 치고, 역관도 못 되고, 규장각 검서관으로도 들어가지 못하게 되었고…… 그러다가…….”

허유가 상우의 얼굴을 돌아보았다.

상우는 먼 바다를 바라보고 있었다. 갈매기 한 마리가 뱃머리 위의 상공을 선회하고 있었다. 상우의 눈에 물이 괴어 있었다. 허유가 상우의 상체를 끌어안았다. 상우가 먼 바다에서 달려오는 파도를 바라보며 어색하게 말했다.

“제 이야기 재미없지요?”

허유가 상우의 시선이 달려가 머물고 있는 짙푸른 물너울을 향해 안타까운 목소리로 말했다.

“그 이야기가 진짜로 재미있게 될라면 말이여잉, 그 아이가 앞으로 툭툭 차고 나가서 그 양반보다 열 배 백배 더 잘돼야 하는 것인디 말이여잉……. 규장각 검서관도 되고, 역관이 되어갖고 청나라에도 가고⋯⋯ 그래갖고 나 같은 가난한 환쟁이한테 술도 사주고 기생도 붙여주고 그래야 하는 것인디 말이여잉."

제주도에 당도하여 대정현까지의 팔십 리 길을 걸어가면서 허유가 물었다.

"그런디 그 아이 어머니는, 대관절 무슨 사연으로 어디로 잠적을 해버렸는고잉?"

상우는 한동안 말없이 걸어가다가 말했다.

"조정에 드나드는 그 양반이 하도 보고 싶어서, 내의원의 의녀가 되어 어의를 따라다녔는데⋯⋯ 무슨 일 때문인지 하룻밤 사이에 곤장을 맞고 죽을 뻔했다가 겨우 목숨만 살아서 밖으로 내쳐졌어요."

"하아, 그럼 시방은 어디서 사는고?"

출렁거리는 허연 억새꽃 너울을 지나가면서 허유가 물었고, 상우가 말했다.

"어느 강변에서 돌팔이 의녀 노릇을 하기도 하고, 삯바느질을 하기도 하며 혼자 살다가, 사랑하는 양반이 유배 떠난 소식을 듣고 그 아들을 찾아왔어요."

"그래서?"

"옷 보따리 하나를 가지고 와서 하는 말이 '솜 두둑하게 놓은 겨울옷 두 벌하고, 봄가을 옷 두 벌하고, 여름 모시옷 두 벌하고, 주무시

면서 입으실 가는베로 지은 홑바지저고리 두 벌하고, 버선 네 켤레
하고…….'"

상우는 목이 멘 소리로 말하고 있었다.

허유는 상우가 짊어진 등짐을 다시 살피고 나서

"그래 그 아들은 유배 떠난 그 양반한테 그 옷을 전해드리러 갔
더란가?" 하고 물었다. 상우는 그 말을 듣지 못한 척하고 출렁거리
는 억새꽃 너울만 바라보았다.

2권에 계속

격쟁擊錚: 징이나 꽹과리를 침. 원통한 일이 있는 사람이 거둥 때 임금에게 하
　소연하려고 꽹과리를 쳐 하문을 기다리던 일. 신문고.

경연經筵: 어전에서 경서를 강론하게 하던 일. 또는 그 자리.

공즉시색空卽是色: 이 세상에 있는 모든 것은 실체가 없는 현상에 지나지 않지
　만, 그 현상 하나하나가 그대로 실체라는 말. 『반야심경』에 나오는 말.

구양순歐陽詢(557~641): 중국 당나라 서예가. 서체가 북위파北魏派의 골격을 지
　니고 있으며, 가지런한 형태 속에 정신 내용을 포화상태에까지 담고 있
　다는 느낌이 강하다.

국문鞫問·鞠問: 국청에서 역적 같은 중한 죄인을 신문하던 일.

국청鞫廳: 국문을 열기 위하여 설치하던 임시 관아.

굴원屈原: 초나라 정치가·시인. 중국 역사상 가장 위대한 비운의 시인.

금시조金翅鳥: 불경에 나오는 상상의 큰 새로, 매와 비슷한 머리에는 여의주가 박
　혀 있으며 금빛 날개가 있는 몸은 사람을 닮고 불을 뿜는 입으로 용을 잡아
　먹는다고 한다. 묘시조妙翅鳥라고도 한다.

금어金魚: 불상을 그리는 사람.

나합羅閤: 나주 기생 출신으로, 김좌근의 소실 노릇을 하면서 정권을 농락한 여
　인의 별호. 그녀는 찾아오는 선비들에게 지방 관직을 팔았다. 처녀 시절
　자태가 곱고 소리를 잘하고 기악에도 뛰어났다. 그녀의 집은 현 내영산
　마을 건너 어장촌 근처에 있었기에 그곳에 있던 도내기샘을 이용했는데
　그녀의 모습을 보고 애태우는 총각이 많았다. 그래서 "나주 영산 도내기

샘에 상추 씻는 저 큰애기, 속잎일랑 네가 먹고, 겉잎일랑 활활 씻어 나를 주소"라는 민요가 나돌 정도였다고 한다.

난정서蘭亭序: 『삼월삼일난정시서三月三日蘭亭詩序』. 353년 3월 3일에 당시의 명사 41인이 회계산 정자에 모여서 제를 올리고 술을 마시며 시를 지었는데, 문집을 만들고 왕희지가 서序를 지었다. 서에는 계절에 따라 변화하는 자연의 경치를 묘사하고 이어서 모인 사람의 감상을 적었다. 이 난정서는 서예작품에 있어서도 고금의 신품으로 칭송받아오고 있는데, 즉석 휘호 작품으로 쥐 수염 붓으로 쓴 것으로 유명한데 많은 갈지자가 나오지만 같은 형태가 없다.

대리청정代理聽政: 임금이 노환이나 병환 등으로 인해 정사를 돌보기 어려울 때 왕세자가 임금을 대신하여 정사를 돌보던 일.

돈오頓悟·점수漸修: 돈오는 '단박 깨달음'을 말하고 점수는 '점차로 깨달음'을 말한다. 돈오 이전에 점수 과정이 있어야 한다는 주장과, 돈오 후에 점수한다는 주장이 있다. 남종선 계통은 후자를 강력하게 주장, 이후의 선종은 주로 먼저 깨닫고 뒤에 닦는 입장을 취하였다. 고려시대 지눌의 '돈오점수론'도 그의 영향을 받았다.

동국진체東國眞體: 한민족의 명나라가 만주 몽골의 청나라에게 망하자, 조선의 성리학자들은 중화 문화가 단절되었다고 생각하고, 오직 세상에서 조선만이 중국 문화의 정통을 이어받고 있다고 생각했다. 그래서 미술계에서는, 겸재 정선 등의 조선에서만 볼 수 있는 그림(동국진경)이 나타나고, 서예계에서는 옥동 이서 백하 윤순에서 원교 이광사로 이어지는 조선에서만 볼 수 있는 글씨체(동국진체)가 나타났다.

마구니魔軍: 마군. 악마들의 군병. 불도를 방해하는 온갖 악한 일.

면벽참선面壁參禪: 바람벽을 향해 앉은 채 하는 참선.

모질도耄耋圖: 추사가 유배 가면서 그린 고양이 그림. 오래 살기를 축수하는 뜻을 담고 있다.

무예도보통지武藝圖譜通志: 정조 때, 왕명에 따라 무예 이십사반을 그림으로 풀어 설명한 책. 규장각 검서관 이덕무 박제가와 장용영 장교 백동수 등에게 명령하여 작업하게 하였으며 1790년(정조14년)에 간행되었다.

무진장無盡藏: 한없이 많이 있음. 덕이 넓어 끝이 없음. 닦고 또 닦아도 다함이 없는 법의法義.

미우인米友仁: 중국 송나라 서화가. 아버지 미불을 이어 산수 화조의 화법을 배웠고, 그의 운산 화법은 '미법산수米法山水'로 정착되었다. 미점米點을 써서 변환 출몰하는 안개와, 그로 말미암아 생기는 산이나 나무의 아련한 형태를 묘사하였다. 아버지를 대미大米, 그를 소미小米라고 하였다.

백파긍선白坡亘璇(1767~1852): 조선 후기 승려. 구암사에서 선강법회를 열어 선문 중흥의 종주가 되었다. 설파 설봉 문하에서 불도를 닦았다. 추사와 선禪에 대한 논전을 했다. 선운사에는 추사가 쓴 비가 남아 있다. 저서『정혜결사문』『선문수경』 등이 있다.

범패梵唄: 석가여래의 공덕을 찬미하는 노래.

북학北學: 영·정조 대 이후 청나라의 학술과 문물을 배우려 한 조선 학자들의 학문적 경향. 1778년 박제가가 중국의 문물을 배울 것을 주장한 자신의 저서 제목을『북학의』라 이름 한 이후, '북학'은 청에 남아 있는 중국의 선진문물을 배운다는 의미로 널리 사용된다. 인조 대에 병자호란의 치욕을 당한 이후 조선에서는 오랑캐 청에 대해 복수하고자 '북벌'을 주장하고 청의 문물을 배척하였으나 영·정조 대 일부 학자들은 조선 문화의 후진성을 자각하고, 청의 문물이 바로 선진 중국 문화임을 인정하여 그를 받아들이자는 북학의 주장을 폄으로써 커다란 사상적 전환을 모색하였다. 이는 홍대용 박지원 박제가 이덕무 이서구 등의 학자들이 국제질서와 조선 사회 내부의 변화에 부응하여 민생을 이롭게 하는 이용후생의 실용적 학풍을 추구하였던 결과였다.

불이선不二禪: 상대 차별을 없애고, 절대 차별 없는 이치를 나타내는 선. 선과

악이 둘이 아니고, 떠남과 머물음이 둘이 아니고, 삶과 죽음이 둘이 아니다. 주인과 손님이 둘이 아니고, 대상과 내가 둘이 아니다.

비천녀飛天女: 욕계육천에 사는 여인. 부처님을 위하여 공후인을 켜기도 하고, 차를 나르기도 하는 천사.

사도세자思悼世子(1735~1762): 영조의 둘째 아들. 이복형 효장세자가 요절하자 세자에 책봉되었다. 1749년 영조의 명을 받고 15세에 대리기무를 보았다. 1762년 김한구와 그의 일파인 홍계희 윤급 등은 세자의 장인 영의정 홍봉한이 크게 세력을 떨치자, 홍봉한 일파를 몰아내고 세자를 폐위시키고자 윤급의 종 나경언을 시켜 세자의 비행 십여 가지를 들어 상변하게 하였다. 이에 영조는 대로하여 나경언을 참형하고, 세자에게 마침내 자결을 명령하였으나, 이를 듣지 않자 뒤주 속에 가둬 죽게 하였다. 정조가 불행하게 죽은 그의 아버지를 기린 여러 행적은 유명하다.

색즉시공色卽是空: 색色이란 유형의 만물을 말하며, 이 만물은 모두 일시적인 모습일 뿐 그 실체는 실유의 것이 아니므로 텅 빔이라는 말. 『반야심경』에 나오는 말.

서권기書卷氣: 책을 많이 읽음으로써 마음에 생기는 드높으면서도 그윽한 영감.

석묵서루石墨書樓: 추사가 청나라 연경에 갔을 때 옹방강과 만났던 서재 이름이다. 추사는 이십 대, 옹방강은 칠십 대였는데 추사의 비범한 재능을 한눈에 알아본 옹방강이 십년지기처럼 추사를 대했던 일로 유명하다. 옹방강이 경학과 금석학을 연구하던 누각으로 수십만 권의 자료가 있었다.

세한도歲寒圖: 국보 제180호. 추사가 제주도에서 유배생활을 할 때, 북경에서 귀한 책을 구해다준 제자 이상적의 인품을 송백의 지조에 비유하며 그 답례로 그려준 그림이다.

세신世臣: 대대로 한 가문이나 왕가를 섬기는 신하. '세록지신世祿之臣'의 준말.

세혐世嫌: 두 집안 사이에 대대로 지녀 내려오는 원한과 미움.

소동파蘇東坡(1036~1101): 호 동파거사東坡居士, 이름 식軾. 송나라 제1의 시인
　　이며, 문장에 있어서도 당송팔대가의 한 사람. 천성이 자유인이었으므로
　　기질적으로도 신법을 싫어하였다. 중국 최남단의 하이난 섬으로 유배되
　　었다. 당시가 서정적인 데 대하여 그의 시는 철학적 요소가 짙었고 새로
　　운 시경을 개척하였다. 대표작인 「적벽부」는 불후의 명작. 중국과 조선
　　의 많은 사람들이 추앙하는 인물이다.

소동파입극도蘇東坡笠屐圖: 혜호가 소동파의 유배 시절 모습을 그린 그림. 도포
　　에 삿갓에 나막신을 신고 있다. 소치 허유가 그 그림과 비슷하게 그린 추
　　사의 입극도가 전해지고 있다.

송명이학宋明理學: 송명이학은 한대 경학을 계승한 기초 위에서 불교학과 도가
　　사상을 흡수하여 형성된 하나의 새로운 유학체계이다. 그것은 '이理(천
　　리)'를 근본으로 하기 때문에 이학이라 일컫는다. 송명이학의 대표적인
　　인물은 송대의 정씨 형제, 주희와 명대의 왕양명 등이다.

숭정금실崇禎琴室: 한양 교동 월성위궁에 있었던 추사의 서재.

시강侍講: 왕이나 세자 앞에서 학문을 강의하던 일. 또는 그 사람. 경연원 홍문
　　관의 한 벼슬.

시강원侍講院: 세자시강원 왕태자시강원 황태자시강원의 통칭.

시경詩境: 추사의 가문에서 세운 절, 충청남도 예산의 화암사 경내 병풍바위에
　　새겨진 글씨. 중국의 한 벼슬아치가 부임하는 곳마다 그 글씨를 바위에
　　새겼으므로 그것을 본떠 새긴 것.

실사구시實事求是: 사실에 입각하여 진리를 탐구하려는 태도. 눈으로 보고 귀로
　　듣고 손으로 만져보는 것과 같은 실험과 연구를 거쳐 아무도 부정할 수
　　없는 객관적 사실을 통하여 정확한 판단과 해답을 얻고자 하는 것이 실
　　사구시이다. 『후한서』에 나오는 "수학호고 실사구시修學好古實事求是"
　　에서 비롯된 말로 청나라 초기에 고증학을 표방하는 학자들이 공리공론

만을 일삼는 송명이학을 배격하여 내세운 표어이다. 추사는 실사구시의
방법론과 실천을 역설하였다.

심우도尋牛圖: 본래 중국 도교의 〈팔우도八牛圖〉에서 유래된 것으로 12세기 중
엽 송나라 때 확암선사가 두 장면을 추가하여 〈십우도十牛圖〉를 그렸다.
도교의 〈팔우도〉는 무無에서 그림이 끝나므로 진정한 진리라고 보기 어
렵다고 생각하고 이 그림을 그렸다고 한다. 모두 열 개의 장면으로 구성
되어 있는데 소 찾아가기는 인간의 본성 찾아가기에, 동자나 스님은 불
도의 수행자에 비유된다. 중국에서는 소 대신 말을 등장시킨 시마도가,
티베트에서는 코끼리를 등장시킨 시상도가 전해진다. 한국의 절 뒤란 바
람벽에 그려져 있다.

액속掖屬: 액정서에 속하여 궁중의 궂은일을 맡아 하던 사람.

여래선如來禪: 『능가경』 『반야경』 등의 여래의 교설에 따라 깨닫는 선. 마음이
곧 부처라는 경지로 의리의 격을 벗어난다는 뜻에서 격외선이라고도 한
다. 선가의 깨침으로써 여래의 만법을 한 번에 밝히는 경지와 같다는 점
에서 교학의 흔적이 있기 때문에 여래선이라 한다.

여항閭巷: 여염. 백성의 집이 모여 있는 곳.

연비燃臂: 자화煮火라고도 한다. 스님들이 수행 과정에서 촛물 먹인 실오라기
에 불을 붙여 팔뚝의 살갗을 지짐으로써 순간적인 아픔으로 깨달음을 얻
으려는 의식.

연운煙雲: 구름처럼 피어나는 연기. 산수화에서 안개 같은 구름, 구름 같은
안개.

영녕전永寧殿: 조선조 임금 왕비로서 종묘에 모실 수 없는 분의 신위를 봉안하
던 곳. 종묘 안에 있는 사당으로 태조의 4대조 및 그 비, 대 끊어진 임금
과 그 비를 모심. 종묘와는 달리 일 년에 두 번 대관을 보내 간소하게 제
사 지내고 공상에도 차별이 있음.

오규일吳圭一: 추사의 제자로 조선조 서각의 일인자.

오온五蘊의 공空: 오온은 색色 수受 상想 행行 식識으로 다섯 가지이다. 현상세계 전체를 의미하는 말로 통용되었다. '색'은 육체, '수'는 감각, '상'은 심상, '행'은 의지, '식'은 인식 판단. 그것들이 다 실체가 없다는 것이 '공'이다.

옹방강翁方綱(1733~1818): 중국 청나라 법첩학의 4대가로 꼽히는 금석학, 비판, 법첩학에 통달한 학자 겸 서예가. 호는 담계이고, 추사의 스승이다.

완원阮元: 호 운대. 중국 청나라 여러 학자의 경학에 관한 저술을 집대성하여 『황청경해』를 편찬하고 청 고증학을 집대성. 추사가 완당이란 호를 쓰기 시작한 것은 완원과 만난 뒤부터이다.

왕희지王羲之(307~365): 중국 서예가. 중국 고금의 첫째가는 글씨의 성인으로 존경받고 있다. 해서 행서 초서의 각 서체를 완성함으로써 예술로서의 서예의 지위를 확립하였다. 예서를 잘 썼고, 당시 아직 성숙하지 못하였던 해 행 초의 3체를 예술적인 서체로 완성한 공적이 있으며, 현재 그의 필적이라 전해지는 것도 모두 해 행 초의 3체에 한정되어 있다. 오늘날 전하여오는 필적만 보아도 그의 서풍은 전아하고 힘차며, 귀족적인 기품이 높다. 별칭 왕우군.

유리창琉璃廠: 중국 베이징에 있는 문화의 거리. 청나라 북경 외성의 유리 공장 일대가 점차 번성하여 고서적, 골동품, 탁본한 글자와 그림, 문방사옥 등을 중개 판매하는 특색 있는 상점 거리가 형성되었으며, 상인 관리 학자 서생 등이 끊이지 않는 문화의 거리로 명성이 자자했던 곳이다. 조선조 선비들은 이곳에서 서적을 구입해왔다.

월성위궁月城尉宮: 추사의 증조 김한신(영조의 사위)에게 주어진 작호이자 김한신 부부가 살던 집의 이름이다.

유마거사維摩居士: 대승불교 경전인 『유마경』 속의 주인공. '중생이 앓고 있는데 불보살이 앓지 않을 수 있느냐'고 칭병하고 누운 채 여러 깨달은 자들의 문병을 받고 불가사의 해탈, 불이법 등을 설법한다.

의리선義理禪: 중생은 상에 집착하여 생사에 빠져 교화하기가 어려우므로, 불조들이 방편이 없는 가운데 방편을 베풀어 깨쳐 닦아 성불하는 법을 가르치는데, 불성은 못 보고 다만 깨쳐 닦는 허수아비만 아는 경지를 의리선이라 한다.

입춘첩立春帖: 이십사절기의 첫째 절기를 맞아 대문에다 붙이는 글씨. '立春大吉(입춘대길)' '建陽多慶(건양다경)' 등

저수량褚遂良(596~658): 중국 당나라 서예가. 우세남 구양순과 아울러 초당 3대가로 불린다. 왕희지의 필적 수집 사업에서는 태종의 측근으로 그 감정을 맡아보면서 그 진위를 판별하는 데 착오가 없었다고 한다. 왕희지의 서풍을 터득하여 대성하였다. 아름답고 화려한 가운데에도 용필에 힘찬 기세와 변화를 간직하였다.

절차고折釵股: 굽어진 획을 그을 때, 붓을 바르게 세워 둥글게 비틀어 비녀 모양새로 돌리는 것을 말한다.

정재呈才: 대궐 안 잔치에 벌이던 춤과 노래.

조맹부趙孟頫(1254~1322): 중국 원나라 화가 겸 서예가. 서예에서 왕희지의 전형에 복귀할 것을 주장하고, 그림에서는 당 북송의 화풍으로 되돌아갈 것을 주장하였다. 해서 행서 초서의 품격이 높았으며, 당시 복고주의의 지도적 입장에 있었다.

조사선祖師禪: 달마의 정전正傳인 석가의 마음을 마음으로 아는 참된 선을 말한다.

조천朝遷: 종묘의 본전 안의 위패를 영녕전으로 옮겨 모시던 일.

조희룡趙熙龍(1789~1866): 추사의 제자. 조선의 여항 화가. 매화를 잘 그렸다. 추사가 북청으로 유배될 때 섬으로 유배되었다.

주련柱聯: 기둥이나 벽에 세로로 써 붙이는 글씨.

지령음地靈音: 토지의 정령. 또는 땅의 신령스러운 기운으로 인한 소리.

진망塵妄: 버려야 할 탐욕이나 헛된 망상.

진체晉體: 중국 진나라의 명필 왕희지의 필체. 우군체.

진체眞諦: 변하지 않는 진리.

천주경天主經: 중국을 거쳐 들어온 한자로 된 기독교 성경

천주실의天主實義: 천주교 교리. 이탈리아 신부 마테오 리치 저술.

천축고선생댁天竺古先生宅: '석가모니 부처님의 집'이라는 뜻으로, 추사가 예산 화암사 병풍바위에 새겼다.

천파성天破星: 사주에서 천파성이 들어 있으면, 모험 정신 도전 정신이 있다고 본다. 관상에서는 아랫입술로 윗입술을 누르는 버릇이 있는 사람도 천파 성이 들어 있다고 본다.

초립동草笠童: 초립을 쓴 어린 남자.

칠극七克: 천주교 신앙자로서 극복해야 할 일곱 가지를 서술한 책. 일종의 교리 서. 판토하 신부 지음.

자제군관子弟軍官: 청나라 사은사와 동지부사가 대동하고 가는 아들이나 동생 을 말한다. 그들은 청의 선진문물을 배우러 갔다. 추사는 동지부사인 아 버지 김노경을 따라 청나라 연경에 갔다.

탁벽흔拆壁痕: 글씨에서 벽이 터지고 찢어지는 상처 같은 괴이한 자연스러운 획과 파임을 말한다.

탄핵彈劾: 죄상을 들어서 논란하여 책망함.

태극太極: 역학에서 말하는 우주 만물의 근원이 되는 본체. 하늘과 땅이 아직 나뉘기 전의 세상 만물의 원시 상태.

태허太虛: 하늘의 다른 이름. 우주의 시원.

파탈擺脫: 어떤 예절이나 구속에서 벗어남.

판전板殿: 봉은사의 경판을 저장한 전각의 현판 글씨. 추사가 쓴 것으로 고졸함 이 극치에 달한 작품이다. 흔히 해서 예서 전서 행서가 융화된 것으로 최 고의 명품이라 평가한다.

해붕海鵬(?~1826): 순천 선암사에서 출가한 스님. 초의 스님과 더불어 호남 칠

고붕이다. 교와 선에 능통했다. 혹림암에서 초의와 추사가 함께 만나 그
의 공空 사상에 대하여 논전을 했고, 훗날 추사가 그의 화상찬을 써주
었다.

혼침昏沈: 정신이 극도로 혼미함.

화두話頭: 공안. 참선하면서 머리에 굴리는 말 아닌 말. '뜰 앞에 잣나무' '달마가
동쪽으로 온 까닭은' '무無'등 천 오백여 개가 있다고 한다.

황산곡집黃山谷集: 중국 송나라의 대문호인 소동파와 병칭되는 산곡 황정견의
시집으로 한국 강서시파의 교본이었으므로 널리 유행되었다.

황청경해皇淸經解: 청나라 고전 연구 총서. 천 사백 권. 완원이 그의 문인 엄걸 등
에게 편집하게 하여 1829년에 편찬하였다.

효제자孝. 悌. 慈: 다산 정약용은 그의 『대학공의』에서 공자의 어짊仁을 효제자라
고 말했다. 윗사람을 받들고 아랫사람을 사랑하고 못사는 사람을 가엾어
하는 마음.

훈고학訓詁學: 언어를 연구함으로써 문장을 바르게 해석하고 고전 본래의 사
상을 이해하려는 학문. 중국의 경서 연구로부터 일어났으며, 좁은 의미
로는 한 당 청의 훈고학을 일컫는다. '훈訓'은 언어를, '고詁'는 옛 언어를
말한다.

1786년(정조 10년) 출생

6월 3일 충청도 예산(신암면 용궁리) 향저에서 김노경과 부인 유씨 사이에
서 장남으로 출생. 자는 원춘, 호는 완당 추사 노과 승련노인 등 다수.
첫째 부인 한산 이씨 출생. 나주(지금의 무안)의 삼양에서 초의 스님(장차 추사
와 백년지기가 됨) 출생. 경기도에서 정약용 둘째 아들 학유 출생(정학유 정학연
형제와 추사 형제는 친분이 두터웠음).

1788년(정조 12년) 3세

동생 명희 출생. 둘째 부인 예안 이씨 출생.

1791년(정조 15년) 6세

한양 교동의 월성위궁(영조 임금의 사위인, 추사의 증조 김한신에게 주어진 월성위라
는 작위)의 큰아버지 김노영에게 양자로 입적. 『북학의』를 저술한 박제가,
김노영에게 '내가 어린 추사를 가르쳐 성공시키겠다' 하고 말함(박제가와
의 인연으로 추사는 북학에 눈을 뜨게 됨).

1792년(정조 16년) 7세

입춘첩立春大吉 建陽多慶을 대문에 써 붙였는데, 채제공이 지나가다가
보고 들어와서 '글씨로 장차 큰 이름을 드날릴 것'을 예언.

1794년(정조 18년) 9세

둘째 동생 상희 출생.

1797년(정조 21년) 12세

양아버지 김노영 돌아가심.

1800년(정조 24년) 15세

박제가에게서 가르침을 받음. 6월 28일 정조 임금 돌아가심(독살되었다는 설이 있었음). 순조 임금 어린 나이로 즉위. 대왕대비 정순왕후 수렴청정 시작. (정순왕후는 영조 임금이 늘그막에 얻은 둘째 왕비로 사도세자, 정조와 갈등 대립을 한 왕비이다. 정순왕후는 추사의 할아버지와 십촌이다. 그러므로 추사의 집안은 영조 임금과 안팎으로 친척이 되는 것이다.)

1801년(순조 1년) 16세

2월 박제가, 중국 청나라 연경(지금의 북경)에 들어감. 26일 신유사옥(천주교 사건)으로 정약용 정약전, 강진과 흑산도로 유배(정약용의 둘째 형인 정약종은 한강변 절두산에서 목 잘려 죽임을 당했음). 8월 31일 어머니 유씨 돌아가심. 9월 16일 박제가, 신유사옥에 연루되어 함경도 종성으로 유배(천주교 신자는 아니지만, 중국에 드나들면서 천주교의 서적을 들여온 혐의 때문인 듯).

1802년(순조 2년) 17세

9월 6일 안동 김씨 김조순의 딸이 순조의 비가 됨. 김조순은 돌아가신 정조 임금의 신임을 한 몸에 받은 신하로, 안동 김씨 장기 세도 집권의 싹이 틈.

1804년(순조 4년) 19세

1월 10일 정순왕후 김씨 수렴청정이 끝남. 2월 24일 박제가 유배에서 풀려남.

1805년(순조 5년) 20세

1월 20일 정순왕후 김씨 돌아가심. 상례에 추사의 아버지 김노경이 종척 집사로 임명. 10월 13일 아버지 김노경 문과급제.

1806년(순조 6년) 21세

2월 12일 추사의 본부인 한산 이씨 돌아가심.

1809년(순조 9년) 24세

생원시 입격. 9월 30일 김노경 호조참판. 김노경, 동지 겸 사은부사가 되어 중국 연경에 감. 추사는 자제군관의 자격으로 연경에 아버지를 따라

가서 당시 청나라에 들어와 있는 근대문물을 대하고 눈이 크게 뜨임. 중국의 대학자인 옹방강과 완원 등을 만나 스승으로 모심. 후에 또 하나의 호를 '완당'으로 지은 것은 스승 '완원'과의 인연으로 말미암음.

효명(덕인)세자 출생. (효명세자는 순조의 왕자로 영명하여 장차 19세부터 대리청정을 하는데, 할아버지 정조가 못다 한 개혁을 위해 분투하다가 22세에 요절한다. 추사와 그의 형제들은 효명세자와 아주 가까웠다. 그러므로 효명세자가 돌아가신 뒤 추사의 가족은 안동 김씨 일파들에 의해서 곤경에 처하게 된다.) 소치 허유 출생.

1810년(순조 10년) 25세

2월 1일 완원 등 중국의 여러 학자 문인들이 송별연을 베풀어줌. 3월 17일 환국.

1811년(순조 11년) 26세

김노경 예조참판.

1812년(순조 12년) 27세

옹방강이 '시암詩盦' 편액 보내옴.

1813년(순조 13년) 28세

권돈인 문과급제.

1815년(순조 15년) 30세

김우명 문과급제. (추사가 장차 충청우도 암행어사로 나가 비인현감인 김우명을 봉고파직시키는 악연을 맺게 된다. 또 장차 김우명은 추사의 아버지 김노경을 탄핵하게 된다.)

1816년(순조 16년) 31세

7월 김경연과 함께 북한산 등정하여 무학대사비로 알려진 것이 사실은 진흥왕순수비라고 증명함. 『실사구시설』 집필. 김노경 경상감사.

1817년(순조 17년) 32세

6월 8일 조인영과 더불어 북한산 진흥왕순수비 재방문. 서얼 자식인 상우 출생.

1818년(순조 18년) 33세

1월 27일 옹방강 돌아가심. 8월 18일 정약용 강진에서 해배. 12월 16일 김노경 병조참판. 12월 27일 김노경 예문관 제학.

1819년(순조 19년) 34세

1월 25일 김노경 공조판서. 3월 29일 김노경 예조판서. 4월 25일 추사, 벗 조인영과 함께 문과급제. 윤4월 1일 순조가 문과급제 축하 의미로 풍류를 내려 월성위묘에 치제. 5월 20일 김노경, 효명세자 가례도감 제조로 임명. 8월 3일 장차 추사의 양자가 될 상무 출생. 8월 10일 효명세자빈 간택. (조인영의 형인 조만영의 딸로, 이 세자빈 조씨가 장차 철종이 돌아가시자 왕대비로서 흥선대원군과 합심하여 고종을 왕위에 오르게 하고 안동 김씨의 세도를 마감하게 한다.) 동생 상희의 아들 상준 출생.

1820년(순조 20년) 35세

9월 5일 김노경 홍문관 제학. 10월 12일 김노경 우빈객 임명. 10월 19일 추사 한림소시 입격. 흥선대원군 출생.

1821년(순조 21년) 36세

6월 4일 김노경 이조판서.

1822년(순조 22년) 37세

1월 17일 김노경 대사헌. 2월 10일 김노경 형조판서. 권돈인 전라우도 암행어사.

1823년(순조 23년) 38세

3월 20일 김노경 이조판서. 4월 28일 신위 병조참판. 8월 5일 추사 규장각 대교. 8월 14일 김노경 공조판서.

1824년(순조 24년) 39세

3월 1일 김노경 한성판윤. 12월 10일 김노경 형조판서.

1825년(순조 25년) 40세

1월 22일 김노경 대사헌. 2월 8일 김노경 예조판서. 3월 21일 조인영 성균관 대사성. 김노경 홍문관 제학. 7월 27일 김노경 병조판서.

1826년(순조 26년) 41세

6월 23일 김노경 판의금부사. 6월 25일 추사 충청우도 암행어사. 6월 25일 추사, 비인현감 김우명을 봉고파직시킴. 김노경 회갑.

1827년(순조 27년) 42세

1월 4일 김노경 병조판서. 효명세자 대리청정 시작. 2월 20일 김노경 판의금부사. 5월 17일 추사 의정부 검상. 10월 4일 추사 예조참의. 12월 22일 조인영 예조참판.

1828년(순조 28년) 43세

7월 2일 김노경 평안감사.

1829년(순조 29년) 44세

1월 13일 조인영 전라감사. 추사 시강원 보덕 재직.

1830년(순조 30년) 45세

5월 6일 대리청정하면서 안동 김씨 일파를 억누르던 효명세자 갑자기 돌아가심. (효명세자는 헌종 임금의 아버지로서 익종으로 추증된다.) 8월 27일 부사과의 김우명, 대리청정 때에 권신 김노에게 아부했다는 이유로 김노경을 탄핵 상소. 8월 28일 윤상도 옥사. 10월 2일 김노경 고금도로 유배.

1832년(순조 32년) 47세

4월 3일 순조의 장인 김조순 돌아가심. 2월 26일, 9월 10일 추사, 아버지 김노경의 억울함을 격쟁. 10월 25일 권돈인 함경감사.

1833년(순조 33년) 48세

9월 13일 김노경 방송.

1834년(순조 34년) 49세

8월 24일 권돈인 함경감사, 조인영 공조판서. 11월 13일 순조 돌아가심. 헌종 즉위. 순원왕후 김씨(안동 김씨 일파의 수장인 김조순의 딸이자 김좌근의 누님) 수렴청정 시작.

1835년(헌종 1년) 50세

　1월 5일 조인영 이조판서. 7월 19일 김노경 판의금부사.

1836년(헌종 2년) 51세

　2월 23일 정약용 돌아가심. 4월 6일 추사 성균관 대사간. 4월 18일 조인영 예조판서. 7월 9일 추사 병조참판. 11월 8일 추사 성균관 대사성.

1837년(헌종 3년) 52세

　3월 18일 헌종 임금 가례. 3월 30일 김노경 돌아가심. 7월 4일 권돈인 병조판서.

1838년(헌종 4년) 53세

　5월 25일 추사 형조참판. 6월 17일 김우명 대사간. 7월 16일 권돈인 이조판서. 10월 21일 조인영 우의정.

1840년(헌종 5년) 54세

　6월 추사, 중국 연경에 갈 동지부사. 6월 30일 김홍근 대사헌. 7월 4일 권돈인 형조판서. 7월 10일 김홍근이 윤상도 옥사 재론하고, 이미 돌아가신 김노경을 탄핵. 7월 11일 추사와 김명희 김상희까지 거론하여 탄핵. 7월 12일 김노경 삭탈관직. 8월 11일 윤상도 부자 능지처참. 8월 20일 추사 나포. 8월 27일 윤상도를 사주한 김양순 장살. 9월 2일 추사, 권돈인과 조인영의 구제로 말미암아 죽음을 면하고 제주도 위리안치(집 주위에 가시울타리를 둘러치는) 유배 명령을 받음. 유배 도중에 남원에서 권돈인에게 주는 〈기로도〉 그림. 12월 25일 순원왕후 수렴청정 끝남.

1841년(헌종 7년) 56세

　1월 16일 권돈인 이조판서. 4월 23일 조인영 영의정. 2월과 6월 8일 소치 허유, 제주도 추사를 뵙고 감.

1842년(헌종 8년) 57세

　11월 11일 권돈인 우의정. 11월 13일 추사의 둘째 부인 예안 이씨 돌아가심.

1843년(헌종 9년) 58세

7월 중 소치 허유, 제주도 추사를 뵙고 감. 8월 25일 헌종의 왕비(안동 김씨 김조근의 딸) 돌아가심. 10월 26일 권돈인 좌의정, 김도희 우의정. 추사, 전라북도 영구암에 주석해 있는 백파 스님과 불교의 선禪 등 여러 문제에 대하여 논쟁.

1844년(헌종 10년) 59세

봄 추사, 수사 신관호에 소치 허유를 소개. 9월 10일 헌종의 왕비 책봉. 추사 〈세한도〉를 그림.

1845년(헌종 11년) 60세

1월 11일 권돈인 영의정.

1846년(헌종 12년) 61세

6월 3일 추사 회갑. 화암사의 상량문과 '无量壽閣(무량수각)' 현판 제작. 화암사 중수.

1848년(헌종 14년) 63세

1월 1일 대왕대비 육순. 12월 6일 추사 풀려남.

1849년(헌종 15년) 64세

추사, 한양으로 돌아옴. 6월 6일 헌종 임금 돌아가심. 권돈인 원상 임명. 안동 김씨 일파, 강화도령 원범을 철종 임금으로 추대. 순원왕후 수렴청정. 7월 23일 신관호, 사사로이 헌종 임금에게 의원을 데리고 가 약 처방을 한 죄로 유배.

1850년(철종 1년) 65세

12월 6일 조인영 돌아가심.

1851년(철종 2년) 66세

7월 12일 홍문관 교리 김회명, 영의정 권돈인이 진종(진종은 사도세자의 형으로, 정조의 양아버지이므로 진종으로 추대되었음) 조천 반대함에 대하여 탄핵 상소. 권돈인 유배. 7월 23일 추사, 진종 조천 반대를 권돈인에게 발설

사주한 자로 지목되어 함경도 북청으로 유배. 윤8월 24일 철종의 왕비 책봉. 9월 16일 윤정현, 함경감사로 가서 유배된 추사를 돌보아줌. 10월 12일 권돈인 순흥 유배. 12월 26일 대왕대비 수렴청정 끝남.

1852년(철종 3년) 67세

8월 14일 권돈인과 추사 방송. 추사, 과천의 초당에 은거.

1853년(철종 4년) 68세

12월 29일 윤정현 이조판서.

1855년(철종 6년) 70세

봄 소치, 과천 추사를 뵙고 감.

1856년(철종 7년) 71세

봉은사 초가에서 부처님께 귀의. 주지 영기 스님이 지은 경판각을 저장하는 전각인 '板殿(판전)'의 명필 현판을 쓰고, 10월 10일 추사 돌아가심.

* 이상의 기록은 『추사집』을 참조함.

추사 1

초 판 1쇄 발행 2007년 8월 27일
개정판 1쇄 인쇄 2023년 1월 16일
개정판 1쇄 발행 2023년 1월 31일

지은이 한승원
펴낸이 정중모
펴낸곳 도서출판 열림원

출판등록 1980년 5월 19일(제406-2000-000204호)
주소 경기도 파주시 회동길 152
전화 031-955-0700
팩스 031-955-0661
홈페이지 www.yolimwon.com
이메일 editor@yolimwon.com

페이스북 /yolimwon
트위터 @yolimwon
인스타그램 @yolimwon

주간 김현정
책임편집 최연서
편집 조혜영 황우정 이서영 김민지
디자인 강희철

마케팅 홍보 김선규 최가인
온라인사업 서명희
제작 관리 윤준수 이원희 고은정 원보람

ⓒ 한승원, 2023

ISBN 979-11-7040-158-2 04810
      979-11-7040-156-8 (세트)